# La malédiction de la faë

## Créatures de l'Autre Monde

### Brogan Thomas

TRADUCTION PAR

SOPHIE TROFF POUR LITERARY QUEENS

TRADUCTION PAR

MAIWEN HABCHI POUR LITERARY QUEENS

Ebook ASIN : B0FNLQ3NRV
Livre de poche ISBN : 978-1-915946-71-3
Couverture rigide ISBN : 978-1-915946-72-0

Traduit par Sophie Troff
Traduit par Maiwen Habchi
Conception de la couverture par Melony Paradise of Paradise Cover Design

**WWW.BROGANTHOMAS.COM**

*Pour mon mari*

# Chapitre Un

Je trébuche dans le portail. La ligne tellurique m'expulse violemment de ses entrailles et me propulse vers l'inconnu. Je pousse un cri effrayé, attendant que la redoutable magie d'une barrière me percute.

*Ou me dégomme.*

Mes yeux se ferment résolument et mes épaules se raidissent, réagissant au souffle de mauvais augure dans mon dos. *Oh malheur...* Une bourrasque de magie soulève mes mèches de cheveux vertes qui me fouettent les joues. Puis, le portail se ferme d'un coup.

Quelle angoisse.

Quelques secondes s'écoulent, aucun drame ne se produit. J'ouvre les yeux et me redresse, la vision troublée. Autour de moi se déploie un voile de couleurs tourbillonnantes. Impossible de me concentrer. Dans la panique, mes neurones sont incapables de donner du sens à ce que je vois. À travers mon souffle rauque et le battement affolé de mon cœur, je perçois le ronronnement lourd et la forte fumée typiques du moteur. Je sens le poids du véhicule dont le mouvement se réverbère sur le sol sous mes pieds.

Circulation. Gens. *Planète Terre.*

Je m'écroule contre les briques rouges et réconfortantes qui tapissent le mur d'une allée que je reconnais. Une vague de soulagement m'assaille. En frissonnant, j'avale une grande bouffée d'air malgré le nœud qui m'obstrue la gorge. J'ai la sensation de respirer par une paille pincée.

Chaque inspiration devient moins pénible à mesure que le plus gros de ma panique se résorbe et que ma vision s'éclaircit. *J'ai réussi. Je m'en suis sortie indemne. Hip hip hip... hourra !* La brique creuse mon front, et la magie qui m'habite se manifeste sans ma permission. Elle s'étire et aspire l'énergie contenue dans le mur.

La vieille brique ne rechigne pas à donner. Grâce à sa proximité avec la ligne tellurique, le mur est fort, mais pas assez pour me soigner complètement. Il ne me faudra qu'une goutte dans l'océan mystique pour y remédier. Cependant, si j'en prélève trop, je vais abîmer la roche de l'argile, et bousiller le mur — et donc confirmer la réputation des trolls.

— Je ne peux pas faire ça... Jamais.

Je rappelle ma magie et la refoule jusqu'à ce qu'elle soit réduite à une petite et faible boule dans ma poitrine.

Mes yeux glissent automatiquement vers le portail désormais silencieux. Je suis traquée. Un frisson me parcourt, je me mordille la lèvre, inquiète. L'excès de sel dans ma salive brûle l'entaille au coin de ma bouche. Ma connaissance en portails est rudimentaire ; j'ignore s'ils possèdent une fonction de « recomposition de numéro » comme les téléphones. J'ai emprunté celui qui était proche de mon ancien clan et ne connais que deux codes : celui pour venir ici, et celui pour repartir *là-bas*.

Pas de retour en arrière possible, je suis dans la merde jusqu'au cou. C'est la fin de ma vie, telle que je la connais. *Les choses peuvent-elles commencer par la fin ? Quand tout est brisé et qu'on a touché le fond ?* Je pousse un long soupir qui me provoque une douleur dans le thorax.

— J'ai déjà fait ça. Je peux recommencer.

Franchement, n'est-ce pas pathétique ? Je me raccroche à ma vie sans intérêt qui ne tient plus qu'à un fil. Il me reste à peine l'énergie pour rire de moi-même.

Rassemblant les vestiges de mon courage, je m'éloigne du mur. J'ai fui Faërie après une discussion « amicale » avec des elfes. Comme je ne répondais pas à leurs questions, ils sont devenus... insistants. En même temps, on ne peut pas révéler ce que l'on ignore. *L'igno-rance fait un mal de chien !*

Je me suis échappée, j'ai utilisé mon pouvoir pour me dissimuler, puis je me suis élancée vers le premier portail en vue. J'ai eu l'idée génialissime de taper le code. En proie à la panique, mes doigts se sont entrechoqués sur les runes et ont machinalement entré un code. Il faut remercier l'univers si j'ai atterri ici.

Les elfes ne mettront pas longtemps à me retrouver. Leur magie file des cauchemars et des cheveux blancs. Une chose est sûre : ils vont me pourchasser. J'ai laissé beaucoup trop de mon sang à Faërie, c'est inévitable. Et quand les sortilèges révèleront que j'ai utilisé leur précieux portail... Un rire jaune franchit mes lèvres. *Surprise !* Je n'ai pas envie d'être plantée là comme une gourde lorsqu'ils débouleront.

Cette fois, ce ne sera pas à coups de poing et de tatanes, mais à coups d'épée elfique en argent tranchant que ça se réglera.

*Tu vas t'en sortir, Pepper. Tout va bien se passer. Ne pète pas les plombs maintenant. Tu les laisseras ni te buter ni te vendre au Seigneur du Printemps.*

Il est temps de s'activer et de décamper. Je passe un moment précieux à soigner mon poignet cassé. Je m'alarme en constatant que mon bras enfle à vue d'œil.

— Ça sent pas bon...

Une douleur aiguë me vrille les synapses. Avec mille précautions, je cale mon poignet sous ma tunique, en me servant du tissu brun et rigide pour l'immobiliser contre ma poitrine. Ça fera l'affaire pour l'instant. Je serre les dents en me mettant en mouvement.

J'esquisse un pas avant que ma cheville droite flanche. Une douleur lancinante m'arrache un mélange de cri et de rire.

— Dame Nature, lâché-je, désemparée.

La lèvre tremblotante, j'épingle mon regard sur les nuages amassés dans le ciel pour endiguer mes larmes. *Pourquoi j'ai autant la poisse ? Pourquoi je ne peux pas juste...* Je stoppe net le flot de mes pensées. Cela ne sert à rien de s'apitoyer sur ce qui aurait pu être. La pitoyable excuse du « si j'étais née dans un autre clan, les elfes ne m'auraient jamais touchée... » Bla-bla-bla. Réfléchir comme ça risque de mener tout droit à l'asile.

Je prends un instant pour essuyer mes yeux humides et mon nez en sang. Des taches de sang bleu se joignent à la mare d'hémoglobine. Sans magie nettoyante sous la main, ma tunique a gagné un aller simple pour la poubelle, et c'est pas plus mal. Je ne veux plus jamais revoir cette tenue.

*T'as envie de crever ou quoi ? Reste pas là, misérable cloporte !* La cruauté de ma voix intérieure fait électro-choc. Je me dirige en boitillant vers un endroit sûr : la rue animée. Mes doigts caressent le mur en briques pour le remercier de sa générosité énergétique.

Le baluchon de vivres que j'ai *emprunté* aux elfes en me faisant la belle est presque aussi gros que moi. À chaque pas, il s'enfonce dans mes épaules et se cogne contre l'arrière de mes cuisses. Chaque rebond saccage ma cheville et mon pauvre poignet. Je m'efforce de marcher normalement, car si je boite, ma hanche va se disloquer. Ouais, je suis dans un sale état.

C'est le matin. La rue est bondée de créatures dede toutes sortes : humains, métamorphes, démons, sorcières, vampires et une ribambelle de faës. La Terre jouit d'une population cosmopolite.

Je longe le bord du trottoir pour quitter la chaussée et m'engager sur la route si nécessaire. Pas la peine de permettre à quelqu'un de s'approcher trop près et de me rentrer dedans.

Quand j'avais à peu près huit ans, je suivais mon frère cadet et son oncle. Oui, j'ai bien dit *son* oncle ; c'est une longue histoire. Ils empruntaient un portail mystérieux dans les bois, près de notre clan. Avant de le franchir, ils étaient tout excités en évoquant leur prochaine aventure. Je me souviens de la colère que j'éprouvais, de la faim. Je n'avais rien à perdre. J'espérais les pister et trouver quelque chose à manger.

Alors je les ai suivis.

Au moment où ils passaient le seuil, quelque chose en moi m'a intimé de mémoriser la combinaison des treize runes qu'ils avaient entrées dans le portail. Je me suis exécutée, avant de leur emboîter le pas.

Je suis restée abasourdie lorsque le portail m'a recrachée dans un nouveau royaume. Mon frère et son oncle étaient introuvables. J'étais coincée. J'ai vite compris qu'il fallait une autre combinaison pour ouvrir le portail magique et retourner en Faërie.

Deux jours.

Soit le temps passé à errer dans les rues d'un monde nouveau, étrange, fascinant, écoutant les créatures tout aussi étranges et fascinantes qui le peuplaient. Pour la première fois dans ma jeune vie, je me sentais en sécurité.

Ce qui est dingue, car on n'est en sécurité nulle part. Ni en Faërie ni sur Terre. Mais la ville côtière au nord-ouest de l'Angleterre m'a envoûtée d'une façon particulière. D'ailleurs, personne ne prêtait attention à la petite fille verte saugrenue.

Deux jours plus tard, mon frère est reparu et je suis rentrée au bercail. Mon clan n'avait même pas remarqué mon absence.

Tous ne souhaitent qu'une chose depuis ma naissance : ma disparition. C'est marrant comme la magie a le don de répondre aux vœux des uns et des autres. Quelque chose s'est allumé en moi, quelque chose nourri par ma volonté, puis je me suis évanouie dans la nature.

C'était un nouveau pouvoir.

Je m'étais volatilisée.

Ni odeur ni bruit. Aucune trace de magie. J'étais toujours présente, mais drapée dans un manteau d'invisibilité. Ouais, le hic, c'est que je n'étais pas partie. Je pouvais interagir avec le monde et vice-versa. Cela arrivait notamment quand je n'étais pas attentive et qu'une créature me bousculait.

Dès lors, armée de ce pouvoir tout neuf, j'ai effectué de réguliers séjours sur Terre qui duraient des jours, voire des semaines. Lorsque les enfants partaient pendant des heures, je les suivais à l'école, intriguée. Je m'asseyais sur une chaise vacante ou dans un coin de la classe, cachée, invisible, observant, à l'écoute. Il m'arrivait même sur le chemin du retour de rentrer avec mes *camarades de classe*.

J'aurais dû apprendre à être une faë. Mais il était exclu

que je prenne le risque d'être prise en flagrant délit de scolarité en Faërie, où la magie dépasse le niveau sur Terre. J'ai appris comme une humaine. Une fois les bases acquises, j'allais de classe en classe, d'école en école, apprenant toutes les matières qui me plaisaient.

Je claudique sur la rue piétonne de Birley Street et passe devant une boutique de magie dont la devanture étale en grand au-dessus de la porte : ÉLIXIRS & INFUSIONS — expert en potions portables. Le bourdonnement de la magie me parvient depuis la rue et me mord l'épiderme. *Ça dépote.* L'envie irrépressible de me ruer à l'intérieur pour demander de l'aide me saisit. Peut-être que je pourrais échanger quelque chose dans le baluchon contre une potion de guérison. Même si cette solution est tentante, je continue d'avancer.

*Les sorcières...* Un petit sourire tiraille la coupure à ma commissure. Lorsque j'ai pris confiance en mon pouvoir, j'ai même passé un an à l'académie huppée des sorciers. Je me souviens de cette fille aux cheveux violets que personne n'aimait. Mardi Larson. Moi, je l'aimais bien. D'ailleurs, je m'asseyais toujours à côté d'elle. Mais ça, elle l'ignore.

Je couine en esquivant un bras qui transporte un café à emporter. *Beurk.* Le liquide chaud manque d'éclabousser ma jambe, et mon mouvement brusque pour l'éviter foudroie mon corps de douleur, faisant protester ma cheville violemment malgré le répit que je lui ai accordé en me traînant comme un escargot. Le souffle coupé, je lutte contre le vertige. Je m'arrête et m'appuie contre un lampadaire avant de prendre une profonde inspiration.

Une goutte de sueur trahissant mon état physique perle à mon sourcil, trempe la racine de mes cheveux et ruisselle le long de mon dos. Je ferais mieux de me débarrasser du baluchon. Si ça se trouve, il est rempli de cailloux. Pourtant, impossible de le lâcher. Mes tempes palpitent au rythme de mon cœur ; je dois être déshydratée. Mon pouvoir faiblit, vacille comme les ailes d'un papillon sur ma peau. Je renverse la tête contre l'acier et croise le regard d'un humain de l'autre côté de la rue...

... qui me regarde droit dans les yeux.

*Oh non.* Mon cœur s'arrête. Mon énergie rase les pâquerettes, mon pouvoir d'invisibilité a dû me lâcher.

Le type donne un coup de coude à son pote vampire.

— T'as vu ça ?! dit-il en me pointant du doigt.

Je puise dans la pierre sous mes pieds, m'entourant de la force du bitume. Il y a comme un craquement, puis du mouvement. La dalle de la chaussée cède, laissant apparaître une ramification de fissures. Mes nerfs font tressauter mes pupilles. *Je croyais que c'était qu'un humain.*

Le type se frotte les yeux, glousse et secoue la tête vigoureusement.

— Nan, laisse tomber ! La cuite d'hier soir me joue des tours. Je t'avais dit que cette gnole avait un goût de pisse ! Voilà que je vois des fantômes maintenant ! dit-il en donnant des coups de coude à son ami.

Le vampire sourit et lui donne une bourrade.

— T'es vraiment en sucre, mec ! Ma cousine peut

voir des fantômes. Elle dit qu'elle a du sang nécromancien qui coule dans ses veines.

Leurs voix s'estompent alors qu'ils continuent leur chemin en se chamaillant comme deux gamins.

*À la bonne heure, ils m'ont oubliée ! C'était moins une...* Je baisse les yeux vers mes pieds et grimace en voyant la lésion que j'ai creusée dans le goudron. J'adresse une excuse silencieuse au sol pour me délester de ma culpabilité. Puis j'inspire à fond et poursuis ma route. *Un pas à la fois, Pepper. C'est comme ça qu'on fait.*

Je dois garder le contrôle de mon pouvoir d'invisibilité jusqu'à ce que je quitte la rue.

Au carrefour entre la route et la voie piétonne, j'attends une ouverture dans la circulation. En traversant, je tourne à gauche et passe prudemment au-dessus des rails du tramway. Puis, je continue à claudiquer le long de la voie piétonne déserte en suivant le slalom de la digue. Je m'éloigne de l'effervescence du centre et me dirige vers la célèbre jetée.

Central Pier s'étend de l'autre côté, ses lumières vacillantes au loin. Désormais, chaque pas me transperce la cheville, remontant dans ma cage thoracique et dans mon poignet endolori. Le soleil d'hiver peine à percer l'épaisse muraille de nuages, jetant ses rais timides sur les bâtisses lapées par l'atmosphère iodée, dont la plupart montrent encore volets clos en cette saison.

Le roulement en rythme des vagues se mêle aux cris des mouettes et à la brise marine. De minuscules tourbillons de sable dansent devant mes pas incertains, comme s'ils cherchaient à me faire trébucher. Je ne m'arrête pas. Un pas à la fois.

Je traîne ma carcasse encore cinq interminables minutes de souffrance et arrive à destination. Central Pier. Les lumières aveuglantes et la musique ringarde de la salle d'arcade occupent le fond tandis que je pose un pied tremblant dans le vieux tunnel. Pas un tunnel de métro, mais un passage souterrain se cache sous mes pieds.

Autrefois, il reliait la plage et l'entrée de Central Pier aux attractions de l'autre côté de la rue. À son apogée, cela permettait d'éviter de traverser les rails du tram et la route. Et moi, je le vois tel qu'il est aujourd'hui : un tunnel glauque avec des chiottes.

Il y a près de dix ans, le Conseil des créatures a décidé que l'entretien du tunnel coûtait un bras. Les accidents se multipliant, ils l'ont condamné. Je suis persuadée qu'ils comptaient le reboucher, mais comme par hasard, l'entrepreneur qu'ils ont engagé était un tire-au-flanc, qui s'est contenté de bloquer les escaliers et de faire disparaître les deux entrées. Voilà-voilà. À moins d'être comme moi et d'avoir une affinité avec la roche, il y a peu de chance de connaître ce tunnel.

Je boite jusqu'à mon endroit habituel. Une salve de magie part du bitume. Le sol s'ouvre et m'engloutit.

# Chapitre Deux

Au fil des années, j'ai injecté tellement de magie dans les tunnels qu'ils me semblent vivants, empreints de mon pouvoir. C'est la seule raison pour laquelle je peux encore y pénétrer alors que je suis si faible. La magie de la pierre me reconnaît et me laisse passer.

Elle me fait descendre doucement et, dès que mes pieds touchent le sol, une odeur familière et écœurante, mélange de moisi et d'iode, me prend à la gorge. Un silence étrange règne ici, seulement troublé par les échos lointains des rires et de la musique sur la jetée.

*Chez moi.*

Le tunnel est plongé dans un noir si épais que je ne

vois même pas ma main quand je la lève devant mes yeux. Ça ne m'inquiète pas. Dans un soupir, je relâche le sort d'invisibilité, et la disparition de son poids métaphysique me donne l'impression de léviter.

*Merde, c'est pas bon signe.*

Je n'ai jamais poussé ma magie aussi loin. En grimaçant, je dégage mon poignet cassé de sous ma tunique. Ce seul geste me file la nausée. Avec mille précautions, j'enlève le baluchon de mon épaule. Il glisse le long de mon bras valide, tombe à mes pieds dans un bruit sourd.

— Bon. Priorité numéro un : la lumière.

Tout ce tronçon de tunnel est équipé de lanternes faës, planquées avec soin. Mais elles ont besoin d'une étincelle magique pour s'allumer, et là, je suis à plat. Complètement raplapla. Si je tente encore un sort, je vais m'écrouler.

J'avance dans l'obscurité tant bien que mal, et au bout de deux pas hésitants, le bout de mes godillots cogne contre le mur. Mes doigts tâtonnent jusqu'à trouver la grosse lampe torche que j'ai cachée derrière le pilier de béton en cas d'urgence. Je la soulève. Le métal est froid et rugueux sous ma paume.

Je glisse le pouce sur le corps de la lampe, j'appuie sur l'interrupteur, et le faisceau s'allume. Une lumière chaude balaie le tunnel et éclaire les carreaux bleus à hauteur d'épaule, les murs blancs cradingues au-dessus, le plâtre gondolé par l'humidité, la peinture écaillée, qui pend du plafond comme des lambeaux de peau morte.

Je pousse un soupir de soulagement ; le tunnel est dans l'état où je l'ai laissé.

Je cale mon poignet cassé contre ma poitrine, laisse le mystérieux baluchon là où il est tombé et me traîne jusqu'aux chiottes. J'y ai planqué un sort de guérison concocté par une sorcière, et j'ai sérieusement besoin de me décrasser — je pue.

L'entrée des toilettes pour dames n'a plus de porte, juste une grille de sécurité coulissante. Le vieux rideau de fer rouillé est bloqué à moitié ouvert, pile pour que mon corps de brindille se faufile. Je me décale pour éviter un cône de signalisation orange planté là comme un champignon. Qui fout un cône de chantier dans un endroit pareil ?

Je suis un chouïa superstitieuse — ne rien toucher, ne rien changer, c'est ma façon de ne pas signaler ma présence. En même temps, personne ne se bouscule pour descendre dans ce trou.

Mais comme je n'ai touché à rien, l'air familier des lieux m'apaise. C'est un endroit où je me sens en sécurité. La grille grince quand je me glisse à l'intérieur. Je passe devant le bureau de l'ancienne dame pipi, une petite pièce vitrée en bois pourri, puis devant le tourniquet abîmé — à l'époque, l'entrée des toilettes coûtait cinq pence — et une vieille balance rouillée avec une pancarte griffonnée à la main, son scotch jaune tout sec encore visible : Ne Pas Sauter Sur La Balance.

Les murs des chiottes sont tapissés du sol au plafond

d'un carrelage rose chewing-gum super moche. Il y a une douzaine de cabinets usés par le temps. Comiquement, dans les toilettes pour hommes à côté, les carreaux sont jaune pisse. Mon cabinet de prédilection est le deuxième en partant du fond. La porte est en bois massif, volontairement crasseuse à l'extérieur. Une vieille tache marron dégueu s'étale sur le sol devant, mais à l'intérieur, tout est nickel.

Même chose pour les lavabos. Il y en a un seul que je garde propre. Il se trouve à l'écart, planqué près d'un distributeur de papier hors service. Le meuble est plus large, peut-être qu'à une époque, il servait à changer les bébés.

Je m'y traîne, pose la lampe torche sur le rebord, orientée de biais pour ne pas m'aveugler. Le faisceau éclaire mon profil, et le reflet que je découvre dans le vieux miroir me retourne l'estomac.

La lumière accentue les ecchymoses, les plaies, le sang séché... Je savais que j'étais amochée, mais pas à ce point. C'est choquant. Je baisse les yeux pour éviter de me voir.

On ne m'avait jamais frappée. Personne n'avait encore osé poser une main assassine sur moi. Je n'ai jamais eu aussi mal de ma vie. En Faërie, bien sûr, il m'est arrivé d'être mordue par une bestiole ou une plante, de m'écorcher les genoux, mais rien de comparable.

Les elfes ne m'ont pas loupée...

Je prends une grande inspiration, chasse ces pensées, et récupère le sac dissimulé sous le lavabo. À l'intérieur :

des vêtements de rechange, une serviette propre, un gant, une trousse de toilette, et une trousse de secours à moitié vide. Je déballe tout sur le plan de travail et je me mets au boulot.

Quand je défais l'unique bouton de ma tunique, je tombe sur une touffe de longs cheveux blonds. Une envie de hurler monte d'un coup, comme si j'avais vu une araignée venimeuse dont j'ai la phobie. Je ravale mon cri qui se transforme en gémissement étouffé.

Les cheveux de l'elfe ont dû s'accrocher pendant qu'il me tabassait. Mes doigts me démangent, j'ai envie de balancer la touffe au loin, mais je résiste. Je détache, un à un, les cheveux pris dans la boutonnière.

Dans ma trousse de toilette, j'ai quelques sachets en plastique réutilisables. Avec une grimace qui m'élance jusqu'à la lèvre, je chope l'un d'eux, glisse les cheveux à l'intérieur, le referme soigneusement, puis le balance au fond de la trousse, hors de ma vue. C'est mieux comme ça. Je soulève le bas de la tunique et me rends vite compte que j'ai deux ennemis : mon bras hors service et ma peau trempée de sueur et de sang, qui refuse de lâcher le tissu. La tunique colle. Ça me coûte une énergie que je n'ai pas, accompagnée d'un concert de râles et de jurons, pour l'extirper par la tête. Je laisse tomber ce truc poisseux par terre et le pousse du pied pour m'en occuper plus tard. Ensuite, j'enlève mon pantalon et mes godillots.

La chaleur visqueuse du sang me fait baisser les yeux. En retirant la tunique, j'ai rouvert une vilaine plaie sur les côtes. Je gémis quand un épais filet me coule sur la hanche. Préférant l'ignorer pour le moment, je me lave les mains, puis j'humidifie le gant de toilette — et pour la centième fois, je me surprends à remercier l'eau courante.

Ils avaient coupé l'alimentation générale, mais la vanne d'arrêt sur la jetée était assez facile à trouver. Je remercie la négligence du plombier plusieurs fois par semaine.

En serrant les dents, je nettoie méthodiquement chaque plaie, chaque éraflure, chaque entaille inscrite dans ma chair. Je rince le gant, l'eau teintée de bleu pâle tourbillonne dans le siphon. Je recommence et rince jusqu'à ce que l'eau soit claire et ma peau propre. Ou du moins, le plus propre possible quand on se lave debout au gant.

D'une main tremblante, je saisis la potion Soigne-Moi dans la trousse de soins. Je n'en ai qu'une. Elle devrait briller d'un bel argent vif, mais à la lumière de la torche, elle paraît un peu terne. Le liquide s'accroche au verre lorsque je dévisse le bouchon, puis je verse quelques précieuses gouttes sur les plaies. Ça pique, ça chatouille, ça démange quand les couches de peau se ressoudent toutes seules — c'est la magie de la guérison accélérée.

*Au moins, j'éviterai l'infection.*

Je jette un œil à mon poignet enflé. Ah, c'est une autre histoire. Malgré l'hématome, je vois bien que l'os a dévié de son axe. Même avec une potion tip-top, il serait bête de croire que ça suffira.

Le seul moyen de guérir est d'avoir une excellente rune ou de réaligner les os et de les manipuler pour les remettre en place. Et ça, je dois le faire avant d'utiliser une potion. Rien que d'y penser, j'ai la nausée. Je ne peux pas le faire toute seule.

Il me faut une rune médicale ou un vrai médecin. Si je ne fais rien, je risque de perdre l'usage de mon bras ou qu'il nécrose et se détache carrément. Je soupire et me frotte le visage avec ma main valide. Mon regard tombe alors sur une marque affreuse qui s'étale sous mon avant-bras. Je la scrute, sourcils froncés.

Une rune.

Les elfes m'ont tatouée comme un animal.

La magie encapsulée dans cette rune sert à me traquer et à transmettre mon état aux royaumes. C'est une rune d'esclave. Quand je réalise cette horreur, mon cœur chavire et un couinement apeuré s'échappe de ma gorge en feu. Ma seule chance, c'est qu'elle n'ait pas encore été activée. Elle n'est reliée à personne, heureusement. S'ils avaient su que je possédais une magie puissante, j'aurais eu un sort moins enviable. Pour l'instant, la rune ne fait rien, mais elle est très moche. Je dois l'effacer de ma peau.

Debout, nue, je me creuse la tête pour trouver une solution à tous mes problèmes, mais mon cerveau s'embourbe comme s'il s'enlisait dans la vase.

— Qu'est-ce que je fous ? Ce sont des trucs à gérer quand j'aurai dormi et tiendrai debout sans tanguer comme une zombie.

La chair de poule me hérisse les poils. Je suis glacée jusqu'aux os, je claque des dents. Tu m'étonnes que je n'arrive pas à réfléchir. Je mate les fringues propres. Le plus dur reste à faire : m'habiller.

L'opération est lente et laborieuse.

Une fois vêtue, je remets tout en ordre par habitude, range le gant et la serviette dans un sac pour les laver plus tard. J'enfile mes godillots sans les lacer. Elles battent mollement contre mes chevilles alors que je traîne les pieds sur le sol carrelé.

Il faut que je fasse gaffe à ne pas me ramasser. Ma cheville merdique va un peu mieux, mais marcher sans lacets, c'est jouer avec le feu. Et pourtant, je ne peux pas faire autrement. Les taches noires qui dansent devant mes yeux me préviennent que je suis à deux doigts de tomber dans les pommes.

Je me glisse à nouveau par la grille, puis je claudique jusqu'à l'endroit où j'ai laissé le baluchon. Je coupe la torche, la remets à sa place. L'obscurité me tombe dessus comme une chape. À l'aveugle, je ramasse le sac, fais un grand pas vers la droite... et traverse le mur.

De l'autre côté s'ouvre un tunnel en briques, lumineux et voûté. Un vrai bijou d'architecture, construit à l'époque où les créatures mettaient de la fierté dans leur travail : que de la brique, pas de fer ni d'acier. L'air est différent ici. Il est propre, sec et tiède.

Le tunnel file tout droit, jusqu'à croiser un autre couloir qui le coupe en biais, vers la droite, à environ quarante-cinq degrés. La jonction est splendide : chaque brique a été taillée pour s'ajuster parfaitement à l'angle. La lumière vient de l'alcôve à gauche.

Je claudique, tirant le lourd baluchon derrière moi comme un trophée. Si je m'arrêtais pour réfléchir deux secondes, je le laisserais là, ce foutu sac. Il n'irait nulle part. Mais je suis en mode zombie et j'avance mécaniquement. L'épuisement cogne dans mon crâne. J'aurai tout le temps de regretter ma bêtise après avoir dormi.

J'arrive à la bifurcation du tunnel, tourne à gauche et entre dans l'alcôve baignée de lumière. *Home sweet home.*

Cette niche mesure environ trois mètres cinquante de long sur deux mètres cinquante de large. Dans le plafond voûté en briques, six pavés de verre laiteux incrustés dans le trottoir laissent passer la lumière du jour. Et la nuit, un lampadaire juste au-dessus prend le relais. Cette lumière douce et diffuse rend l'endroit presque chaleureux.

Dans la rue, il y a des commerces, et je capte leur Wi-Fi gratos. Ça fait des années qu'ils n'ont pas changé leur mot de passe. Bon, ça ne me sert pas à grand-chose maintenant, vu que je n'ai plus de datapad ni de téléphone grâce à ces maudits elfes.

C'est chez moi. Mon coin à moi depuis des années. Ouais, je sais. Cliché total : la troll qui vit dans un tunnel sous la route. Tunnel, pont... même combat. Je connais toutes les vannes sur le sujet.

Mais ce trou me va très bien. Et de toute façon, me trouver un logement ailleurs serait impossible. Je n'ai même pas le droit de visiter ce royaume, encore moins d'y vivre.

Je pose le baluchon contre l'étagère bancale, me

débarrasse de mes godillots d'un coup de pied, puis je m'écroule sur mon lit en toile, cadre en acier inox. Mon niveau d'énergie s'est fracassé contre un mur invisible et je suis tellement crevée que j'en tremblote. J'ai tout juste la force de caler mon bras cassé avec un oreiller, de tirer une couverture miteuse sur moi, et je m'éteins comme si quelqu'un avait soufflé sur la flamme.

# Chapitre Trois

La magie me tire du sommeil comme une sirène hurlante, un klaxon mental qui rebondit dans mon crâne telle une balle de ping-pong endiablée. Encore groggy, j'émerge difficilement du brouillard, essayant de trier le flot d'infos qui me frappe.

La magie de la pierre peut être susceptible, surtout comme je suis rentrée vidée, lessivée, le corps en vrac. Mais là, ce n'est pas qu'une question de la magie qui serait de mauvais poil. D'après mes sensations, personne n'a franchi les barrières du métro ni de ce tunnel. Pourtant, quelque chose de grave se passe, là-haut, à l'extérieur.

Le passage en surface de quelques créatures ne suffirait pas à déclencher une alerte d'une telle intensité. C'est autre chose. *Les elfes ?* J'ouvre les yeux et décolle les croûtes de sommeil au coin de mes paupières du bout des doigts. Puis, j'intercepte un mouvement. *Ils sont là, juste au-dessus de ma tête.* Je retiens mon souffle, mon cœur engourdi bat lentement.

Je déglutis, m'oblige à respirer. Je lève le menton, les yeux rivés sur les blocs de verre opaque du plafond. Des silhouettes vaguement humanoïdes masquent la lumière du lampadaire et projettent leurs ombres dansantes contre le mur du fond du tunnel.

*Bon, la jetée est souvent animée.* Je me lèche les lèvres, me redresse, glisse jusqu'au bout du lit. La toile grince, le cadre en acier couine sous mon poids. *Jusque-là, tout est normal.* Tout... sauf la magie qui continue de gueuler dans ma tête.

Et ça, ce n'est pas du tout normal.

Mais je peux gérer. Je vais gérer.

— C'est bon, je me lève, marmonné-je. Arrête de brailler.

Je me frotte énergiquement le front pour chasser la migraine qui pointe derrière mes orbites, puis je traîne ma carcasse endolorie hors du lit. Je sais que je ne pourrai pas dormir tant que je n'aurai pas apaisé la magie et vérifié ce qui se passe là-haut. Et si ce sont les elfes... Je ne peux pas rester piégée sous terre. Il faut que je remonte, ne serait-ce que pour pouvoir m'enfuir.

Un instant, j'oublie mon bras. L'oreiller glisse et je cogne mon poignet cassé contre le bord du lit. *Putain.* La douleur fulgurante me file un haut-le-cœur. Au moins, je suis réveillée pour de bon. Comme prise de remords, la magie cesse de hurler, mais le silence qui suit est presque aussi déstabilisant.

Je ramène mon bras enflé et tordu contre ma poitrine, et je m'habille comme je peux. Je garde le sweat à capuche et le jogging dans lesquels j'ai dormi, et j'enfile mes godillots d'une main, cette fois en les laçant bien serré.

*Si seulement j'avais un manteau.* Dès que je soigne ce bras, il faut que je trouve un boulot payé cash. Je ne peux pas remettre les pieds en Faërie, alors bye-bye mon ancien taf. Ça va pas être simple. Ces derniers mois, ils ont fait la chasse au travail au black. Il y a eu une invasion de démons dans le coin, et tout le monde est encore sur les nerfs. Et les chasseurs — la police des créatures — contrôlent les papiers à tour de bras. Je ne peux pas me permettre de me faire renvoyer en Faërie. Je vais donc devoir raser les murs et la jouer discret, au moins pour un temps.

Je rassemble mes cheveux dans mon dos et tire la capuche du sweat sur ma tête. Alors que je me dirige vers le tunnel principal, mon ventre gargouille violemment. Je m'arrête net. J'ignore combien de temps j'ai dormi. *Quelques heures ? Plusieurs jours ?* Tout ce que je sais, c'est qu'on est en pleine nuit parce qu'il n'y a pas de circulation dans la rue. Sans téléphone, je ne peux pas savoir l'heure, ni même le jour. Il aurait pu passer une semaine entière.

Je hausse les épaules, attrape une bouteille d'eau sur l'étagère, bois quelques gorgées, puis je grignote la fin d'un sachet de noix. Je ne quitte pas des yeux les ombres mouvantes juste au-dessus de moi. Brusquement, elles disparaissent. Le bitume, fébrile, m'informe qu'elles traversent la route. Avant de sortir, j'attrape une boîte d'ananas, fais sauter le couvercle, et bois le jus d'un trait. Je pêche une rondelle, la plie en deux, la fourre dans ma bouche. Je pourrais accéder à l'extérieur depuis ce tunnel, mais j'ai appris ma magie en autodidacte. Et à cause de ça, la peur de faire une connerie me rend parano. Je ne veux guider personne jusqu'ici. Je ne veux pas perdre ma planque à cause de mon impatience. Le risque n'en vaut pas la peine.

Je traverse le mur et me retrouve dans l'obscurité du métro. J'engloutis les derniers morceaux d'ananas. Mes doigts raclent le fond de la boîte vide. Je soupire et la laisse tomber. Elle tinte sur le quai. Mon pouvoir tapote le sol, et la magie aspire la boîte à travers le béton. Elle réapparaîtra dans le sac poubelle, à côté de mon lit.

Je lèche mes doigts sirupeux, puis j'enroule mon pouvoir d'invisibilité autour de moi. Le béton me soulève en silence, me hisse à la surface.

*Pourquoi je fais ça, déjà ?*

La lune est cachée derrière les nuages. Les seuls points lumineux viennent des rares lampadaires gris foncé disséminés le long de la rue. Tous les commerces sont fermés, rideaux de fer baissés. Le quai, lui aussi, est plongé dans le silence.

Invisible comme un fantôme, je m'accroupis et observe le groupe d'hommes autour de moi. Apparemment, j'ai atterri en pleine bagarre. Ils se tournent autour, fébriles. Leur souffle se condense dans l'air glacé. Il caille. Facilement dix degrés de moins que dans le tunnel. Déjà qu'en plein été, le vent de la mer d'Irlande peut être mordant, l'hiver, il transperce jusqu'à l'os.

*Des métamorphes.* Pas des elfes. Mes épaules se relâchent. *Merci, Dame Nature.* Je soupire et me frotte la figure. Le mouvement fait remonter ma manche, révélant la rune d'esclave. Je grimace, tire sur la manche jusqu'à ce qu'elle me couvre la main et serre le poing pour tenir le tissu.

Les métamorphes sont de drôles de créatures. C'est une espèce immortelle sur le papier, mais entre les guerres internes et le faible taux de natalité, leur population stagne. Aucune idée de ce qu'ils foutent là, aussi tard. Un rituel de meute bizarre ? Peu importe. Il faut qu'ils dégagent et rentrent chez eux. J'ai besoin de dormir.

Mon attention se détourne du groupe principal, attirée un peu plus loin. Ah, j'ai pigé. Ils chassent un autre métamorphe.

Un tigre. Waouh.

Mes sourcils montent jusqu'à la racine de mes cheveux. Je n'ai jamais vu de tigre métamorphe de ma vie. *C'est un féral ?* Je penche la tête. *C'est pour ça qu'ils sont là ? Pour chasser un métamorphe redevenu sauvage ?*

Il bouge avec une grâce de prédateur. Le vent marin soulève sa fourrure épaisse, brune et orange. Ses rayures sont plus larges que celles d'un tigre normal, le brun domine, faisant ressortir l'éclat orange de son pelage. Magnifique. Même s'il y a un homme sous toute cette fourrure.

Le tigre plaque ses oreilles arrondies contre son crâne, baisse la tête, montre les dents — des crocs aussi longs que ma main — et crache un avertissement. Un puissant feulement remonte de sa gorge et fait vibrer son torse massif.

C'est une symphonie primitive. Une musique qui inspire la peur. Je frissonne en voyant les autres métamorphes s'écarter en éventail, avant de l'encercler, menaçants.

Pris au piège, le tigre recule contre le muret de la jetée en grognant. De l'écume et du sang dégoulinent de sa gueule, trempent sa fourrure rayée. Il se tourne de côté pour garder les autres à l'œil, et là, je vois les entailles profondes sur ses flancs. Sa patte gauche est en charpie, un vrai carnage.

Je grimace, et mon poignet pété m'élance, par solidarité.

Le tigre est mal barré. Ils sont plus d'une douzaine. Quatre se sont changés en loups, les autres sont restés humains. Certains brandissent des armes. Le métal brille sous les réverbères. *De l'argent.*

Oh merde. Pour les métamorphes, l'argent, c'est comme le fer pour les faës. Un poison. Et si assez de particules pénètrent dans leur sang, même un métamorphe adulte peut y rester. Ça les empêche de se transformer.

Or c'est justement la transformation qui leur permet de guérir. Chaque fois, leurs cellules se régénèrent, mais avec de l'argent dans le sang, cela équivaut à une mise à mort, surtout en plein combat.

Le tigre est foutu.

— Bill, à toi de jouer. Éclate-lui la gueule, beugle un métamorphe au nez aquilin et aux épaules de taureau.

Il file un coup de botte à un loup gris posté devant lui. Quelques types ricanent.

— Achève-le.

Poussé en avant, le loup gris, Bill, s'approche avec un grondement bas. Les trois autres métamorphes se glissent à ses côtés. Les bêtes massives au pelage argenté et noir encerclent le tigre blessé.

Heureusement, le tigre est bien plus gros et imposant, mais il est seul. Je m'avance vers lui. *Pepper, qu'est-ce que tu fous ? Non, t'as pas intérêt ! Tu peux rien faire !* Je ravale ma culpabilité, me raccroche comme je peux à mon bon sens, puis recule d'un pas hésitant.

Mon poing valide se serre. Je me sens inutile. Le regarder se faire massacrer sans rien faire me rend malade. J'ai l'impression d'être un monstre. *Le mal triomphe quand les gens bien ne font rien.*

Mais je ne suis qu'une troll, et pas la plus redoutable. Juste une pauvre fille d'un mètre soixante-sept — moyenne pour une humaine, minuscule pour mon espèce — avec un poignet pété. Je laisse échapper un rire amer. Je suis même pas foutue de me protéger moi-même. Alors, lui ?

Une larme de frustration roule sur ma joue. Je l'efface du revers de la main. Venir ici était une erreur. J'aurais dû retourner me coucher quand j'ai vu que ce n'étaient pas des elfes.

Et peut-être que le tigre est le méchant dans l'histoire. Tout n'est pas noir ou blanc ; les apparences sont souvent trompeuses. Je ferais mieux de m'occuper de mes affaires. Je hoche la tête. Oui, occupe-toi de tes fesses.

*Trouillarde !* raille ma petite voix intérieure. Je me frotte la poitrine. *Pepper, ça ne te regarde pas. La raclée que t'as prise devrait te suffire. Rentre. Laisse béton.*

La nuit se transforme en une cacophonie de rires, de fourrures et de grognements sauvages, alors que les quatre loups s'approchent à pas calculés. Deux s'écartent à gauche, deux à droite, encerclant leur proie.

J'avance. Je recule. Un pas en avant, un pas en arrière. On dirait que je danse la gigue. Je veux intervenir, mais je ne peux pas. J'ai envie de leur hurler de foutre la paix au tigre. *Je ne peux pas.* Ma gorge se noue. C'est une règle tacite, les métamorphes règlent leurs comptes entre eux. Et puis, sous leur forme animale, ils sont toxiques pour les femmes.

Une morsure, et je suis morte. Je ne suis pas assez puissante pour me protéger contre ça. Contre eux.

Je recule encore d'un pas, me retrouve sur le point habituel d'entrée du tunnel. Si je reste là à regarder, je vais faire des cauchemars pendant des semaines. Des années.

*Désolée. Bonne chance*, je murmure dans ma tête.

Et comme si l'univers m'entendait, le tigre réagit. Je

retiens mon souffle. Il montre les crocs, sort les griffes. Le loup gris terrifiant, Bill, bondit pour lui choper la gorge. Mais le tigre se laisse tomber sur le dos, et ses griffes géantes s'enfoncent dans le ventre du loup en plein vol.

Je plaque ma main sur ma bouche quand le hurlement de Bill perce la nuit, juste avant que ses entrailles ne giclent et s'écrasent au sol dans une gerbe de sang. Le tigre se redresse d'un coup et frappe un autre loup en pleine tête. Le choc l'envoie s'écraser contre le muret, accompagné d'un sinistre craquement d'os. La gueule dégoulinante de bave sanguinolente, le tigre fonce entre les deux derniers loups et les dégomme comme des quilles.

Je reste figée, bouche bée. Son sang jaillit de sa patte blessée à chaque foulée alors qu'il se dirige vers les autres métamorphes derrière moi. Derrière moi ! *Put...*

Le tigre me percute et on s'effondre comme des sacs de patates, les membres enchevêtrés.

— Lâche-moi ! crié-je écrasée sous son poids monstrueux. Je peux pas respirer !

Paniquée, je fais la seule chose qui me vient à l'esprit. Le béton s'ouvre sous nous et nous disparaissons dans le noir.

# CHAPITRE QUATRE

TROP LOURDS POUR MA MAGIE, je ne parviens pas à contrôler notre chute. À nouveau, nous heurtons le sol dans un enchevêtrement de membres. Le visage contre sa poitrine dégoulinante de salive, je m'écrase entre ses pattes avant poilues. L'épouvante dans ma respiration résonne dans le tunnel où l'obscurité est écrasante.

*Génial, j'ai invité un tigre féral chez moi...* Et sa patte est posée sur mes jambes. La longueur de ses crocs me revient. Je me tortille, sur les fesses, et je pousse sur mes jambes pour me dégager.

Un grondement monte de sa poitrine.

*Oh non, non...* Putain, j'y vois que dalle. Je parie que l'armoire à fourrure est dotée d'une vision infrarouge, elle.

Je continue ma fuite sur les fesses jusqu'à heurter le mur du fond. Je me plaque contre les carreaux et protège mon poignet cassé contre ma poitrine. C'est un miracle que je ne me sois pas pété autre chose dans la dégringolade. Je me lève en titubant, puis souffle un vent de pouvoir sur les lanternes faës qui s'illuminent. Il faut quelques instants à mes pupilles pour s'ajuster à la lumière blanche.

Je cligne des yeux, puis nos regards se croisent.

*Oh merde.* J'écarquille les yeux et me retiens de me palper comme une folle. Dans la panique, j'ai laissé tomber mon manteau d'invisibilité. Le seul miracle, c'est que j'ai encore ma capuche. Je baisse la tête pour dissimuler mon visage au maximum, en priant pour que le tigre n'en ait pas assez vu pour m'identifier, même si je sais déjà qu'il enregistre mon odeur.

Sa queue se balance derrière lui, et ses oreilles s'aplatissent contre son crâne. Je déglutis lorsqu'il se relève. Avec un sifflement félin, il entreprend de venir vers moi.

— Me bouffe pas, j'y suis pour rien ! m'étranglé-je.

La roche saisit l'occasion pour bourdonner dans mon esprit, me briefant à la va-vite. Avec une voix de contralto, je restitue ce qu'elle m'a appris dans une marmelade de mots :

— Les métamorphes dehors te cherchent. Ils pensent que tu t'es volatilisé. Quand tu m'es rentré dedans en bondissant, ça a donné l'impression que tu activais un sort.

*Enfin, j'espère...* Tout mon corps tremble. Je n'ai pas

l'habitude de frayer avec des métamorphes enragés ni avec personne en fait. Je n'ai donc aucune idée de la façon dont je suis censée me comporter.

Les yeux ambrés du tigre rétrécissent.

Oh-oh. Avec le recul, je n'aurais peut-être pas dû dire ça. Il pourrait se mettre en pétard, pensant que les métamorphes l'ont pris pour un pétochard à se faire la belle en plein combat. Les métamorphes ont un ego surdimensionné. Personnellement, je préfère m'asseoir sur mon ego plutôt que d'y passer.

— Heureusement pour nous, ils ne m'ont pas vue. Je ne suis devenue visible que lorsqu'on a atterri ici.

Minute, papillon... J'ai dit quoi ? *Heureusement pour nous* ? Je secoue la tête.

— Heureusement pour *toi*, me corrigé-je.

Il n'y a pas de « nous ». Seulement un *tigre* flippant aux longs crocs venimeux contraint de finir dans la planque confinée d'une inconnue, *moi*, et... Qu'est-ce qu'il a à grogner encore ?!

J'en ai ma claque.

— Hé, Croc-Roux, baisse d'un ton. Pourquoi tu râles ? Et...

Mon bras valide gesticule contre mon flanc, comme pour saisir les mots au vol.

— ... Saperlipopette, pourquoi tu m'as foncé dessus ? achevé-je pitoyablement.

En réponse, le métamorphe retrousse ses babines dévoilant des crocs acérés. L'air tourbillonne autour de lui, et l'odeur d'ozone m'emplit les narines alors qu'il reprend forme humaine.

*Ah, j'aurais mieux fait de la fermer.*

Mon souffle se coupe alors que je brosse du regard ce géant : mâchoire carrée, bouche ronde, nez droit. Il porte un tee-shirt à manches longues et un pantalon noirs. Pas mal.

Au moins, il n'est pas à poil. Une potion anti-strip-tease, ce n'est pas donné. De toute évidence, ce métamorphe n'est pas un vulgaire voyou. Je devrais également me réjouir que son organisme ne soit pas empoisonné par l'argent ; cela m'évite d'avoir à le regarder mourir dans d'atroces souffrances pour finir dans le sac poubelle au bout de mon lit — même s'il aurait du mal à passer, vu sa taille.

Mais il est vivant, c'est une bonne chose. Hourra !

— Je savais pas que t'étais là, crache-t-il.

Sa voix humaine n'est guère bien différente de son feulement. Basse, éraillée.

— Qui traîne dans la rue au milieu de la nuit ?

Ses yeux bleu foncé pétillent de malice et trahissent une personnalité impitoyable.

Bon sang, il est vraiment baraqué et... sauvage.

Mes sourcils s'arquent. Je ne suis pas habituée à sociabiliser. Pourtant, je n'arrive pas à la mettre en veilleuse avec ce métamorphe :

— Alors là, c'est le pompon sur la Garonne comme on dit chez vous. C'est toi...

Je pointe un doigt rageur sur son torse avant de me frapper la poitrine.

— Vous m'avez réveillée en vous battant comme des bêtes sauvages sur la place publique !

Aussitôt, ma bouche s'assèche en remarquant son expression. J'ai traité un métamorphe de bête. Oh merde. Pourquoi j'ai dit ça ? Je dois vraiment apprendre à la boucler.

Le métamorphe avance.

Un instant, sa silhouette menaçante occupe l'autre bout du tunnel. La seconde suivante, il est devant moi, me dominant de toute sa hauteur. Je frémis et rase littéralement le mur pour m'éloigner, tandis qu'il marche vers moi.

Avec un feulement, il dégaine sa main herculéenne et me saisit.

Je pousse un cri lorsqu'il empoigne mon bras cassé.

— Putain, lâche-t-il en laissant tomber mon poignet.

Mais le mal est fait. La souffrance est insoutenable. Je me détourne en étouffant un gémissement, et me courbe pour protéger mon bras invalide alors que des points noirs déforment mon champ de vision. Je chancèle. Je puise dans toutes mes forces pour ne pas tomber dans les vapes. Il faut que je file, tout de suite.

Le métamorphe m'attrape par la taille.

— Qu'est-ce qui est arrivé à ton bras ?

Il m'attire contre son torse musclé avant de se laisser tomber sur le sol crasseux, puis de balayer ma jambe pour me soulever dans ses bras comme si j'étais une gamine de cinq ans. Sur ses genoux, je me fais inspecter délicatement le poignet. Comme s'il tenait un oisillon entre ses longues mains. Les yeux bleus, suspicieux, il remonte ma manche et m'examine.

— C'est rien.

— C'est pas rien. C'est moi qui t'ai fait ça ?

Je fais non de la tête.

Il grogne.

*Il peut bien grogner, c'est la vérité !*

Il lâche mon bras d'une main, puis retire la capuche de ma tête. Je tombe sur son regard intense. Ses yeux couleur de la nuit ont perdu leur éclat narquois en scrutant mon visage ; des larmes ruissellent sur mes joues.

— Je vais bien, assuré-je à voix basse en frottant mon visage trempé sur mon épaule.

Il pousse un autre grognement, plus doux, puis sort une potion.

— C'est contre la douleur.

Sans me laisser le temps d'objecter, il déverse la mixture sur mon bras.

— L'os doit repousser.

— Non, c'est...

— Regarde pas.

— Hein ? Attends, tu fais quoi ?

Il va pas... J'essaie de m'extirper de ses bras, mais il me cale contre lui de manière à me coincer entre son torse en béton et son énorme biceps.

Une main colossale effleure mon avant-bras, puis mon coude. L'autre, sans prévenir, tire et pivote. Un hoquet horrifié m'échappe, bien que je ne sente rien grâce à la potion antidouleur. Ma mâchoire se décroche alors que j'observe mes os s'étirer puis s'imbriquer d'un coup sec. Je fixe avec incrédulité mon poignet rafistolé.

Une nouvelle potion apparaît dans sa main. Une Soigne-Moi remplace la fiole d'antidouleur. En versant une autre dose généreuse, le fourmillement froid signalant l'activation de la potion se répand en moi. La saveur du puissant sortilège s'infiltre sous mon palais. En quelques instants, la blessure s'évanouit.

Pouf, plus rien.

Le monde bascule et ma tête roule contre son bras. Mes paupières me trahissent et se ferment. *Oh non, ça craint...* Une potion antidouleur, suivie d'une potion de guérison, ça met un coup. Mon estomac se contracte et mon cœur loupe un battement. Cependant, la peur que je devrais ressentir est étouffée par la chaleur du métamorphe et l'odeur de lessive fraîche qui imprègne ses vêtements.

Il n'est pas question de tourner de l'œil dans les bras de cet inconnu. Ma magie s'agrippe au bitume, en grappillant le pouvoir et la puissance qui se dégagent du tunnel. Elle déferle dans mon système comme une vague d'adrénaline. J'ouvre en grand les yeux, reprenant mon souffle.

— Ananas.

— Pardon ? lâché-je, déboussolée.

— Tu sens l'ananas.

Ah... *Ah !*

— Ouais.

Je plaque ma main contre ma bouche pour étouffer mon haleine fruitée. Il est sérieux ?

— J'aime bien l'ananas, me justifié-je.

Depuis quand je ne me suis pas brossé les dents ?

Le tartre et l'ananas ne font pas bon ménage. Ma langue court sur mes dents du bas et bloque sur une canine ; mes défenses repoussent. Lorsqu'elles sont complètement formées, ces dents pointues se torsadent et me gênent. Elles ne sont pas jolies à voir. C'est pour ça que je les lime.

Je laisse retomber ma main et continue de planquer ma vilaine dent derrière mes lèvres. Je ne suis pas douée à ce jeu-là. Je ne sais pas interagir avec le monde extérieur, et les potions ne m'ont pas aidée, je suis à l'ouest ; ce serait la seule explication plausible à mon état de liquéfaction dans ses bras.

Le métamorphe fronce les sourcils, se demandant sans doute pourquoi je ne me suis pas encore évanouie.

Je le dévisage. Ses cheveux noirs coupés en mulet accentuent son visage émacié. Les traits de son visage sont saisissants, rehaussés de grandes pommettes saillantes. Des lèvres généreuses et une mâchoire taillée à la serpe tout droit sortie d'un magazine. Une beauté violente et intimidante.

Pourquoi ai-je mis autant de temps à capter que le tigre était une bombe ? Bonne question. La terreur, j'imagine. Je prends encore quelques secondes pour contempler ses yeux bleus cerclés d'une teinte marine en proie à la confusion. Puis, je percute.

*Je suis sur ses genoux.*

Je suis blottie contre le torse d'un inconnu.

— Oulà.

Un souffle d'ananas s'échappe de mes lèvres pincées. Je lui donne maladroitement un coup de coude dans les abdos en me redressant.

— Pardon !

En levant les deux mains, je recule d'un pas mal assuré.

— Merci d'avoir soigné mon poignet. Je vais retourner au lit. Je garderai un œil ouvert au cas où les métamorphes reviennent fouiner dans le coin. Je suis presque certaine que tu ne risques rien, mais il vaut peut-être mieux que tu restes là jusqu'à l'aube.

Son regard dérive, explorant le tunnel humide, puis se fixe sur la peinture écaillée du plafond. Il tord la bouche dans une grimace, visiblement écœuré.

— Tu vis ici ?

Je tente d'ignorer son dégoût et son... inquiétude ? Je ne sais plus trop où me foutre.

— Tu as besoin de quelque chose ? proposé-je poliment. Un peu d'eau ?

Je fais appel à la magie, qui fait émerger du mur une bouteille d'eau que je lui tends.

Il pousse un grognement — apparemment, c'est sa marque de fabrique.

— C'est la première fois que je vois ça, dit-il en désignant le mur. Ta magie est puissante.

Il dévisse le bouchon et prend une grande rasade, sans cesser de me toiser. Lorsqu'il a descendu la moitié de la bouteille, il redemande :

— Alors, t'habites ici ?

Je hausse les épaules. Je ne suis pas tenue de répondre à ses questions. D'ailleurs, il ne va pas s'éterniser. Je n'ai fait que lui éviter par inadvertance la commotion cérébrale, et il m'a rendu la pareille en me guérissant. Gagnant-gagnant pour tous les deux. On est quitte.

Des pupilles sombres me scrutent tandis qu'il s'appuie contre le mur, en laissant pendre mollement la bouteille de ses longs doigts fins. Avec son air inquisiteur, il s'est dit que le silence allait me faire parler. Mauvaise pioche ! Il ignore que je suis la fille invisible, celle que personne ne remarque. Ce n'est pas à coup de regards insistants et de silence qu'on me met la pression.

C'est bien plus compliqué pour moi de parler. Je n'arrive même pas à me souvenir la dernière fois que j'ai échangé aussi longtemps avec quelqu'un.

— Je pense qu'il vaut mieux que tu passes la fin de la nuit ici. En plus, tu ne vas pas pouvoir partir tout seul. Le tunnel est condamné, tu vas avoir besoin de mon aide pour traverser le béton. Une fois que la voie sera libre, je te ferai sortir.

— Je n'ai pas besoin d'être sauvé.

Ses lèvres se retroussent, me laissant entrapercevoir une canine. Je plisse les yeux. C'est moi ou ses dents sont plus longues que la normale ? Je ne suis pas experte en dentition métamorphe, mais ces sales bêtes possèdent des broyeurs à la place des dents. Elles ne sont pas aussi acérées que celles des fées ou des sirènes, mais... ne devraient-elles pas avoir une taille humaine ? Et si j'en crois le code des métamorphes, montrer les crocs est une forme d'hostilité et d'impolitesse.

Mes narines frémissent.

— Tu es mon invité, tu pourrais au moins prendre sur toi pendant quelques heures, pesté-je, incapable de laisser passer.

Le tigre me lance un regard noir.

Je pourrais le laisser partir... Non. Mon instinct me dit qu'il doit rester planqué là pendant quelques heures. Ça ne va pas le tuer d'attendre.

— Tu viens de Faërie ?

Ce tigre ne sait vraiment pas quand lâcher le morceau. J'ai déjà vu ça, une fois ou deux. Quand on passe sa vie à observer les gens, on se contente de poser les questions dont on connaît les réponses.

Je roule des yeux.

— Est-ce que j'ai l'air de venir de Faërie ? raillé-je en prenant le ton d'une Terrienne. Les toilettes sont vers les quais. Ceux des dames sont mieux, et le deuxième cabinet au bout est propre.

Cette montagne de muscles parviendra sans peine à décoincer la grille métallique pour passer.

Il ouvre la bouche.

Et je me volatilise.

Je reste un instant, indétectable pour ses sens. Disparaître sous ses yeux était une mauvaise idée. Je passe mes doigts dans mes cheveux verts. J'espère ne pas avoir commis une erreur monumentale.

— C'est quoi cette barjot, bordel ?

La violence dans ses mots me fait serrer les poings. Je traverse le mur pour gagner mon tunnel. Rien ne me force à le mater comme une gargouille.

Peut-être que je le balancerai dans la rue sans lui dire un mot. Oh, merveilleuse idée ! Cela nous épargnera le supplice d'une autre discussion. Sale félin fouinard. Il a carrément la tête d'un flic. Ouais, cela ne m'étonnerait pas vu la panoplie de sorts qu'il se trimballe. Ce serait bien ma veine d'être tombée sur un chasseur.

De retour dans mes appartements, je considère mes draps miteux. Je me tortille, en pleins pourparlers. L'oreiller ou la couette ? Je n'ai pas envie que le coussin se retrouve par terre, alors que je pourrais laver la couette. Je l'envoie au métamorphe par le mur, avec une deuxième bouteille d'eau, une boîte d'ananas et un sachet de noix.

Je délace et retire mes godillots avant de m'écrouler dans mon pieu. Mes fringues sont dégueulasses, mais je m'en occuperai demain matin. Ce n'est pas comme si je causais des dégâts irrémédiables ; un coup d'éponge et le lit en toile sera propre. Je demande à la pierre de me réveiller aux aubettes. Elle sait qu'il faut me réveiller si quelque chose d'étrange se produit, ou si notre *invité* fait des siennes.

Sur le dos, l'oreiller calé sous ma tête, j'expose mon

bras sous la lumière. Je fais tournoyer mon poignet de gauche à droite, et inversement. Aucune douleur. Comme neuf. Je suis si soulagée d'avoir croisé des métamorphes et non des elfes. J'étouffe un rire cynique.

Ma vie est un bourbier.

Mais je respire encore.

— Je suis encore en vie, chuchoté-je en gigotant mes doigts.

Le tigre aurait facilement pu me mordre. Je lui suis reconnaissante d'avoir guéri mon poignet et de ne pas avoir rendu l'âme chez moi. Je ne connais même pas son nom, ce qui est une bonne chose. On n'a pas besoin de savoir quoi que ce soit l'un de l'autre.

L'attachement, ce n'est pas mon truc. Je suis ma seule meilleure amie. Le temps prouve que les gens viennent et s'en vont. À travers la pierre, je vérifie que tout va bien de son côté. Il est assis dans un coin. Apparemment, il se tient tranquille. Avec une lueur de pouvoir, je réduis la lumière des lanternes faës.

Je me blottis dans mon oreiller, incapable de résister à la double potion qu'il m'a administrée. Avant que mes paupières se ferment, je me souviens du baluchon.

# Chapitre Cinq

*Oh.* Maintenant, je suis bien réveillée et gelée. Ma couverture est fine et surtout trop légère pour me réchauffer. Merveilleux. Mon regard glisse vers le baluchon que j'ai volé, posé sagement contre le mur.

— Je l'inspecterai demain, grogné-je en me tournant sur le côté.

*Il y a peut-être un truc dangereux à l'intérieur.*

Ou peut-être un sac de couchage bien chaud — un modèle elfique chiadé qui régule la température du corps. J'imagine le kiff que j'aurais à m'emmitoufler dedans en plein hiver.

Je grogne, me lève, puis me laisse tomber à côté du baluchon. Je m'adosse à l'étagère et le tire vers moi.

— Bon, voyons un peu...

Le gros sac racle contre les briques en se calant entre mes jambes. Je l'ouvre rapidement.

Une bouffée de magie me frappe en plein visage et me pique le nez. Je renifle en papillotant, me frotte le pif du plat de la main et penche la tête pour examiner le contenu du baluchon. Les sorts de traçage ont une signature particulière. Quand ils sont puissants, ils peuvent même me percer les tympans. Là, je ne ressens rien de tout ça. Aucun moyen de localiser le baluchon. Je souffle, soulagée. Ça aurait été l'enfer.

Pas de traçage, mais la magie à l'intérieur est puissante.

Un frisson me parcourt l'échine. *Qu'est-ce qui m'a pris ?* Je ne vole pas, habituellement. J'ai subtilisé ce baluchon parce qu'ils m'avaient tout piqué, eux. Mon téléphone, mon datapad, mon manteau. Je gonfle les joues, chasse ma peur, et attrape le premier objet.

Une gourde magique. Cool. Je la tapote, elle tinte comme du verre. Je la fais tourner dans ma main. C'est un matériau faë sophistiqué dont j'ignore le nom, vu mon niveau d'éducation limité. Elle est ensorcelée pour filtrer et purifier l'eau, annuler les sorts, neutraliser les malédictions. Je lâche un petit hum satisfait, puis je la pose sur l'étagère derrière moi. Elle est scellée, donc neuve. Bonne pioche.

Je tombe ensuite sur un tissu doux et soyeux. Des fringues. Oh, je connais cette matière. Je me trémousse, mes fesses frottent contre les briques, et un grand sourire me fend le visage. Des sapes elfiques hors de prix et enchantées : les runes cousues dans les coutures ajustent automatiquement la taille. Un pantalon noir, un haut, et des chaussettes qui s'adaptent à toutes les morphologies. Les versions haut de gamme s'adaptent même à l'environnement pour protéger des sorts, des malédictions, du froid, de la chaleur et de la flotte.

Je les plie soigneusement et les range dans un caisson en plastique vide. J'ai entendu dire que certains tissus contiennent des écailles, et que des guerriers vampires s'en servent pour se fabriquer une armure de sang. Je lève les yeux au ciel. Les *vampires*. Des obsédés de l'hémoglobine. On ne me verra jamais faire une armure à base d'ananas. *Bande de tarés.*

De la bouffe. Et il y en a à foison. Des gros sachets de rations de survie, que je range aussi. Pas étonnant que ce baluchon pesait un âne mort. Au moins, je ne crèverai pas de faim.

Je jubile en dénichant une autre tenue complète et une couverture douce et soyeuse, parfaite pour mon lit. Je colle le tissu contre mon visage. Tout ce qu'il y a dans ce sac est neuf et bourré de magie.

Je sors ensuite une trousse médicale faë et l'ouvre avec une pointe d'inquiétude. Je sursaute et ma tête heurte l'étagère quand je tombe sur un grimoire carré, imprégné de magie puissante : le manuel des remèdes est rempli de runes faës ancestrales.

Je le feuillette. Le papier est fait main, relié avec du crin, et tout est dessiné à la main. Il doit y avoir des centaines de runes là-dedans. Entre les potions magiques et les runes, si on a un minimum de jugeote, on choisit la puissance des runes. Perso, je n'y connais rien, et je n'ai aucune idée de l'effet de la plupart de ces runes. Mais celle de la première page, je la reconnais. Elle soigne ; c'est une rune médicale.

Je secoue la tête en pestant. Si j'avais ouvert le baluchon immédiatement après avoir passé le portail, avant de m'évanouir, cette rune m'aurait remise d'aplomb en un clin d'œil.

Le tigre flippant n'aurait pas eu à me soigner.

Je crois… Je me mords la lèvre et caresse la couverture du grimoire. Je crois que c'est mon bras cassé qui a empêché le tigre de me faire du mal. Ma douleur l'a ramené à lui. Sur cette pensée glaçante, je referme le livre et le range sur l'étagère avec précaution.

Au fond du baluchon, je découvre une boîte en bois sombre. Elle grince un peu quand je soulève le couvercle. *Des charmes.* Mon estomac se retourne. La boîte est tapissée de mousse grise, découpée sur mesure pour caler les breloques magiques.

Quatre rangées. Douze talismans. Non, treize. Un petit pendentif en forme de loup a été mis là à l'arrache. Je le sors et le pose par terre. Curieusement, le métal est chaud sous mes doigts. Je fronce les sourcils et le place au milieu d'une brique rouge pour qu'il ne bascule pas. Puis j'étudie les autres amulettes.

Chaque nouveau grigri que je sors me fait flipper un peu plus. Ils sont tous puissants, mais certains envoient du lourd. Ils font entre deux et quatre centimètres de haut. Un vrai trésor. Je pourrais m'acheter une maison avec ce lot. Non, un domaine entier.

Mais ça n'arrivera pas, car chercher à les vendre serait du suicide. Cela reviendrait à me coller une cible dans le dos.

Je les aligne à côté de ma cuisse. Ceux en pierre vibrent plus fort ; ils sont liés à la terre, donc à moi. Je capte dans leur vibration le nom du sorcier qui les a créés. Gary Chappell. Un sacré talent, ce sorcier.

Un charme attire mon attention, un chat noir en pierre avec des yeux faits en miroir. Il est petit, mais blindé de magie. À chaque tentative de contact, il me repousse violemment. Un sort réflexif. Pratique. Le sort renvoie la magie à l'envoyeur.

Que faire de tout ça ? J'ai une idée !

Laissant les talismans à leur place, je me lève pour farfouiller dans les étagères. J'ai un vieux bracelet qui traîne quelque part. C'est de la camelote et il va sûrement noircir ou verdir avec l'usage, mais les maillons sont solides. *Ahah !* Je l'ai trouvé. Je redescends aussitôt me rasseoir et attrape le chat noir agressif.

*C'est ma journée félins ou quoi ?*

— Bon, comment on fait ? marmonné-je en tournant le bracelet.

Je plisse les yeux, approche le petit chat noir du bracelet. À peine sont-ils à quelques centimètres l'un de l'autre que l'amulette commence à frétiller dans ma paume.

— Hein ? Qu'est-ce que tu mijotes ?

Je penche la main. Et là, le talisman en pierre bondit hors de ma paume et s'accroche au bracelet avec un clic, comme un aimant.

Je le fixe, perplexe.

— Pratique, merci.

Je secoue énergiquement le bracelet. Le chat reste bien accroché. Je pince les lèvres, hausse les épaules et passe le bracelet au-dessus des autres talismans. Ils s'animent tous puis, un à un, dans un ordre qu'ils choisissent eux-mêmes — ce qui ne me fout pas du tout la trouille — ils s'élèvent dans les airs et viennent se clipser sur le bracelet. *Clic, clic, clic.*

Tous, sauf le petit loup en métal, qui ne bouge pas d'un poil.

Je hausse les épaules et glisse le bracelet à mon poignet. Il se pose chaud contre ma peau. Ma magie le dissimulera aux yeux des curieux, et c'est plus sûr que de laisser traîner les charmes sur une étagère.

Je reporte mon attention sur le loup. Immobile, il n'a apparemment aucune envie de rejoindre le bracelet. Il n'a pas dû être créé par le même sorcier. Je le ramasse et le presse contre un maillon libre.

— Tu veux pas te clipser, toi ?

Comme il ne se passe rien, j'approche le pendentif de mon visage.

— Qu'est-ce que je vais faire de toi ?

Tiens, il y a une trace sur le métal, comme une tache. Instinctivement, je l'astique avec la manche de mon sweat. En frottant, le métal chauffe dans ma main et... largue une bouffée de fumée.

Je couine en le lâchant.

L'amulette glisse de mes doigts, rebondit sur le sol en briques rouges, crache davantage de fumée, puis l'air vibre de magie. Je tousse alors que la fumée s'épaissit, tourbillonne et prend la forme d'un loup.

— C'est quoi ce délire ? On dirait la lampe d'Aladin.

Un des charmes du bracelet se met à chauffer contre ma peau. Je baisse les yeux. Celui en forme d'escargot. Mais avant que j'aie le temps de l'arracher, le loup noir parle.

*Je m'appelle Eurus. Je suis un beithíoch.*

Waouh. Il parle dans ma tête. Le loup est réel. Et je le comprends. L'escargot — qui diffuse une chaleur agréable sur mon poignet — doit être un charme de communication.

— Salut, moi c'est Pepper, je réponds en lui faisant un signe zarbi de la main.

Je ne suis pas trop sûre de ce que je fais. Je me lèche les lèvres et me lance.

— Un beithíoch. Je croyais que c'était des gros chats ?

Des monstres faës. Des rumeurs disent qu'ils étaient des dieux, avant. Je frissonne.

*Pas seulement des chats,* s'indigne le loup — non, le beithíoch — d'un air méprisant. Oups, je l'ai vexé.

Mon sourire s'efface.

— Qu'est-ce que tu faisais là-dedans ? je demande en pointant le sol, où repose désormais le talisman inerte.

*Pris au piège. J'ai croupi là-dedans pendant très longtemps.*

— Je suis désolée qu'ils t'aient piégé.

Jouer avec les talismans d'un baluchon volé n'était peut-être pas l'idée du siècle. Je gigote ; mon derrière osseux commence à s'engourdir. *Est-ce qu'il est dangereux ?*

*Je n'ai commis aucun crime*, dit-il. Il lève le menton et me regarde avec de grands yeux tristes. C'est comme s'il lisait dans mes pensées ou, plus probablement, dans l'expression inquiète et toute chiffonnée de mon visage. *Tu m'as libéré.*

— J'ai pas fait exprès, mais je suis contente que tu ne sois plus coincé. Si tu veux, je peux te montrer le portail le plus proche. Tu pourras rentrer chez toi.

Je me penche pour ramasser le talisman en forme de loup. Dès que mes doigts le touchent, une fissure court sur le dessus.

— Oups, désolée, murmuré-je alors que la tête du petit loup tombe et que le reste du charme s'effrite en poussière dans ma main.

Je grimace, puis frotte ma paume sale contre mon pantalon.

*Tu m'as libéré. J'ai une dette envers toi.*

— Une dette ? répété-je.

Il va quand même partir, hein ? Il peut pas rester ici. Je n'ai ni besoin ni envie d'un coloc poilu et magique.

— Euh...

*Ne panique pas, Pepper.* Que répondre à ça ? J'ouvre

et referme la bouche comme un poisson, mais rien n'en sort. Les dettes, chez les faës, c'est délicat.

Au moins, je ne détecte aucun mensonge dans ses paroles. Je ne suis pas douée pour ce genre de truc. Poser des questions, faire la causette... le temps que je trouve quoi dire, c'est trop tard. Je suis maladroite. Je ne capte pas les signaux et je suis toujours à côté de la plaque. J'ai l'impression que tout le monde comprend les non-dits, sauf moi. Pour les autres, la communication est instinctive. Sans oublier le langage corporel auquel je pige que dalle. Et en plus, je n'ai pas affaire à une personne, mais à un loup.

— Euh...

Je me recentre sur le beithíoch. Pendant que j'étais perdue dans mes pensées, Eurus a dû décider que j'acceptais ses conditions, quelles qu'elles soient. Ou alors il s'en fout. Pour lui, la conversation est terminée.

Je le regarde, impuissante, tourner sur lui-même, puis se rouler en boule au pied de mon lit. Il pousse un soupir lupin et ferme les yeux.

*Voilà, voilà.* Je me gratte le crâne. Et maintenant, je fais quoi ?

J'observe le beithíoch endormi. Un invité de plus, avec le tigre de tout à l'heure. Je n'ai jamais parlé à autant de créatures en une seule journée. C'est quoi ce délire ? Au moins, ce n'est pas un autre métamorphe. Il ne va pas se transformer en beau mec baraqué.

Bon, qu'est-ce que je fais ? Mains sur les hanches, je me tourne vers les étagères, surtout celle où j'ai rangé les ananas. Il me reste quarante-deux boîtes. Et quelques sachets de noix. Je vais nourrir un loup avec ça, moi ? Peut-être qu'il peut manger la bouffe des elfes faute de mieux.

Je passe les doigts dans mes cheveux qui accrochent dans les nœuds. J'ai besoin d'une brosse, d'une douche, et d'un nouveau boulot pour payer les repas du loup maous costaud.

Je ramasse le baluchon elfique vide et le plie. *Crac.* Quelque chose s'est cassé dedans. *Oh merde, j'espère que ce n'est pas une potion.* Les yeux plissés, bras tendu comme pour me protéger d'une catastrophe imminente, je fonce vers le tunnel, prête à activer un sort pour évacuer le danger ailleurs. Une seconde passe... Deux... Rien. Comme le baluchon ne s'enflamme pas, je le retourne et le secoue.

Du verre brisé tombe sur le sol du tunnel dans un tintement cristallin. Puis je suis éblouie par un éclair violet. Un ver tombe par terre et s'éloigne en rampant.

Un ver avec une touffe de cheveux violets. *Pince-moi, je rêve.* Avant que j'aie le temps de l'attraper, il se glisse dans un trou du mur et disparaît. Je n'ai jamais vu un lombric de cette espèce.

Je ris et me frotte le visage quand la magie de la pierre échoue à le repérer.

— Ça n'arrive jamais.

Cette bestiole doit être un *null* magique. Tant qu'il ne me grimpe pas dans l'oreille pendant mon sommeil pour me bouffer le cerveau, il peut vivre sa vie tranquille.

Ce n'est qu'un ver, après tout.

Un ver, un loup et un tigre métamorphe sont dans un tunnel — on dirait le début d'une blague pourrie. Encore une créature, et je développe un tic nerveux permanent.

Je vérifie que le baluchon ne me réserve pas d'autres surprises pendant que le sol absorbe les éclats de verre — ils finiront dans la poubelle. Rien d'autre à l'intérieur. Je le range, prends des vêtements propres et m'éloigne hors de la vue du loup pour me changer. Je nettoie la toile de mon lit de camp, souris à ma nouvelle couverture super classe, puis je m'assieds en tailleur avec une brosse à cheveux. Je m'attaque à ma tignasse : nœuds, croûtes de sang, mèches collées. Beurk.

La lumière du matin filtre à travers les pavés de verre du plafond. Je n'ai plus le temps de dormir, et de toute façon, les ronflements du beithíoch m'en empêcheront. Sans parler du tigre métamorphe qui est toujours coincé dans le métro. Il faut que je m'en débarrasse.

Un coup d'œil dans le tunnel m'apprend qu'il en a marre d'attendre affalé dans un coin. Il tourne en rond. Je ferme les yeux, et dans ma tête, je vois ses pas nerveux, impatients, ses foulées tendues. Il est de plus en plus agité. Dangereux. Je ne veux pas le revoir. Allez savoir ce qu'il me ferait. Je ne veux même pas lui parler. Il me fout les jetons. Il faut qu'il parte.

Oui, il doit partir.

Il fait des allers-retours, ses foulées félines se rappro-chant de mon point de sortie habituel. Je prépare la magie, j'attends. Un drôle de sourire m'étire les lèvres. Comme un piège parfaitement huilé, je passe à l'action quand ses bottes touchent le bon spot.

La pierre se dérobe sous lui. Le tigre tente de bondir, mais trop tard. Je pousse la paume en avant, et le béton répond en lui collant une calotte. Juste de quoi l'étourdir. Puis la magie le soulève et le jette dehors sans ménagement.

Ouf, il est sorti. C'est mieux comme ça.

Le tigre s'attarde bien trop longtemps dehors, à étudier le sol. Après dix bonnes minutes, il finit par s'éloigner. Je l'imagine déjà, secouant la tête, les mains dans les poches, remontant la promenade d'un pas tranquille. Au moins, il est vivant. Quelque chose me dit que je le reverrai, mais j'ignore ce pressentiment. Je le reverrai sans doute, oui, mais si les dieux sont sympas, lui ne me verra pas.

# Chapitre Six

<br>

Eurus entrouvre l'œil.

*Je constate que tu t'en es bien sortie avec le métamorphe.*

— Comment... comment tu le sais ? dis-je, soupçonneuse.

*Je parie que le beithíoch peut flairer son odeur.*

— Il est parti, confirmé-je.

*Un départ temporaire. Tu l'as intrigué, il reviendra.*

— J'espère que non, même si je n'ai pas de prise sur les agissements d'un tigre.

La seule personne sur laquelle j'ai du contrôle, c'est moi-même. Du reste, je dois absolument cesser de gifler de dangereuses créatures avec du béton.

*Oh, mon Dieu... j'ai vraiment fait ça ?* Je me frotte le

visage dans un mouvement de désespoir. Le tigre s'est montré mal élevé, mais je n'aurais pas dû me rabaisser à son niveau. Je ne suis pas fière de lui avoir aplati la tête. Qu'est-ce qui m'a pris, merde ?

— Je vais m'absenter quelques heures, me décrasser. Tu veux venir ? proposé-je en indiquant le tunnel derrière moi.

Je ne laisserai pas la peur me barricader ici alors que j'ai des choses à faire.

*Je vais rester ici, m'accorder un peu de répit. Il semblerait que le repos m'ait fait défaut toutes ces années.*

C'est ça quand une créature est restée coincée dans un talisman... Je ne suis pas très à l'aise avec l'idée de laisser une créature magique inconnue chez moi, au milieu de mes affaires.

Mais s'il veut dormir, et que je dois me décrotter... Je dois laver mes cheveux imbibés de sueur et de sang à tout prix. Un peu d'air frais ne me ferait pas de mal et me permettrait de m'éclaircir les idées.

— Comme tu veux, je conclus.

Je rassemble mes affaires d'une main fébrile, me préparant à partir. Toute cette fuite m'a retournée. Techniquement je suis une troll, pas une proie. Être terrorisée, sans savoir quoi faire, est terrible, et j'en ai marre.

Mais si je ne me bouge pas, je crains de ne jamais *vivre*. Cela ne signifie pas que ma vie est trépidante, mais je ne suis pas complètement inutile ; je ne me tourne pas les pouces, j'aide les autres.

Je suis sur le point de quitter ma chambre quand les

bonnes manières me rattrapent. Je me retourne vers Eurus.

— Tu as besoin de quelque chose ? Tu veux manger, boire ?

L'instant d'après, mes yeux s'arrondissent. *Et s'il avait besoin de faire pipi ?*

*De la viande de chez le boucher.* Sa langue rose lèche jusqu'à son museau.

— Euh, ouais... j'ai pas de quoi passer chez le boucher. Mais je peux dégoter des os, si ça te va ? suggéré-je avec un sourire.

*Ça ira, pour l'instant.*

— Autre chose ?

Eurus ferme les yeux. Sujet clos.

Très bien, ô votre maaaajesté.

Je m'empare de mon sac.

Je marche dans le tunnel faiblement éclairé par les lanternes faës. Le tigre a déplacé le cône orange, et la porte des toilettes pour dames a été saccagée.

Ma mâchoire se contracte. En l'espace de quelques heures, il a retourné tout ce qui constituait ma vie. Ce tigre est la raison pour laquelle je n'invite jamais personne. En même temps, ce n'est pas comme si j'avais un carnet d'adresses rempli.

Je pose la main sur la grille métallique défoncée, saisis le cône et le remets à sa place initiale, en le tournant légèrement vers la gauche. *Beaucoup mieux,* acquiescé-je.

Avec un battement magique, la pierre me restitue ma trousse de toilette, et je fronce les sourcils en observant le sac poubelle. *Euh, elle est où ?* La tunique que je portais en Faërie a disparu. Et d'après ma magie, elle n'est pas dans les toilettes.

Mon cœur s'arrête. Est-ce qu'il l'aurait prise ? Pourquoi ce fouinard de métamorphe m'aurait piqué ma tunique crado ? Espère-t-il prouver que j'ai traversé le portail illégalement ? Je plaque une main sur ma bouche. *Oh non !* Entre de mauvaises mains, le sang est une arme dangereuse ; on peut l'utiliser contre moi. Son odorat a forcément détecté l'odeur métallique, et celle des elfes, sur le tissu.

*Misère...* J'enfouis mes mains dans ma tignasse, en panique.

— C'est pas vrai ! Je fais quoi maintenant ?

Va-t-il la rapporter aux chasseurs ? À moins que ce ne soit lui, le chasseur ? J'ai envie de m'écrouler et de pleurer toutes les larmes de mon corps. Quelle imbécile !

*J'ai provoqué ma perte en lui tendant la main.* Je tire le col de mon sweat. J'ai chaud, trop chaud. Tout à coup, le tunnel semble rétrécir.

Je ne peux pas rester ici.

Peut-être que je pourrai revenir dans quelques années, qui sait ? Sauf que le tigre était furax, et moi... je lui ai éclaté la gueule contre le béton.

*Oh, Dame Nature, qu'est-ce que j'ai fait ?*

Un sanglot apeuré s'échappe de mes lèvres. Le sac en plastique s'enfonce dans mes doigts alors que mes poings se serrent de rage. Ce n'est peut-être qu'un tunnel miteux, mais c'est chez moi. Désormais, mon foyer est compromis et je n'ai pas de plan B. J'ai envie de me gifler. Je n'ai jamais eu besoin d'anticiper une seconde planque. À quoi cela aurait-il servi ? Rien ne m'arrive jamais. La ville grouille de tunnels similaires, mais les chasseurs fouilleront ces lieux en premier.

Ils me trouveront.

Ils sont aussi redoutables que les elfes. Leur magie peut dépouiller les créatures de leurs pouvoirs ; ils appellent ça un bracelet inhibiteur. Je ferme les paupières, inspire, expire... *Tout va bien se passer.* Personne ne m'a jamais prêté attention. Il n'y a pas de raison pour que cela commence aujourd'hui. Je ne suis qu'un plancton dans un océan regorgeant de gros poissons bien plus juteux et dangereux que moi.

Pas de quoi en faire un drame. *Je vais m'en sortir.*

Je me précipite dans le coin où le tigre était prostré. Il y a des chances pour que la tunique s'y trouve... C'était bien essayé. C'est officiel : la tunique a disparu. Tout ce que je vois, c'est la boîte d'ananas encore fermée posée sur ma couverture soigneusement pliée par terre. Je n'ai même pas la force de me réjouir de la conserve intacte. Je les transfère dans ma chambre et jette dans le sac poubelle la bouteille d'eau vide et le paquet de noix.

Je dois avertir Eurus. Nous ne sommes pas en sécurité. Demi-tour toute ! Je laisse tout tomber et me rue dans le tunnel en martelant le sol.

— Eurus, on doit partir ! Le tigre...

Je dérape à l'angle et manque de percuter le mur du fond. À bout de souffle, je continue d'expliquer ce qui se passe au beithíoch assoupi, en survolant le passage sur les elfes, car je ne lui fais pas confiance. Lorsque j'ai fini ma tirade, j'attends sa réponse, anxieuse.

Pourquoi ne bouge-t-il pas ?

*Je te localiserai si nécessaire,* se contente-t-il de répondre avant de refermer l'œil.

Hein ? Il va sérieusement se remettre à pioncer ?

— Mais l'endroit n'est plus sûr, Eurus. On doit partir.

*Débarbouille-toi. Tu empestes le sang et la peur. Pendant ce temps, je sombrerai dans un repos bien mérité.*

Ses lèvres se retroussent, puis il s'étire de façon lascive en posant sa tête sur ses pattes. Mon interruption a contrarié le loup.

*À ton retour, envisage de renforcer ta magie de la pierre par une barrière magique.*

Je me fige.

— Une barrière ? Mais je ne sais pas comment faire…, soufflé-je.

*Tu n'en as sans doute pas la capacité, mais le parapluie à ton poignet en a le pouvoir. Un autre de tes talismans brouillera toute tentative de te localiser. Je te guiderai, après avoir fermé les yeux un instant.*

Un parapluie ? Ah. J'agite les charmes accrochés au bracelet de mon poignet.

*Déleste-toi de la peur, mon enfant. Ton anxiété peut te mettre en péril. Ces tunnels sont aussi résistants qu'une forteresse. Une barrière couvre les failles…*

Il indique le verre épais au-dessus de nous.

*… et pour une troll solitaire, rompre la magie protec-*

*trice ne sera pas une mince affaire. N'aie crainte, la sécurité règne en maîtresse dans ces confins. Nous sommes en parfaite sécurité.*

J'opine, puis un éclair me traverse l'esprit. Comment Eurus sait-il où nous nous trouvons ? Il vient tout juste de sortir de l'amulette pour débarquer dans un tunnel à l'apparence anodine. Il n'a pas vu le monde. On pourrait être n'importe où.

*J'ai beau avoir été confiné, je n'ai pas été coupé de mes sens ; j'avais conscience de mon environnement. Les conversations des créatures du monde extérieur et les monologues du métamorphe pendant son mandat ne sont pas tombés dans l'oreille d'un sourd. J'ai identifié notre position géographique. Le métamorphe pourrait croire que tu fuis. C'est ce qu'on attend d'une proie, sauf que tu n'en es pas une... n'est-ce pas ? Un choix s'offre à toi : battre en retraite ou faire preuve de sagesse. Utilise les amulettes à ta disposition pour défendre ta demeure.*

Une fois de plus, Eurus répond à mes interrogations tacites. Il a raison. Les elfes et le tigre s'attendront à ce que je prenne mes jambes à mon cou. C'est ce que mon cerveau reptilien me hurle de faire.

Bats-toi ou fuis.

Mais il existe une troisième option : *fortifie* et ne fais rien. Reste pour renforcer le terrain et sors quand tu le souhaites. Je peux disparaître. Ils ne pourront pas me retrouver si je vais et viens à mon gré par magie. Quel soulagement... Grâce à mon pouvoir, le seul moyen de me débusquer est de me rentrer dedans. Je ne connais aucune créature dotée d'invisibilité comme moi. Ce n'est pas rien.

— Est-ce qu'on peut concocter la barrière et les autres sorts tout de suite, s'il te plaît ?

Je suis à deux doigts de le supplier. S'il y a une possibilité pour assurer ma sécurité, je ne vais pas passer à côté par orgueil. Peut-être qu'un pot-de-vin pourrait le convaincre...

— Je t'achèterai de la viande de bœuf fraîche.

Je ne montre rien de mon enthousiasme lorsque je le vois se lécher les babines. Puis, je m'assieds sur mon lit dans une position étrange.

Le beithíoch soupire.

*Tu me fixes.*

— C'est vrai.

Je pianote sur ma cuisse en fredonnant un air agaçant.

*Tu fais du bruit.*

— Encore vrai. J'ai hâte de jeter des sorts, je réponds en agitant le poignet, faisant cliqueter les pendentifs qui s'entrechoquent.

Eurus s'assied finalement.

*Une jeunette horripilante, cela va de soi. Les créatures modernes n'ont aucun respect pour leurs aînés. Pour ma part, j'ai deux mille ans.*

Il détend ses pattes et secoue sa tête ankylosée.

*Tout me porte à croire qu'aucun repos ne me sera permis tant que je ne t'aurai pas apporté mon concours.*

— Non, en effet.

*Très bien, troll. Au travail. Place le parapluie dans ta paume, ferme les yeux, puis visualise mentalement les galeries que tu souhaites protéger. La magie contenue dans le talisman se chargera du reste.*

— Très bien.

Visualiser les galeries ? Elles s'étendent sur des kilomètres, et certaines d'entre elles sont habitées par d'autres créatures. Il serait logique que je protège ce tunnel et ceux auxquels il est relié. Oui, ça tient la route. Je m'exécute, prends une grande inspiration et fais le vide dans mon esprit.

Progressivement, mon troisième œil s'active. La magie soulève de fines mèches de cheveux, une lueur verte s'épaissit au rythme de mon pouls. Je suis convaincue que ceux qui utilisent ce charme n'ont pas besoin d'ouvrir leur troisième œil. Il faut avouer que la plupart des gens n'ont pas une galerie de souterrains à défendre, mais une chambre.

Je m'oblige à me concentrer et force sur mes pouvoirs pour repérer les tunnels les plus proches.

*As-tu identifié les points où la barrière doit s'implanter ?* murmure-t-il.

Je confirme.

*Exhorte le parapluie à se déployer pour envelopper et garder les points souterrains à l'abri des menaces.*

Aux abords de ma conscience, la voix d'Eurus continue de m'énumérer des instructions d'une voix feutrée, m'expliquant comment dérouler ma magie. Avec délicatesse, j'invoque le pouvoir bleuté du talisman, implorant son aide. La magie est d'un bleu clair vivifiant qui se confond avec l'intensité de mon aura verte et vibrante.

Je me focalise sur les tunnels, laissant le bleu se superposer au vert. J'ai la chair de poule lorsque la barrière rejoint ma magie pour se mettre en place. Ignorant la sensation que cela me procure, je rappelle ma magie verte et demande au pouvoir du talisman de protéger les tunnels. Il s'ouvre à moi, puis entre en connexion. Boum. Dans ma tête, le bleu ciel explose pour tomber en dôme, englobant les points épinglés sur la carte mentale.

Mes lèvres fourmillent et mes cheveux sont pleins d'électricité statique. Les paupières closes, le troisième œil éveillé, je distingue la cloche aux parois célestes.

*Bien*, me félicite le beithíoch. *Maintenant, lance le sort d'oubliette avec le talisman en forme de poisson.*

À contrecœur, je me détache de l'aura bleutée, abandonne le pendentif en parapluie, et saisis le poisson. Une mémoire de poisson rouge... Pas mal la réf' ! On ne peut pas enlever le sens de l'humour à ce sorcier qui a façonné les pendentifs. Sacré Gary.

*La procédure est identique, à une chose près : canalise l'enchantement pour qu'il s'ancre à l'endroit exact où tu as rencontré le métamorphe. L'endroit par lequel il est parti me semble judicieux. Fais preuve de tact, de délicatesse. Précise que le charme doit agir uniquement lorsque quelqu'un te cherche, toi ou le tunnel.*

*Nous voulons que la magie effleure les fureteurs, et non*

*qu'une pluie d'amnésie s'abatte sur les pauvres créatures qui auraient le malheur de passer dans le coin.*

— Entendu.

Je pense que j'ai saisi. Vu la vitesse à laquelle il débite, je ne comprends qu'un mot sur trois. J'ignore s'il s'exprime ainsi pour compenser le fait d'être un loup. Mais au fond, qu'y aurait-il à compenser ? Il n'y a aucun mal à être une boule de poils touffus.

Cette fois, je me sens plus confiante. Je délimite la zone dans l'asphalte sur la promenade, pile en face où la magie m'a fait savoir que le tigre fouinait. Je donne mes indications à la magie du poisson qui s'illumine d'un halo orangé. Sort d'oubliette activé.

— J'ai réussi, chuchoté-je, relâchant le charme.

Aussitôt, je tangue sur mes pieds. Waouh, ce n'était pas une magie de débutant. Je ne me suis pas tout à fait rétablie de mes blessures. Désormais, je suis en sueur et j'ai le vertige.

*Mes félicitations, chère camarade aux narines insensibles. Permets-moi le luxe d'un sommeil sans interruption. Tu en profiteras pour faire un brin de toilette. Oh, et de grâce Pepper... emprunte une autre sortie que ton conduit d'évacuation d'usage.*

Soufflée, je m'efforce de lire entre les lignes. Est-ce qu'il vient d'insinuer que je schlingue ? Et mille tonnerres, qu'est-ce qu'un conduit d'évacuation d'usage ?! Soudain, je m'immobilise.

*Évite de quitter le tunnel par ton passage habituel.*

— Oh, je vois... Oui, bonne idée.

Les deux charmes m'ont embrumé les neurones, mais je parviens à me mettre debout.

— Je te laisse à ta sieste. Si tu veux sortir, j'ai demandé à la pierre de te laisser passer.

Je me glisse hors de la chambre. S'il part, il ne sera pas en mesure de rentrer, mais au moins il n'est pas piégé ici si quelque chose m'arrive.

La magie me ramène mon sac. Je tourne les talons et m'enfonce dans les tunnels.

# Chapitre Sept

Me voilà propre comme un sou neuf. Je me suis douchée en douce dans la salle de sport d'un hôtel, et maintenant mes cheveux sentent l'avoine, le miel et la noix de coco. Un bond capillaire en avant comparé au bain d'huile parfum sueur et sang. J'ai été obligée de me shampouiner trois fois pour me débarrasser des croûtes. Beurk. Je n'ose imaginer la puanteur que j'imposais aux sens aiguisés du beithíoch et du métamorphe. Un sourire illumine mon visage.

Après la douche, je m'habille pour aller faire du shopping : un jean noir moulant qui tombe sur mes hanches et un pull violine — ma couleur préférée —, qui contraste divinement bien avec ma carnation verte.

Même si peu de créatures risquent de poser les yeux sur moi, aujourd'hui je suis prête à affronter les regards. Quel plaisir de se sentir bien dans sa peau.

J'ai jeté la poubelle dans une benne à ordures, et maintenant je dois passer chez la brownie pour déposer mes fringues dégueulasses ; les elfes de maison font des miracles. J'évolue dans l'ombre, puis désactive ma magie. J'attends quelques secondes pour ne pas attirer l'attention avant de — l'air de rien — pousser la porte où est inscrit au pochoir Pressing & Lavage Spécial Brownie.

L'horloge au-dessus de la porte émet un ding agaçant, et je me prends une vague de chaleur en pleine figure. Ma foi, cela change de la gifle du blizzard en sortant. J'avance vers le comptoir en tenant le sac de frusques devant moi.

L'endroit est chouette. Les murs sont tapissés de vieux posters de vêtements et de sortilèges nettoyants.

Je fais confiance à la brownie qui gère l'établissement. Cela fait des années que je viens, bien que la propriétaire, Jessica, ne me remette pas toujours. Je ne lui en veux pas, elle doit voir passer des centaines de clients au quotidien.

Aujourd'hui, elle est derrière le comptoir. Elle relève le nez d'une pile d'habits fraîchement lavés et m'accueille avec un sourire amical.

— Bienvenue ! Que puis-je faire pour toi ?

Je hisse le sac sur le comptoir et réponds à son sourire.

— Bonjour, Jessica. Un lavage, s'il te plaît.

Je lui communique mon numéro de compte et pousse le sac vers elle.

— Certainement !

Ses longs cils battent sur ses joues alors qu'elle cligne des yeux, s'efforçant de se souvenir de moi. *Bon, ça ne sera pas pour cette fois.* Elle secoue la tête et dégaine son datapad professionnel. La dernière fois que je suis venue, c'était il y a un mois. Demain, j'espère qu'elle se souviendra de moi quand je viendrai récupérer mon dû.

Après plusieurs scribouillages, elle finit par me trouver dans ses fichiers.

— Ce sera prêt en un rien de temps. Est-ce que tu veux un programme particulier ? On a mis en place une nouvelle potion anti-cracra, qui ne ronge pas le tissu cette fois. Et il y en a une spécialement contre les taches de sang. Deux pour le prix d'un.

— Non, un lavage classique fera l'affaire.

— C'est noté. Laisse tout ici, et on s'en occupe. Tu peux repasser demain. Il te fallait autre chose ?

Je fais non de la tête.

— Merci, à demain.

Avec un signe de la main, je quitte le pressing. La porte signale à nouveau mon départ alors que je m'engouffre dans le froid hivernal.

Je fais un saut chez le boucher, désactivant mon pouvoir d'invisibilité, le temps d'acheter quelques os au beithíoch et un carré de bœuf, comme promis.

Sur le chemin du retour, je fixe l'emballage blanc dans mes mains en fronçant les sourcils. Il faut que je trouve un boulot. Le beithíoch va me plumer. Néanmoins, mieux vaut attendre quelques jours que la pression redescende. Il ne faut pas oublier qu'il y a un tigre enragé, qui en sait un peu trop sur mon compte. Si on ajoute à ça la rune d'esclave et les elfes, mieux vaut faire profil bas… pour ne pas changer.

Je gratte le trottoir avec ma godasse. Depuis que je suis gamine, me tenir à distance a toujours été mon mantra, une habitude qui a porté ses fruits. Une nécessité.

Cette fois c'est différent. Je suis forcée de me cacher parce qu'on me pourchasse, je n'ai pas vraiment choisi cet isolement. C'est moche de se sentir comme une criminelle en cavale ou d'être pucée comme une esclave. Je remonte la manche sur mon poignet avec mauvaise humeur. En faisant attention, je peux m'en sortir grâce à mes petites économies, surtout si j'arrive à me dépêtrer de mon invité à poil long. J'aime bien les gens, mais j'adore la solitude.

Devant moi, une troll à la taille en clepsydre fait claquer ses talons sur le sol. Je laisse échapper un soupir triste, empreint de jalousie. C'est un missile. Bien roulée, la peau vert sapin, ses cheveux verts brillent au soleil. Lorsqu'elle se tourne vers une vitrine, j'aperçois le blanc éclatant de ses défenses joliment incurvées, qui s'enfoncent gentiment dans sa lèvre supérieure généreuse. Elle est le modèle de ce que j'aurais dû être, et elle me rappelle ma mère.

Une vague de tristesse s'abat sur moi. Ma mère… Je

pousse un soupir et chasse le spleen qui me menace. Je repasse devant la boutique de magie, à nouveau chatouillée par l'envie de faire un saut à l'intérieur et de demander des conseils pour la rune d'esclave. Peut-être même que je pourrais me renseigner sur le potentiel des charmes à mon poignet ? Mouais. Irréfléchi et dangereux. Je n'ai besoin de l'aide de personne, je peux me débrouiller par moi-même.

Résumons. Le parapluie crée des barrières ; le poisson embrouille l'esprit ; le chat renvoie la magie comme un miroir ; et l'escargot permet de communiquer. Quatre charmes sur douze. Pas mal du tout. J'ai hâte de découvrir ce que me réservent les huit autres.

Quand il aura fini de roupiller, Eurus pourrait m'en apprendre davantage, il a quand même *deux mille ans*. Je lève les yeux au ciel en gloussant. *Deux mille ans... à d'autres, Eurus.* Je vais devoir me creuser la cervelle pour le dégager en douceur. Je ne veux pas d'un beithíoch comme coloc. Rien que de le savoir chez moi me fait friser l'hystérie. Et puis, est-ce que je peux me fier à lui ? Quelle question. Bien sûr que non. Qu'est-ce que je connais de lui ? Les beithíochs sont réputés pour être des monstres, dangereux... loyaux. J'ignore cependant si sa loyauté va à moi, ou aux elfes.

Je me fige aussitôt.

*Les elfes.*

Quatre se tiennent au milieu de la rue. Ma parole, ils se préparent pour une chasse au trésor. La bouche béante, je reste pétrifiée face à mon cauchemar devenu réalité. Je remarque à temps le couple derrière moi qui me fonce dessus, et je m'écarte pour éviter la collision. Dans le mouvement, ma cheville se tord et je réprime le cri de douleur.

*La vache, c'était moins une.* Je clopine discrètement vers le bar le plus proche. Fébrile, je vérifie que je porte toujours mon manteau d'invisibilité. Bien. Sur une jambe, je fais doucement tournoyer ma cheville avant de me réappuyer dessus pour éviter qu'elle enfle comme un ballon. Il vaut mieux éviter de chouchouter ses bobos.

Le cœur battant dans les tempes, je réfrène l'envie de me tirer en courant et les observe.

Les elfes examinent le sol.

Sur le papier, leur leader est un bogosse. Traits ciselés, longue chevelure platine tressée selon la tradition elfique. Ses cheveux tombent sur ses épaules droites alors qu'il se baisse vers le lampadaire, faisant tinter ses armes. Il pose une main au centre d'une étoile creusée dans le bitume. Mon œuvre.

*Comment ont-ils fait le lien entre cette fissure et moi ?* Mes orbites s'agitent dans tous les sens. Là ! Une chape de plomb me tombe dans l'estomac lorsque je repère les caméras de surveillance dans la rue. Ils ont sûrement eu accès aux enregistrements pour me retrouver. Ce serait logique. Après tout, cette rue est proche du portail. Je me frotte le visage d'un air dépité.

*Bien joué, Pepper. T'es parvenue à ne pas livrer tes secrets sous la torture, tout ça pour les mener directement chez toi.* À présent, ils sont au courant de mon pouvoir d'invisibilité et de pierre. *Super, juste... super.*

La cible sur mon front s'est agrandie.

Au lieu de m'enfuir — ce que je ferais en temps normal —, j'accepte le sentiment viscéral d'horreur et de rage qui me chauffe les veines à blanc. Mes narines frémissent tandis que je vrille mon regard sur les elfes et le blond qui tâte l'asphalte. Lui... cette merde platine aux oreilles pointues m'a fait du mal.

N'obtenant rien du sol, le leader retire son gant d'un geste vif et tâtonne à nouveau la fissure, cherchant à extorquer une signature magique à la pierre.

*Accroche-toi bien, mon pote.*

En le voyant presser ses doigts contre la faille, acculé par la frustration, un souvenir me frappe. Une montée d'acide me brûle le palais ; je la réprime immédiatement. Oui, ça me revient... Je me souviens de ses mains quand il me malmenait en plein interrogatoire. Je ravale la bile dans ma bouche. Enfin, il n'était pas seul à me questionner. Il y avait sa joyeuse bande de connards avec lui.

Mes yeux se plissent sur les trois autres. Et pour la première fois de ma vie, une haine froide me submerge. Le blondinet adore mener la danse ; il me cognait le visage pendant que son acolyte aux longs cheveux bruns — qui se tient actuellement derrière lui pour surveiller ses arrières — m'a pété le poignet. *Fumier...* C'est cette face de pet à la con qui m'a imprimé sur le bras la rune d'esclave, dont je vais d'ailleurs me débarrasser. Les elfes sont des enfoirés d'esclavagistes. J'ai terriblement envie de leur faire du mal, là, tout de suite.

Combien de temps pour déloger les briques du bâtiment d'à côté et les larguer sur leurs boîtes crâniennes ? *Oui...* Je ferme les yeux, inspire. Ce n'est pas moi, je ne suis pas cette personne. Bien qu'il arrive, comme aujourd'hui, qu'une part horrible de mon âme en meure d'envie.

Des murmures inquiets s'élèvent des échoppes alentour et attirent mon attention. Dans la rue une silhouette familière émerge, le regard braqué sur les elfes.

*Oh, c'est pas vrai. Le tigre est de la partie.*

# Chapitre Huit

Je ferais mieux de partir, mais comme une andouille, je me rapproche. Il faut que je sache. Je dois écouter. C'est un risque calculé, et j'ai besoin de comprendre ce qui se passe entre les elfes et le tigre.

Punaise, cet homme est encore plus beau à la lumière du jour. Le félin s'avance narines au vent. Il inspire leur odeur et une lueur dangereuse passe dans ses yeux. Pendant quelques secondes, ils brillent orange, puis la couleur disparaît d'un clignement de paupières.

— Vous êtes perdus ? crache le tigre.

Le chef des elfes se redresse, essuie la saleté de sa paume avec un mouchoir tendu par le brun, puis, sans se presser, le blond remet son gant. Pendant tout ce temps, il fixe le tigre avec un dégoût à peine voilé, tandis que sa réponse se fait désirer.

— Nous chassons une fille, une troll de sang-mêlé. Elle nous a échappé il y a quatre jours. Elle mesure environ un mètre soixante-cinq, avec la peau et les cheveux verts, explique le chef dans un français parfait.

Son visage est neutre, son corps détendu, un calme si lisse qu'il en devient suspect style « circulez, y a rien à voir ».

Quatre jours, waouh. J'avais vraiment besoin de dormir.

— Une fille s'est échappée alors qu'elle était sous votre garde ?

Le tigre croise ses bras massifs sur son torse et plisse les yeux. Son langage corporel crie « donnez-moi une raison de vous arracher la tête ».

— Laissez-moi deviner. Vous bossez pour un seigneur de Faërie ? Vous avez un ordre de mission ? Parce que franchement, vous ne ressemblez pas à des guerriers elfes.

— Nous ne sommes pas en mission officielle, reconnaît le chef.

— Donc vous êtes quoi ? Des mercenaires ? grogne le tigre. Ah, je vois. La fille n'a pas échappé à votre garde. Elle s'est échappée tout court. On ne voit pas ça d'un bon œil, ici. C'est pas très fair-play. Quatre grands elfes patibulaires lancés aux trousses d'une petite troll ? La honte, franchement. Allez, dites-moi. Qu'est-ce que vous lui avez fait ?

Sa voix vibre dangereusement à la fin.

Et là, tout s'éclaire. Dès qu'il s'est approché des elfes en reniflant, le tigre les a reconnus. Il les avait déjà sentis, sur la tunique volée dans les toilettes. Il a senti leurs odeurs et mon sang. Et il a soigné les blessures qu'ils m'ont infligées. Ma peur, ma douleur, il a tout senti. Ma tunique en était imbibée.

Le chef blond lâche un rire méprisant, imité par les trois autres elfes, tout aussi odieux.

— Chasseur, cette affaire concerne ton conseil, pas toi. Passe ton chemin. On n'a pas besoin d'aide pour traquer notre proie.

L'elfe le congédie d'un geste de la main.

— Chien de l'enfer, gronde le tigre, un son guttural.

Et là, mon cœur dégringole dans mes godillots.

*Chien de l'enfer.* Waouh, la vache. C'est un chien de l'enfer ? À ces seuls mots, les elfes reculent d'un pas, parfaitement synchronisés, et baissent les mains vers leurs armes.

Je bascule en arrière sur mes talons. Les chiens de l'enfer, c'est pas de la gnognotte. Ce sont des métamorphes très anciens, ils ont plusieurs siècles. Et rien que ça, c'est exceptionnel ; les métamorphes sont une espèce violente, ils ont tendance à mourir jeunes. Les chiens de l'enfer sont plus gros, plus forts et leur magie est plus puissante, avec une affinité pour le feu.

Ouais, c'est aussi terrifiant que ça en a l'air. D'abord, il y a les crocs empoisonnés, ensuite l'entraînement au combat niveau élite, et pour couronner le tout, ces créatures rarissimes peuvent littéralement s'enflammer. Des métamorphes de feu. Voilà pourquoi le surnom de *chien de l'enfer* s'est imposé de lui-même, après des siècles de terreur. J'avais déjà décidé de ne pas jouer avec le tigre, mais provoquer un chien de l'enfer, c'est carrément du suicide.

C'est une armée à lui tout seul — la mort en marche.

Je me frotte le visage et gémis. Pourquoi moi ? *Pourquoi moi ?* Toute ma vie, j'ai rasé les murs et je me suis tenue à carreau. À part mon petit boulot au noir, j'ai toujours été sage. Pour une gamine sauvage livrée à elle-même, je m'en suis plutôt bien sortie. Avec l'enfance que j'ai eue, j'aurais pu crever mille fois. Mais j'ai survécu jusqu'à l'âge adulte. Je n'ai rien fait pour mériter qu'un chien de l'enfer se mêle de ma vie. Jusqu'à hier soir, je n'aurais même pas cru en voir un en vrai un jour. Et pourtant, le voilà. Putain, quelle semaine.

Et là, l'évidence me frappe. Je percute ce qu'il est *vraiment*. Et je me sens très conne. Si c'est un chien de l'enfer, ce tigre aurait pu massacrer tous les métamorphes d'hier soir. Et probablement ceux de la ville entière — les mains attachées dans le dos et un œil crevé.

*Oh non*. Je pense à un truc, gémis et ferme les yeux, mortifiée. Je me frappe le front. J'ai enfermé un *chien de l'enfer* dans le métro pour le protéger.

Je pouffe dans ma paume. Pas étonnant qu'il ait été furax.

Pas étonnant qu'il ait eu en sa possession tous ces sorts sophistiqués et cette tronche de méchant flic.

Pas étonnant qu'il me foute les jetons. J'arrive pas à croire que je lui ai collé une baffe en béton magique.

*Oh, Dame Nature, qu'est-ce qui m'attend maintenant ?*

— Papiers, grogne le tigre en tendant la main, agitant impatiemment les doigts.

Une menace brute émane de lui. Je croyais qu'il était énervé dans le métro, mais je réalise que c'était sa version *sympa*. Putain, c'est rien à côté de ce qu'il dégage maintenant. Puissance, dégoût, et une colère froide, profonde. Il veut déchiqueter ces elfes.

Même les humains traversent la rue et entrent dans la première boutique au hasard pour ne pas s'attirer ses foudres. Ce qu'il dégage ferait fuir les plus braves. Je parie qu'il n'y a plus un seul métamorphe à un kilomètre. Alors pourquoi *moi* je suis encore là ? Bonne question.

Un par un, les elfes rapetissent sous son regard. Le chef se racle la gorge et bombe chichement le torse.

— Nous n'avons pas de papiers, chien de l'enfer. Pas eu le temps. La fille que nous recherchons est une suspecte potentiellement dangereuse.

Dangereuse ? Je pouffe en silence. Ce sale petit menteur essaie d'enjoliver la réalité. Ils me traquent parce que non seulement j'ai réussi à m'enfuir, mais je suis partie avec une rune d'esclave illégale, facile à retracer jusqu'à celui qui me l'a tatouée sur le bras.

— Dangereuse ?

— Potentiellement, précise le chef avec un petit reniflement, en contournant encore la vérité.

Visiblement mal à l'aise, il se frotte la bouche du dos de la main. Les trois autres elfes baissent les yeux en se dandinant sur place.

Selon un mythe soigneusement entretenu, les elfes ne peuvent pas mentir. C'était peut-être vrai autrefois, mais à l'époque moderne, ils mentent très bien. Simplement, ce n'est pas honorable. Tabasser une personne qui ne représente aucune menace et lui coller une rune d'esclave sur le bras, ce n'est pas glorieux non plus, mais ça ne les gêne pas. Je pense qu'ils conçoivent l'honneur et la vérité comme les règles d'un jeu qu'on adapte à la personne en face.

— Vous connaissez les règles : pas de papiers, pas de chasse. Je vais vous raccompagner jusqu'au portail.

Le tigre balaie l'air d'un bras musclé, les invitant à passer devant.

— Non, nous dev..., commence le chef des elfes d'une voix sûre, qui se meurt dans un hoquet quand le tigre perd patience.

Sa main jaillit, enserre le cou de l'elfe et le soulève du sol. Les doigts gantés du blond s'agrippent à la poigne de fer, ses bottes raclent frénétiquement le bitume sans trouver d'appui. Il s'étrangle, suspendu à quelques centimètres du sol.

— On peut employer la manière douce ou la manière forte.

— Je vote pour la manière forte, lance une voix rauque.

Une femme émerge du groupe, vêtue d'un treillis

noir qui épouse à la perfection sa petite silhouette. Ses longs cheveux rose pâle sont tressés en une grosse natte qui rebondit contre sa taille à chaque pas. Elle tourne autour du tigre, puis s'arrête, le menton levé pour fixer l'elfe captif. Et même si elle le regarde d'en bas, on a l'impression qu'elle le toise.

Je. Suis. Bluffée.

Elle sourit. Pas un sourire sympa. Les elfes se ratatinent un peu plus.

*C'est une métamorphe*, pensé-je intérieurement.

Elle dépasse à peine le mètre cinquante — étrange, pour une métamorphe, eux aussi ont tendance à être grands, comme les trolls. Elle a l'air d'avoir dix-huit ans, mais l'âge des créatures est difficile à deviner. Des yeux dorés immenses, des pommettes hautes, un petit nez retroussé. Adorable. Sauf que son regard n'a rien de doux. Je préférerais tirer la queue du tigre plutôt que de l'emmerder.

— Guerrière Hesketh, souffle l'elfe brun qui m'a brisé le poignet.

Sa voix nasillarde est pleine de respect... et de terreur.

— Salut, Forrest, dit le tigre d'un ton amical, comme s'il n'étranglait pas un elfe — ou alors tuer est une habitude chez lui.

*Forrest Hesketh*, j'articule en silence.

— Quoi de neuf, Corbin ? demande-t-elle de sa voix cassée, presque rauque.

Rien qu'à l'entendre, je devine qu'elle en a bavé. Et donc, le tigre s'appelle Corbin.

— Ces messieurs chassent une troll. Une jeune fille.

L'elfe blond gémit quand Corbin resserre sa prise et le secoue de sorte que ses pieds battent dans le vide.

Les lèvres de Forrest tressaillent.

— C'est pas une troll pure souche, et elle s'est échappée alors qu'elle était sous notre garde. On veut la récupérer pour lui poser quelques questions, tente Casse-Poignet en levant les mains pour se protéger de la petite terreur aux cheveux rose bonbon.

— Des questions, *bien sûr*, raille Forrest en roulant ses yeux dorés.

Les deux autres elfes n'ont pas bougé d'un centimètre, mais leurs torses se sont inclinés vers l'arrière. Et celui le plus près de moi... Waouh. Ses genoux s'entrechoquent. Littéralement. Je n'avais jamais vu ça de ma vie. On dirait qu'ils vont se pisser dessus.

Qui est cette meuf ?

— Ce sont des mercenaires sans papiers officiels, balance le tigre.

— Ah bon ? s'agace Forrest.

Elle claque la langue et dévisage l'elfe rouge tomate.

— Vous ne pouvez pas débarquer sur Terre, dans ma ville natale, et foutre le bordel.

— Vous allez partir sur le champ, dit Corbin en lâchant l'elfe blond, puis, dégoûté, il s'essuie la main sur son pantalon. Et si vous osez revenir, assurez-vous d'avoir vos papiers. Sinon, la guerrière Hesketh, ici présente, a l'autorisation du tribunal pour tous vous réduire en pièces.

Stylé.

— Ouaip. Allez hop, circulez, confirme Forrest avec un petit sourire en désignant le portail du menton.

— Mais les autorisations vont prendre des mois, gémit Casse-Poignet, nasillard au possible.

Je roule des yeux. Ces mecs-là ne savent pas quand s'arrêter.

— C'est pas notre problème, grogne Corbin.

Le chef, qui se masse la gorge, détale sans demander son reste. Les autres elfes lui emboîtent le pas. Casse-Poignet ferme la marche. Il pousse un couinement aigu quand le tigre le chope par le bras. Une torsion vive et précise, avec les deux mains... *crac*. Le bras se brise comme une brindille.

L'elfe hurle.

Ma bouche s'ouvre toute seule.

Il m'a vengée ? Noooon. Impossible. Je secoue la tête et me frotte la nuque. Bordel de troll, je ne pige plus rien ! Je regarde, éberluée, les elfes détaler vers le portail comme si les enfers étaient à leurs trousses. En un sens, c'est le cas. Corbin est un chien de l'enfer.

Forrest ne bronche pas face à la violence de la scène.

— Pourquoi le poignet ? demande-t-elle d'un ton détaché, en regardant les elfes s'enfuir.

— Il lui a fait du mal.

Elle hoche la tête.

— Ah. Bien joué. Moi, j'aurais cassé les deux bras.

Le tigre grogne.

— On va s'assurer de leur départ. Mais je te préviens :

comme tous les mercenaires qui puent le trafic d'esclaves, ils reviendront en douce. Et après aujourd'hui, tu te démerdes. J'ai pas le temps de rafistoler ce merdier.

— Dragon ?

— Ouais, le dragon. Y a une môme qui fout un beau bordel.

Forrest fait volteface et pousse Corbin vers les elfes en fuite.

En passant près de moi, un petit sourire en coin lui monte aux lèvres. Elle se gratte l'arrière de la tête, me regarde droit dans les yeux, et me fait un clin d'œil.

C'est quoi ce bordel ?

# Chapitre Neuf

Elle m'a vue ! Elle m'a carrément vue ! Merde, comment c'est possible ? Mon cœur bat à tout rompre alors que je me précipite vers le tunnel. En passant devant les boutiques, je cherche mon reflet dans les vitrines et... rien. Nada. Ma magie tient bon. Mon manteau d'invisibilité n'a pas bougé d'un millimètre. Forrest Hesketh est la première créature à me voir alors que je suis camouflée.

De quelle planète vient cette nana ?

Je pensais que c'était une métamorphe, mais peut-être pas. Cela expliquerait certaines choses. Les femelles métamorphes sont très rares, et il paraît que la majorité d'entre elles vit recluse pour leur propre sécurité. Bref, je ne sais pas si elle compte faire quelque chose contre moi. À l'entendre, elle a un dragon à gérer. Et si elle comptait utiliser ce qu'elle sait sur ma magie pour me nuire, elle l'aurait déjà fait, non ? À part le clin d'œil qui a failli me provoquer une crise cardiaque, elle n'a pas l'air de me vouloir du mal.

J'accélère et allonge mes foulées. À chaque pas, ma cheville proteste. Dès que j'arrive à un endroit dégagé, je lève la main, ma magie vert foncé percute le trottoir et je chute comme une pierre.

Je tombe sans grâce dans le tunnel et atterris sur les fesses, pile sur un truc spongieux : de la mousse et de la... Je fronce le nez en espérant que ce ne soit pas ce que je pense. Bon, au moins je ne me suis pas fait mal.

Essoufflée, je baisse la tête pour éviter une goutte d'eau. Le sac plastique dans ma main crisse, cogne contre ma cuisse pendant que je me redresse et me remets en marche. Je progresse à l'aveuglette, évitant de toucher les murs poisseux. Dégueu.

Guidée par les pressions douces de la pierre, je parcours le tunnel inconnu pendant encore dix bonnes minutes. Puis avec soulagement, j'aperçois le halo bleu de ma barrière de protection. Encore quelques pas et je serai en sécurité. Je franchis le sortilège et me sens tout de suite mieux. Je respire enfin. Je longe le tunnel lumineux jusqu'à ma chambre. Eurus n'a pas bougé ; il dort toujours.

*Parfait.*

Je prends les deux seuls bols que je possède sur une étagère, remplis l'un d'eau, l'autre de viande hachée. Je les pose au sol, puis je vide les os du sac plastique. Ils roulent et s'arrêtent juste sous le museau du beithíoch endormi. Il ronfle comme un vieux moteur. Je m'écroule sur le bord du lit, sans me soucier de mon pantalon crasseux et humide. Je me penche, le menton dans la paume, et j'attends. Un autre ronflement caverneux, puis il renifle. Sa truffe noire frémit et un œil brun s'ouvre lentement.

— J'ai vu les elfes.

*Ah, tu as réussi à t'en tirer sans encombre ? Tu m'as l'air en un seul morceau, c'est plutôt bon signe. Je suppose qu'ils n'ont pas remarqué ta présence.*

Il pousse un gémissement en bâillant, révélant sa langue rose et une rangée de crocs carnassiers.

— Non, ils ne m'ont pas vue.

*Bien.*

Il se lève, s'étire longuement, puis sa langue disparaît dans le bol d'eau. Il lape en éclaboussant le sol. Puis il tourne la tête et prend une bouchée de viande. Il avale et grogne.

*De la merde industrielle.*

J'arque un sourcil vert en désignant le bol.

— Je crois que j'ai vu un cil et un peu de morve de vache, là-dedans, dis-je en me penchant en avant. Miam miam.

Eurus plisse les yeux, se décale pour que son gros derrière poilu me bloque la vue, puis reprend une bouchée.

— Ah bah, c'est pas si dégueu finalement ?

Je secoue la tête. De la merde industrielle. Sale clébard ingrat.

— Cette viande hachée m'a coûté un bras.

Pas autant que la côte de bœuf juteuse qu'il aurait voulue, certes, mais la bidoche, c'est pas donné.

— C'est tout ce que je pouvais te payer, alors à moins que tu aies de l'argent planqué quelque part, savoure ta pâtée tant qu'il y en a.

J'essaie de le piquer un peu, provoquer un soupçon de culpabilité.

Le beithíoch m'ignore royalement.

Soudain, un bourdonnement mental m'alerte, accompagné d'une vibration inquiète, qui émane du béton et du bitume dehors. Un truc étrange se passe sur la promenade. *Quoi encore ?* Un flot d'infos confus me traverse. Interloquée, je m'excuse auprès d'Eurus, le laissant à son repas.

Je prends un tunnel différent pour ressortir et voir par moi-même ce qui se passe. J'ai un sale pressentiment. Pourvu que le sort de mémoire que j'ai jeté ne soit pas en train de dérailler. Ou qu'il n'y ait pas encore une baston entre métamorphes. Je me drape dans mon invisibilité et laisse la magie de la pierre me soulever jusqu'à la surface.

Beurk. Je fronce le nez. Je me trouve dans une ruelle crade, coincée entre un fish and chips et des bennes à ordures qui empestent. Le vent me fouette les cheveux, et je contourne une flaque qui pue la mort pour gagner la promenade. Je jette un œil à droite, vers la source de l'agitation.

Je vois tout de suite le problème et ce qui chahute la magie. Ma gorge se serre, mon ventre se noue. Une silhouette menue, cheveux rose pâle, se tient juste en face, près du Central Pier — pile au-dessus de mon spot favori.

Je soupire, attends qu'un bus passe, regarde à gauche, à droite et traverse en courant. L'effort me tire dans les mollets. Faut vraiment que je fasse un peu de sport. La vie confinée, c'est malsain.

En m'approchant, je sens l'énergie brûlante qui rayonne de Forrest. Et comme si sa tenue de guerrière ne suffisait pas, elle a enfilé des bottes en caoutchouc orange vif et une doudoune assortie. Elle se penche et frappe le sol du poing.

— Toc, toc, dit-elle avec sa voix rauque inimitable.

Je cligne des yeux. Elle a vraiment...? Oui, elle l'a fait. Forrest vient de frapper au portail. Je me frotte les tempes. Elle interrompt son manège quand elle me voit approcher, et pose ses yeux jaunes sur moi. De près, je remarque une touche de vert dans son œil droit. C'est étrange et franchement déroutant.

Elle sourit de toutes ses dents.

— Ah, te voilà. Je suis contente d'avoir trouvé le bon endroit. Fastoche, Corbin a laissé son odeur partout.

Elle renifle.

Son odeur ? Super. Encore une bourde à ajouter à ma longue liste.

Forrest pivote la main, puis balance son index de droite à gauche.

— Petite coquine. Pour info, le sort de mémoire que

t'as utilisé ici est illégal. Je laisse passer pour cette fois parce que t'avais la trouille, mais ne recommence pas. Faut pas prendre l'habitude d'enfreindre la loi.

Elle désigne du menton le bracelet de charmes, pas si bien caché que ça.

Mes yeux s'arrondissent quand elle me lance son avertissement et je tire sur le pull violine pour couvrir mon poignet. Merde. Est-ce qu'Eurus savait que ce sort était illégal ? Je me tasse sur moi-même et triture mes doigts, m'efforçant d'avoir l'air contrite.

— Désolée. Je savais pas.

— Ben, y a pas de mal de fait. Le sort pique un peu et l'air iodé va l'éroder en quelques jours. Mais t'y touches plus, d'accord ?

Elle a l'air mal à l'aise, pas habituée aux longues conversations, comme moi. J'ai le sentiment qu'elle laisse rarement quelqu'un s'approcher d'aussi près. J'ai de la chance de pouvoir lui parler.

Pour se protéger du vent, Forrest s'abrite à l'ombre du principal bâtiment de la jetée. Elle me scrute de haut en bas, comme si elle cherchait un truc précis.

— Ça va ? Corbin m'a appris que les elfes t'avaient cassé le bras. T'as besoin d'une potion de guérison ?

Je croise les bras sous ma poitrine.

— Ça va, merci. Il a soigné la fracture. Je peux te demander un truc ? Comment tu fais pour me voir ?

C'est quoi, cette créature ? Tous mes sens me crient que c'est une louve. Mais une métamorphe ne devrait pas pouvoir me voir quand je suis camouflée.

— La magie, répond-elle en agitant ses doigts.

Puis avec un grand sourire — presque un rictus — elle transforme son geste en un petit coucou. Derrière nous, une famille d'humains s'est arrêtée pour nous dévisager.

Enfin, *la* dévisager. Moi, je suis invisible. Ils doivent croire qu'elle cause toute seule. Ils détalent vite fait alors qu'elle continue de leur faire coucou.

Elle éclate de rire.

— C'est trop drôle. Faut qu'on refasse ça un jour. Peut-être devant ma copine licorne, Tru. Elle aurait la trouille de sa vie.

Puis, ses yeux innocents, presque enjôleurs, papillonnent.

— Qu'est-ce qui s'est passé avec les elfes ?

Je baisse la tête, mal à l'aise face à ce brusque changement de sujet, et je gratte le sol de la pointe du pied. *Fais gaffe, Pepper, ses yeux mentent.* Je ne gobe pas son attitude pseudo-amicale. Elle n'est ni gentille ni innocente. C'est une dangereuse prédatrice. Faut pas oublier que les elfes qui m'ont tabassée se pissent dessus devant elle.

Forrest laisse un silence gênant s'installer, puis se décale dos au vent, face à la jetée. Il n'y a pas grand monde dans le coin. C'est le milieu de semaine, en hiver, et la ville touristique tourne au ralenti. Mais je suis sûre qu'elle sait exactement où se trouve chaque créature de ce côté de la promenade.

— Je veux t'aider. Vraiment. Si ces elfes sont à tes

trousses, des innocents risquent d'être blessés. Il faut que je sache ce qu'ils ont sur toi. Pourquoi tu fuis ?

À chaque question, son langage corporel se fait un peu plus menaçant.

— Rien !

Le mot m'échappe comme un cri. Je grimace, me frotte la bouche. Elle me stresse à mort.

— Pardon, je marmonne dans ma main. Ils n'ont rien sur moi.

*À part une rune d'esclave.*

— Je n'ai rien fait de mal.

*À part piquer le baluchon.* Je grimace, me balance d'un pied à l'autre, déglutis, puis décide de lâcher une vérité évidente.

— Je viens de Faërie, mais je passe par le portail depuis que je suis gamine. Je préfère vivre ici, conclus-je dans un murmure.

— J'ai cru à ton accent que tu étais du coin. Alors, qu'est-ce qui s'est passé avec les elfes. Dis-moi la vérité.

J'ai pas envie de lui dire. C'est une inconnue. Mais je suis paumée, et j'ai pas le choix. Forrest peut me voir. Elle a renvoyé les elfes de l'autre côté du portail et le tigre la respecte. Si je ne réponds pas, elle va sûrement me coffrer et jeter la clé.

J'ai besoin de son aide.

Alors autant en finir et lui balancer la grande vérité. Je me frotte le visage. *Commence par le plus simple.*

— Ils voulaient savoir de quelles espèces je suis issue. D'où je viens.

Je me ronge le pouce. Il est impoli d'interroger quelqu'un sur son espèce. Des créatures ont perdu la vie pour moins que ça.

Les sangs-mêlés sont mal vus. Sur Terre, les créatures hybrides sont souvent tuées à la naissance à cause de leur instabilité. Trop dangereux. En Faërie, on les marginalise et les laisse crever sans foyer ni protection. Elles meurent rapidement.

Forrest ne dit rien. Elle ne relance pas, et je l'en remercie.

— Au bout d'un moment, j'ai craqué. J'ai donné le nom de mon clan. J'étais à la frontière de l'ancien territoire, et j'espérais qu'en le mentionnant, ils me laisseraient passer.

Je tire doucement sur une mèche de mes cheveux. Juste pour me rappeler que je suis ici et non là-bas, puis je poursuis tant bien que mal.

— Ils voulaient savoir pourquoi aucune trace de ma naissance n'apparaissait dans les registres du clan. Ils avaient un datapad relié à la base de données faë, et une déclaration écrite de ma mère disant que...

Ma voix se brise, mais je continue, les dents serrées.

— ... la seule fille du clan était morte in utero plusieurs semaines avant la naissance et n'avait pas de nom.

Forrest avale son souffle. Je lis de la compassion dans ses yeux.

— Je n'ai rien pu leur répondre, dis-je en haussant les épaules. J'ignore quelle créature je suis. Ma mère est une troll. Son compagnon aussi. J'ai six grands frères, tous trolls.

Ma voix monte, trahit ma détresse. Je me reprends, baisse d'un ton. J'ai besoin qu'elle comprenne.

— Ma mère et le père de mes frères sont des âmes sœurs. Elle ne peut pas avoir d'enfants avec un autre.

J'ouvre les bras, paumes vers le ciel.

— Et pourtant, je suis là.

Je pousse un soupir douloureux, me détourne, regarde l'océan au loin, là où la mer s'est retirée, laissant le sable plein de petites ondulations, de flaques creusées par les vagues.

— Ils voulaient en savoir plus sur ma magie. Sur ce que je peux faire. Comme j'ai refusé de répondre, ils ont continué à me frapper.

Mes mains tremblent. Je les cache dans mon dos. Forrest dégage une telle force que ma faiblesse me fout la honte.

— Même sous la torture, j'ai rien lâché. Alors ils ont conclu que j'étais une hybride sans pouvoir magique. Une menteuse. Bref, une proie idéale, car personne ne me regretterait. Je les ai entendus dire que le Seigneur du Printemps pourrait m'accepter comme esclave. Il aime les maîtresses *exotiques*. Le plan des elfes est de me vendre à sa maison.

C'est là qu'ils m'ont tatoué cette foutue rune d'esclave sur le bras.

Je serre les dents.

— Forrest, je ne me sens pas comme une sang-mêlé. Au fond de moi, je sais que je suis une troll.

Je frotte mes jointures contre ma poitrine.

— Ma mère n'aurait jamais touché un autre mâle que son compagnon. Je serais une sang-mêlé seulement si quelqu'un l'avait violentée.

Le vent glacial me mord les joues.

Quelqu'un lui a fait du mal pour que je sois née.

— Les elfes comptaient me larguer sur le pas de la porte de ce seigneur. Il m'aurait tuée dès qu'il aurait compris que leur histoire de sang-mêlé était bidon.

Je fixe les étranges yeux jaunes de Forrest et toutes les saloperies de mon passé remontent d'un coup.

— Dès le premier cri que j'ai poussé en sortant du ventre de ma mère, le clan a su que j'étais différente — une erreur. Peu importe l'étrange métissage de créatures faës dans mon sang, pour eux, je n'étais pas des leurs. Non. J'étais une malédiction. À leurs yeux, je n'existais pas. Ils ne m'ont jamais frappée ni blessée. Pas physiquement, en tout cas.

Ma voix chevrote. Je prends une grande inspiration pour continuer.

— Je suis arrivée dans ce royaume quand j'étais enfant. J'ai suivi un de mes frères, et je suis restée coincée ici deux jours. Quand je suis rentrée au clan, personne n'avait remarqué mon absence. Et moi, bêtement, je croyais que j'allais me faire gronder et punir. Je ne sais pas pourquoi. Je l'espérais peut-être ?

La compassion brute et sincère que je vois dans le regard de Forrest m'incite à poursuivre.

— Ils s'en foutaient. Que j'aie disparu deux jours. Que je n'aie rien mangé. Le destin, selon eux. J'aurais dû devenir une gamine sauvage, mais j'ai observé, j'ai appris. Je me suis efforcée d'être gentille. D'être heureuse. Parce que si j'étais leur gentille petite fille souriante, ils finiraient par m'aimer, non ?

Ma voix se brise.

Forrest croise les bras, s'enlace elle-même, agrippe ses coudes.

Je ne sais pas comment j'ai survécu.

Je me souviens de cette nuit-là, la nuit où je suis partie.

# Chapitre Dix

**Vingt ans plus tôt**

Je ne sais pas où me mettre ; je reste dans un coin de la pièce, tenaillée par la faim. Après avoir traversé le portail, j'ai foncé à la maison. Des assiettes et des couverts trônent sur la table en menhir, et ma mère virevolte dans la cuisine en fredonnant. Elle adore cuisiner. Elle a l'air heureuse... Elle place un plat de vitelottes noires fumantes avec soin, et le tourne pour que la disposition soit parfaite, avant de le saupoudrer de poivre — son assaisonnement favori. Enfin, elle recule en souriant, satisfaite de sa préparation.

— Le dîner est servi !

Sa voix résonne dans le couloir. Le raclement de chaises et des pas lourds indiquent que bientôt la table sera bondée.

J'esquisse un pas, mais elle manque de me bousculer sur son passage. Je retourne aussitôt dans mon coin.

— Maman, je suis rentrée..., salué-je avec un geste de la main penaud.

Je me fais toute petite lorsque le clan déboule. Le compagnon de ma mère l'embrasse sur le front, et ils se mettent à table, en discutant de leur journée et en se chambrant. Tout le monde est assis, et il ne reste plus de place pour moi.

Un jour, la fille qui vit de l'autre côté de la forêt m'a dit un truc moche. Dorénavant je l'évite. Elle a dit que j'étais une sang-mêlé. Et les jours de blues, je crains qu'elle ait raison. Les trolls de mon clan sont forts, robustes, et n'ont pas de défenses tordues qui leur donnent un air fragile.

*J'ai pas envie d'être une sang-mêlé.*

Au fond, je me sens comme une vraie troll, et c'est ce qui compte. D'accord, le vert de ma peau est légèrement plus clair que la normale, et mes cheveux sont noirs à la racine, ce qui n'est pas très normal. Je ne suis pas très grande, plutôt maigrichonne d'ailleurs.

Et puis, il y a la magie. Partout. Mon don de la magie de pierre part dans tous les sens ; elle est trop forte pour mon âge. Je ressens tout ce qui se trouve autour moi et je peux faire bouger les cailloux. Il n'y a personne pour m'aiguiller. Je suis entourée par mon clan et pourtant, je n'ai personne vers qui me tourner.

Sans oublier, mon nouveau pouvoir d'invisibilité qui me fait vivre un enfer depuis des semaines. Au début, il ne se manifestait que dans les moments de peur. Ensuite, j'ai commencé à l'activer pour suivre mon frère jusqu'au portail, et j'ai fini de l'autre côté. Ce pouvoir me marginalise. D'après ce que j'ai compris, il s'agit d'un don faë dont personne n'a entendu parler.

En cet instant, je sais qu'on me *voit*. Le feu dans la cheminée fait danser mon ombre sur le mur opposé. Pourtant, ils font tous comme si je n'existais pas. Avec mes nouvelles capacités bizarroïdes, j'ai l'impression de doucement perdre la boule. Si seulement j'étais invisible... au moins, je comprendrais pourquoi ils m'ignorent.

Je me dandine d'un pied sur l'autre, me retenant de hurler « Est-ce que j'existe réellement ? Pourquoi vous ne me regardez pas ? Pourquoi vous ne m'adressez pas la parole ? » La plupart du temps, je suis paumée et trop occupée à survivre pour me soucier de leur attention. À l'instant même, mon ventre me contredit, me poussant à retenter ma chance auprès de ma mère.

— Je peux avoir une assiette ? Maman, sois pas fâchée, s'il te plaît. Je suis désolée d'être partie. J'ai fait une bêtise...

Ma voix déraille à la fin. Cela peut être franchement bizarre quand elle m'ignore, mais quand elle pose les yeux sur moi, il lui arrive d'en venir à pleurer de nerfs. Mon absence prolongée semble avoir aggravé la situation. Tout le monde mange, comme si je n'étais pas là.

Je tends une main tremblante vers elle et lui touche timidement le bras. Elle tourne la tête et me regarde droit dans les yeux.

Elle a le regard vitreux, las.

Pendant un moment, je discerne dans ses pupilles vert foncé une étincelle maternelle, qui disparaît en un battement de cils.

Elle retire sa main.

— Non, pas ce soir, grince-t-elle.

Pas ce soir ? La tête baissée et le cœur brisé, je retourne dans mon coin comme un chien battu. Tout ce que je ressens est trop gros, trop confus pour mon petit corps. Je n'arrive pas à comprendre. Personne ne me prête attention quand je rase le mur de la cuisine, prenant la direction de la sortie, le dos voûté.

Alors que je franchis le seuil, je saisis le manteau miteux que j'ai récupéré dans les poubelles deux ans plus tôt. Il est deux fois trop grand, mais il me tient chaud et me protège presque de la pluie. Puis je m'en vais. Je referme la grande porte d'entrée arquée, une dernière fois.

— Je ne vais pas fuir, déclaré-je au vent à voix basse.

Plonger dans un autre royaume est dangereux, mais je suis vive et futée. Je mènerai une vie plus simple. Je me fondrai plus facilement dans la masse sur Terre, puisque j'ai plus l'allure d'une humaine que d'une troll. À mon âge, je peux passer pour une Terrienne et apprendre leur langue si je m'investis. Je serai plus en sécurité là-bas. Et j'aime bien la mer.

La bruine d'automne se dépose dans mes cheveux, goutte dans mon dos. Je renverse la tête en arrière pour que la pluie emporte mes larmes, avant de m'enfoncer dans la nuit.

# Chapitre Onze

Je reviens subitement à moi. Bon sang, ça fait vingt ans. Ça ne devrait plus me faire aussi mal, mais si. En général, je suis du genre « Action-réaction ». Je gère les problèmes sur le moment et m'efforce de ne pas songer au passé. Réassembler les pièces de ma vie fait un mal de chien, encore aujourd'hui. D'un point de vue adulte, cela n'a ni queue ni tête, et c'est pire qu'un pain en pleine figure. Pire qu'un poignet fracturé. Je continue de mettre un pied devant l'autre, insensible à ce qui m'entoure, et je veille à ne blesser personne.

La troll à temps partiel qui sort de sa bulle pour courir dans tous les sens, sans jamais aller nulle part. Quel bordel. Tout ce que je veux, c'est oublier et être oubliée.

Je suppose que le destin en a eu assez que je joue la sourde oreille.

Je me reconcentre sur Forrest et lui adresse un sourire d'excuse pour m'être absentée.

— J'ai grandi le jour où j'ai compris que rien de ce que je ferais ne serait assez bien. Les trolls vivent long-temps. On reste avec notre clan jusqu'à nos cinquante ans. Chez les humains, on considère qu'on est un jeune adulte à quinze ans. Moi, j'ai quitté mon clan à huit ans.

Le vent emporte mes mots, et j'esquisse un sourire.

Nous gardons le silence. Un silence qui s'étire, s'alourdit, et devient insoutenable. La boule dans ma gorge devient douloureuse. Ma poitrine brûle sous le chagrin que je réprime. Combien de fois ai-je étouffé cette souffrance ?

Est-ce que je me sens mieux après avoir dégobillé mon secret ? Pas du tout. Je me sens bizarre ; j'ai la gerbe et le corps qui me démange. J'ai l'impression d'avoir laissé échapper quelque chose de précieux. De toute évidence, je ne suis pas très douée pour les confidences, et je viens de m'afficher.

— T'as fait un test ADN ?

Je décolle mes yeux du sol et la regarde.

Forrest dégaine un datapad de son étui et le pose contre sa cuisse.

— Je peux t'en faire un maintenant. Ça te donnera des réponses et tu sauras une fois pour toutes quel genre de créature tu es.

— Sérieux, tu ferais ça pour moi ?

— Oui. Une goutte de sang de ton index suffit... Ah, merde, désolée. Je manque de tact parfois. J'ai séché la partie « socialisation » en grandissant.

*On est deux, Forrest.*

— Je ne sais même pas comment tu t'appelles. Moi, c'est Forrest.

J'avais déjà intercepté son nom en laissant traîner mes oreilles.

— Pepper, je réponds avec un sourire timide. Pepper Sterling.

— OK, Pepper. T'es prête à tenter le coup ? Tu veux bien que je te file un coup de pouce ?

Je jette un coup d'œil autour de moi, prends mon courage à deux mains.

— C'est d'accord, accepté-je.

*Pitié, ne me fais pas de mal...* Je désactive la magie, avance vers elle et lui tends un doigt tremblant.

— Comme je bosse pour les deux royaumes, le datapad est relié au Conseil des créatures et au système faë. Si l'analyse sent le roussi, je peux effacer le résultat de la base de données faë en un clin d'œil. Mets ton doigt ici.

Elle indique une petite ouverture au bas de la tablette.

Je pose ma main sur la tablette, une aiguille minuscule sort et prélève une goutte de sang bleu. Le datapad émet un joyeux *cling*, et Forrest opine du chef.

Je m'éloigne.

S'ensuit une série de bips. Elle pianote sur la tablette.

Elle ne laisse rien transparaître ; elle pourrait tout aussi bien observer la peinture d'un tableau qui sèche.

— Ce n'était peut-être pas une bonne idée, marmonné-je.

Je piétine et enfonce mes doigts dans mes cheveux. Je me sens complètement démunie.

Attendre qu'un joujou futuriste me dicte ma place dans le monde... Sérieux, à quoi je pensais ? Moins d'une minute s'est écoulée, et cela semble une éternité. Que vont révéler les résultats ? Je pourrais avoir été volée à la maternité et n'avoir aucun lien de parenté avec mon clan. Quelle horreur !

Je m'appuie contre la rambarde métallique incurvée de la digue et tape du pied contre la barre du bas. La température a chuté, des nuages noirs s'amassent à l'horizon. Une tempête se prépare. *J'aurais dû m'habiller plus chaudement.* Le vent s'insinue entre les fibres de mon sweat. Le haut violine m'isole un peu du blizzard qui me glace la peau.

Quand ce sera fini, il faudra que j'avale un truc et que je persuade le beithíoch de lever le camp pour me retrouver en tête-à-tête avec moi-même et piquer un roupillon. Tomber dans les vapes, ça ne compte pas comme du sommeil réparateur. Je suis vivante. Tant que je respire, je peux tout arranger.

Peu importe les résultats d'ADN de Forrest, on choisit sa famille. Je ne dois pas oublier que je ne suis pas responsable des décisions pourries de mon clan ni de la façon dont ils m'ont traitée. Je n'étais qu'une gosse.

Le sol vibre sous mes godillots, et des filaments de magie montent du goudron pour s'enrouler autour de ma taille. Je souris et essuie l'humidité sur mes joues. La pierre m'apporte son soutien.

— Ça va aller, murmuré-je pour moi-même.

Je peux me laisser sombrer, ou je peux choisir de m'aimer, de pardonner ceux qui m'ont fait du tort, et de prendre ma revanche en menant une vie épatante.

Une espèce de boule lumineuse décide que c'est le moment pour m'asticoter. Elle me tourne autour comme une mouche qu'on cherche à chasser. À travers mes cils, je jette un coup d'œil en direction de Forrest. À la bonne heure, elle a les yeux rivés sur sa tablette. Je lève une main pour éviter de me prendre la boule lumineuse en pleine bille, et pour la énième fois, elle disparaît au contact de ma peau. Je m'époussète les mains ; elle n'a laissé aucune trace. J'ignore où elle est passée et ce que c'est.

Je fronce les sourcils et frotte mes mains contre mon jean. Depuis gamine, j'attire les loupiottes vaporeuses. J'ai rangé ce phénomène étrange dans la case « chelou » de mon cerveau.

Il y a des jours où elles se manifestent par centaines. Vaporeuses ; blanchâtres ; grises ; même noires. Cela ne ressemble pas à de la magie. Alors, mystère et boule de gomme... Cela doit avoir un rapport avec l'autre part de mon ADN, celle à l'origine de mon pouvoir d'invisibilité. Peut-être que le clan a raison ; je suis maudite.

Derrière moi, j'entends un sifflement admiratif.

— Quoi ?

Je me tourne vers Forrest sans la rejoindre. C'est au-dessus de mes forces. La peur me cloue au sol. Je ne sens plus ni le vent ni mon corps. Je suis Pep-pétrifiée.

— Troll. À cent pour cent.

— Sérieusement ?

Si je n'étais pas tétanisée de peur, je m'écroulerais par terre.

Datapad en main, Forrest se dirige vers moi.

— Tes parents s'appellent Bree Brennan et Noel Brennan, du clan Brennan de la Cour d'Automne.

*Waouh, ma mère et son compagnon.* D'aussi loin que je me souvienne, je l'ai toujours appelé le compagnon de ma mère ou le frère de mon père. Sauf que c'est mon père *biologique*. Je fais bel et bien partie de leur clan. Alors pourquoi m'ont-ils ignorée puisque je suis leur enfant ? Pourquoi m'ont-ils ostracisée alors que le test démontre qu'il est mon père ?

Vachement décevant. Mon front se plisse. J'ignorais que cette information allait me causer une douleur cuisante. Je me frotte la poitrine en grimaçant. Si j'étais de sang-mêlé, cela expliquerait beaucoup de choses. Mais ces résultats me laissent sur les bras plus de questions que de réponses.

— C'est bien ton clan ?

Le regard attentif de Forrest rencontre mes yeux éteints. Je hoche la tête comme un robot.

— Je ne les appelle pas par leur prénom, comme ils ne m'en ont jamais donné.

Son regard se vide de compassion et de douceur,

retrouvant son éclat assassin. Une colère froide émane d'elle, et mon estomac se rétracte. Je recule de quelques pas jusqu'à me cogner contre la rambarde en fer.

— Désolée, dit-elle en levant les mains innocemment.

Ses sourcils se joignent en un pli soucieux.

— Ils ne t'ont pas donné de prénom ? chuchote-t-elle.

Je hausse les épaules.

— Je me suis nommée moi-même.

— Sans déconner, qu'est-ce que les gens ont dans le crâne ?

*Excellente question.*

— C'est normal du coup ?

J'enroule mes bras autour de moi.

— Mon ADN... Est-ce qu'il comporte une anomalie qui expliquerait pourquoi je suis différente ?

*Qui expliquerait pourquoi ils ne m'ont jamais...* Je ferme les yeux.

— Pepper, c'est une analyse standard, explique-t-elle en indiquant la tablette. Ça identifie l'héritage, mais ce n'est pas conçu pour donner plus de détails. Au moins tu sais que tu es une troll à part entière, et qui sont tes parents.

Elle me dévisage un instant.

— Ça va ?

*Non.* Je secoue la tête, puis inspire un grand coup.

— Ce qu'on dit les elfes est vrai ? Est-ce que la base de données indique que je suis morte ?

Forrest se mord la lèvre et tapote l'écran. Elle prend

quelques secondes avant de trouver l'information. Lorsqu'elle relève la tête, un pli de compassion se forme au coin de ses yeux jaune vif.

Je m'enlace plus fort. Je crois que sa réponse me suffit.

— Oui, dit-elle doucement.

D'accord... Quand notre propre clan nous hait au point de nous déclarer mort à l'ensemble des royaumes, un truc se pète dans l'estime de soi. *Ils m'ont déclarée morte.*

— Alors les elfes ont vu juste. J'imagine qu'il n'y a rien d'autre à ajouter.

Mes bras retombent en signe de défaite.

Qu'est-ce que j'espérais ? À ce que je sache, ils ne m'ont jamais considérée. Ils ont même signalé ma mort avant que je quitte Faërie.

*J'ai pas besoin d'eux. Ni d'eux ni de personne. Je ne les veux pas dans ma vie.*

— Je peux envoyer quelqu'un leur parler, propose Forrest, la voix courroucée. Pepper, ce qu'ils ont fait reste une fraude.

— Non.

Mes yeux s'arrondissent et j'agite les mains, paniquée.

— S'il te plaît, ne fais rien.

Se faire rejeter une fois est assez dévastateur comme ça. Je n'ai pas envie d'y repasser.

— Personne ne doit apprendre ça, continué-je.

*Peut-être que ma mère ne voulait pas de fille. Ou alors un bébé est mort avant moi...* Stop. Si ma conscience n'est pas fichue d'être clémente, qu'elle la ferme.

— Est-ce que tu veux une copie des résultats ?

— S'il te plaît.

Je lui épèle mon adresse mail. Je ne vais sans doute pas y avoir accès dans l'immédiat, ça attendra.

— Merci, Forrest.

Je ne parviens pas à réprimer l'amertume qui point dans ma voix. Je veux retomber dans l'oubli.

Elle opine et sourit faiblement, rangeant son datapad avant de me filer un bout de papier.

— C'est le numéro de mon amie licorne, Tru. Je ne serai pas dans le coin les jours qui viennent. Si t'as besoin, passe-lui un coup de fil.

Là encore, pas la peine de lui expliquer que je n'appellerai personne, pour la simple et bonne raison que je n'ai pas de portable. Je prends le numéro et le glisse dans ma poche.

— Merci, bafouillé-je avec un petit sourire.

Je suis tentée de l'interroger sur la rune d'esclave sur mon bras, de lui demander si elle peut l'enlever ou si elle connaît quelqu'un capable de m'en débarrasser. Elle a l'air calée sur pas mal de sujets, et puis elle est puissante. Cependant j'en ai déjà trop dit, et cela me mortifie. Je me sens tomber dans le trou noir où se perdent les introvertis lorsqu'ils se sont trop ouverts. Je crève d'embarras.

— Fais attention à toi, dit-elle en me pressant le coude avant de partir.

Trop tard, j'ai loupé le coche.

Je l'observe partir, étouffée par ma question qui me reste en travers de la gorge. Cela ne sert à rien, les mots ne sortiront pas. Et voilà, une autre amitié naissante tuée dans l'œuf par ma peur de l'abandon. Forrest n'a qu'une hâte : se tirer loin de moi.

Le cœur dans les tempes, je l'observe disparaître dans une ruelle. Ce que je me sens bête... Je n'avais qu'à l'ouvrir, bon sang. Je secoue la tête, désabusée.

— Bon, c'est grillé.

Le duvet sur ma nuque se dresse, et je fais volteface. J'aperçois un mouvement au sommet de l'édifice sur la jetée.

*Oh-oh.* D'où il sort lui ? Prise au dépourvu, je trébuche et atterris sur le cul. Je grimace en entendant le craquement de mon coccyx.

À cause de l'acier, ma magie de la pierre ne l'a pas détecté. Il a dû passer inaperçu grâce à une potion d'invisibilité instantanée. Il saute, puis atterrit avec une grâce féline.

Je me remets debout sans perdre de temps, m'efforçant de ne pas décamper. Au lieu de quoi, je relève le menton et m'approche.

Corbin bouge littéralement comme un tigre. Sa démarche est prudente, régulière. Qu'est-ce qu'il fiche là ? Et comment se fait-il qu'il me voie ? Et merde, je ne me suis pas refaite disparaître après le test ADN. Ses yeux rétrécissent en me voyant claquer des dents. Il retire sa veste et la passe sur mes épaules.

— Tu n'es pas obligé.

— T'es gelée, me contredit-il. J'entends tes dents jouer des castagnettes depuis là-haut.

— Merci, murmuré-je.

Il grogne en réponse avant de m'aider à enfiler les manches et à zipper la veste jusqu'à mon menton. Mes yeux tombent sur sa bouche. La chaleur et l'odeur du tigre sont restées accrochées au tissu de sa veste et… Il ne l'a pas lâchée, comme si j'allais la lui chourer, ou disparaître.

Clairement, tout ça manque de charme ou de douceur. *Euh, minute.* Cela veut dire qu'il était là pendant tout ce temps.

— Bon, sympas ces retrouvailles, mais qu'est-ce qui se passe ?

— Les elfes ne crachent pas le morceau. Ils refusent de dire pourquoi ils t'ont suivie à travers le portail.

*Ah.*

— Tu es une créature dangereuse, inconnue et illégale dans notre royaume. Les charmes et ton pouvoir…

Je discerne le grognement félin pendant qu'il débite.

— Tu es une source de contradictions. Tu vis dans un métro abandonné, sans manteau…

Il resserre sa prise sur sa veste, me rapproche de lui, et renifle ma peau.

— … pourtant tu te balades avec un bracelet bourré de charmes qui valent un million de livres sterling.

Un hoquet de stupeur m'échappe. *Un million ? Oh, bonne mère…*

— Les elfes m'ont confisqué mes affaires en Faërie. Alors je leur ai piqué un baluchon.

Je m'humecte les lèvres nerveusement, lorsqu'il lève un sourcil soupçonneux devant la confession de mon larcin.

— Un baluchon de charmes ?

— Oui, entre autres.

Il secoue la tête en grognant.

— Est-ce que t'as mentionné ça à Forrest dans ton speech ? Que t'étais une sale petite voleuse ?

Je fais non de la tête.

— Non ? Quels bobards tu lui as racontés pendant que t'étais invisible, et comment tu t'es débrouillée pour lui parler en aparté ?

Il est trop proche. Son poing crocheté à la veste m'empêche de mettre une distance raisonnable.

— C'est elle qui est venue à moi, murmuré-je.

— Il y a vraiment un truc pas net chez toi, dit-il avec un grondement sourd. Pepper Sterling, tu es en état d'arrestation pour usage illégal de magie et intrusion clandestine au sein du royaume terrestre...

Il continue son discours de flic, tandis que je bloque sur ses paroles. *Il y a vraiment un truc pas net chez toi.* Pourquoi est-ce si douloureux ?

— Hein ?

Je cligne des yeux lorsqu'il finit sa procédure pénale et sort un bracelet en plastique étrange. Il m'immobilise puis le claque autour de mon poignet. J'observe le bracelet s'enrouler et... ma connexion avec la magie de la pierre s'évapore. Non ! C'est un putain de bracelet inhibiteur. Je laisse échapper un cri plaintif et tente de me débattre.

Mais tout s'embrouille autour de moi.

— Ça ne sert à rien de lutter.

Le tigre me caresse les cheveux pendant que mes genoux cèdent. *Non, pas encore.* Il va me faire du mal, comme les elfes.

— Ça va aller, il ne va rien t'arriver. J'ai besoin de découvrir ce que tu caches.

Rien m'arriver ?

— C'est ça, ouais, t'es en train de me tuer, couiné-je alors que des larmes embuent mon champ de vision.

Je repousse le pouvoir du bracelet inhibiteur, et mon corps convulse. Je me mords la langue lorsque ma tête heurte la poitrine du tigre.

— Tu entres en état de choc. Pepper, arrête de lutter.

Du sang s'écoule de mes lèvres.

— Tu ne me laisses pas le choix.

Un liquide éclabousse ma nuque. La lavande d'une potion coûteuse. Puis plus rien.

# CHAPITRE DOUZE

MA CONSCIENCE cherche à se connecter à la magie de la pierre, mais je me prends un mur. Je n'ai pas accès à mon pouvoir, et je ressens un gros malaise qui me réveille d'un coup. Un à un, les souvenirs remontent. Bon, je suis en vie, c'est déjà ça.

J'ai chaud et j'étouffe.

Je remue la tête, une étiquette me gratte sous le menton. Je fronce le sourcil et tends le cou. Je porte encore sa veste. Elle est entortillée autour de moi, avec la fermeture dans le dos, et mes bras sont coincés comme si j'étais emmaillotée. *Génial.* J'ai dû gigoter comme un asticot pour en arriver là.

— Je sais que t'es réveillée, dit une voix grave, juste derrière moi.

*Corbin.*

Je me fige et retiens mon souffle pour écouter. Il est tout près. Est-ce qu'il est dans ma cellule ? J'ouvre les yeux et… *Oh.* Ils s'arrondissent quand je découvre le plafond écru et le canapé en cuir sombre dans lequel je m'enfonce. Je n'ai jamais dormi sur un truc aussi confortable — si on oublie la fermeture éclair qui me scie le dos. Je m'attendais à une cellule de détention, certainement pas à un salon cosy dans une maison.

Purée, j'ai chaud. Je souffle un coup. Des mèches de cheveux collent à mon visage sec. Mes yeux brûlent comme s'ils avaient été exorbités, roulés dans du sable et réorbités. Le chauffage doit tourner à fond. Je ne suis pas habituée, et j'ai l'impression de mijoter depuis des heures dans la veste du tigre.

Je me tortille. Si je ne l'enlève pas très vite, je vais tourner de l'œil. Il faut que je la vire ! Un grognement agacé résonne au-dessus de moi.

— T'as qu'à m'aider à m'extraire de ta veste de ravisseur au lieu de râler.

Le tissu se rabat sur ma tête et m'ensevelit, étouffant mes mots, mais je pense que Corbin a saisi le message.

— Laisse-moi t'aider. Pepper, arrête de bouger. Tu compliques tout, gronde-t-il.

— Y en a qui reçoivent des bonbons ou des chiots avant de se faire kidnapper, raillé-je en me tortillant encore plus.

— Y en a qui se réveillent à poil, enchaînés dans une cave, réplique Corbin en immobilisant mes jambes agitées. Pas sur un canapé.

Je hoquète sous la veste.

— Formulé ainsi, ça sonne bizarrement, s'empresse-t-il d'ajouter.

Ses grosses paluches attrapent la veste, et d'un coup sec, il me libère, m'arrachant au passage une poignée de cheveux verts.

Enfin libre, je m'assieds et le pointe d'un doigt tremblant, l'autre main frottant mon cuir chevelu endolori.

— Ha ! Donc tu admets que tu m'as enlevée.

Je ne sais pas pourquoi je suis aussi fière de ma sortie. Peut-être que la chaleur m'a grillé le cerveau. Je baisse mon doigt accusateur quand ses yeux bleu nuit s'écarquillent.

— Je n'admets rien du tout, s'indigne le tigre.

J'ai dû blesser son orgueil.

— Je ne t'ai pas kidnappée ni embarquée contre ton gré, ni rien de ce que tu imagines dans ta jolie petite tête. Je suis un chien de l'enfer, pas une petite frappe.

Il redresse les épaules et plie la veste sur son bras.

— Je t'ai arrêtée. Et tu es ici pour ta propre sécurité.

Je tique.

— Arrêtée ? Alors où est-on, monsieur le chien de l'enfer ? Pourquoi ici et pas au QG des chasseurs ? Hein ?

Je tousse et frotte ma gorge sèche. Corbin me tend un verre d'eau, je le vide d'une traite.

— Pour ta sécurité, répète-t-il comme un mantra.

*Ma sécurité, ouais, bien sûr.*

Je soupire, me frotte la tempe et repose le verre trop brusquement sur la table basse en bois sombre. Le bruit me rappelle celui du bol du beithíoch raclant le sol du tunnel. Eurus ! J'espère qu'il va bien. Heureusement que j'ai bidouillé le sort pour qu'il ne soit pas coincé dans les tunnels, mais maintenant, je flippe qu'il ne trouve pas d'endroit où se planquer s'il sort et qu'il ne peut plus revenir. Quel cauchemar.

*Au moins, je me suis débarrassée de lui.* Je pouffe intérieurement. *Dame Nature, je suis une méchante fille.*

Corbin a rangé sa camisole de fortune, et plane maintenant au-dessus de moi. Il porte les mêmes fringues qu'au moment de mon « arrestation », donc j'espère qu'il ne s'est pas écoulé trop de temps. C'est possible qu'on soit le même jour.

— Où est Forrest ?

— Elle est occupée.

— Ouais, je m'en doute.

Merde. Je me suis confiée à elle. Je lui ai raconté des trucs que je n'ose même pas penser. Tous ces secrets ont fuité de ma bouche. Est-ce que sa gentillesse, son aide, c'était du flan ? Une mise en scène pour me garder au même endroit afin de permettre au tigre de me tendre une embuscade ? Je croyais qu'elle voulait m'aider, être sympa, devenir mon amie... Mais je suis peut-être seulement un boulot, une mission à remplir. Ma tête bascule contre le dossier du canapé.

— Elle m'a piégée ? je balbutie d'une voix peinée.

— Non. Forrest ignorait que j'étais là.

Une gêne passe dans les yeux de Corbin. Elle est rapide, mais je la capte. Il se frotte la nuque.

Je ne suis pas la seule à être à cran, visiblement. Je me laisse couler dans le cuir du canapé. Il est tellement confortable. Je suis soulagée que Forrest ne m'ait pas trahie. Merci le destin. Et vu l'ombre dans les yeux de Corbin, je pense que si Forrest savait ce qu'il a fait, elle lui arracherait la tête.

Mes lèvres tressaillent et je baisse les yeux vers mes poignets. La chaînette avec les charmes a disparu. Le bracelet inhibiteur diabolique aussi.

— Le bracelet inhibiteur te faisait convulser, alors je l'ai enlevé.

— Oh. Pas étonnant que je me sente à plat, dis-je en frottant mon poignet rougi. Mais si je ne le porte plus, pourquoi je ne sens toujours pas ma magie ? Il faut quelques heures pour qu'elle revienne ?

Je croise son regard bleu acier et mon cœur manque de s'arrêter. Un truc m'échappe.

— Pourquoi je ne sens pas ma magie ? Le bracelet l'a foutue en l'air pour toujours ?

Je continue à frotter nerveusement mon poignet. La manche de mon pull violine remonte, et là, j'aperçois les marques noires sur ma peau. Des bleus ? Je relève la manche plus haut et étouffe un cri.

Ce n'est pas une marque noire ni un bleu. Non, c'est une autre rune. Je remonte la manche au-dessus du coude. Regardez-moi ça : la rune d'esclave s'est fait des copines. Un rire étranglé m'échappe alors que je découvre, horrifiée, des dizaines de runes sur mon avant-bras.

— Qu'est-ce que t'as fait ? je souffle.

Qu'est-ce qu'ils ont tous, ces foutus êtres surnaturels, à vouloir me posséder et me contrôler ? Les runes, ça coûte une fortune. Et les activer exige du savoir-faire. Mais il n'y a pas besoin de magie faë, et c'est justement le problème. C'est pour ça que le tigre a pu me les poser.

— Qu'est-ce que t'as foutu, bordel !?

Je perds mon sang-froid. Mes paumes claquent sur le cuir du canapé.

Corbin se frotte la bouche, et sa voix descend d'une octave.

— Les runes t'empêchent d'être invisible ou d'utiliser ta magie. Elles ne peuvent pas être retirées sans mon autorisation.

Je remonte violemment ma manche plus haut, incapable de détourner les yeux de ces marques ignobles. Je suis tellement en colère que je ne peux pas regarder le tigre.

— Ah ouais ? Donc maintenant, c'est *toi* le marchand d'esclaves.

— Non. Je ne suis pas un esclavagiste. J'aide les gens. Je suis là pour t'aider.

— Vraiment ? Quelle générosité. Super, mec. Un vrai héros.

Je grimace, lève un pouce sarcastique et continue à fixer mon bras. Je ne comprends pas toutes les runes, mais une en particulier me fait tiquer. Elle est plus pâle que les autres, presque effacée. Je ne sais pas où je l'ai déjà vue, mais quelque chose dans son dessin éveille un souvenir. Et là, je percute.

— Attends... C'est une rune de la mort ?

Je le fixe, abasourdie.

— Tu m'as tatoué une rune de la mort ?

De mieux en mieux.

— Je ne t'ai pas tatoué une rune de la mort, Pepper.

Le tigre contourne le canapé et attrape délicatement mon bras.

— Je ne ferais jamais ça. Tu parles de cette rune-là ? dit-il en la montrant. Elle n'était pas là quand j'ai posé les autres.

— Ouais, bien sûr. Comme si un métamorphe savait ce qu'il faisait. Donc, elle est apparue toute seule ?

Je secoue la tête, et ma lèvre se retrousse, laissant apparaître mes pauvres crocs de traviole. J'arrache mon bras de sa main chaude.

— Nom d'un pet de fée, c'est quoi ton problème ? Ma seule défense, c'est la magie. C'est ma seule protection. Et toi, tu me la voles, tu me fous une rune de la mort sur le bras. C'est dégueulasse. Tu es un sale type.

— Je ne suis pas un sale type, Pepper. J'essaie de te protéger.

— Je ne t'ai rien demandé, *Corbin*.

Je crache son prénom avec une pointe de sarcasme. Si lui peut s'amuser à prononcer le mien sur un ton mielleux pour essayer de m'amadouer, alors moi aussi, je peux jouer à ce petit jeu. Je vois clair dans son manège. C'est de la manipulation psychologique. Il veut me faire croire qu'il est digne de confiance, qu'il m'écoute. Mais ça me fout les jetons.

Je tremble comme une feuille et mon souffle résonne dans mes oreilles. Je me tourne sur le côté, m'enfonce dans les coussins, ramène mes genoux contre ma poitrine, et cache mon bras. Toutes ces runes en si peu de temps ! Une rune d'esclave, d'autres pour m'empêcher d'utiliser ma magie, et, cerise sur le gâteau, une rune de la mort. Super.

Je passe ma langue sur mes lèvres. La peur m'a aspiré jusqu'à la dernière goutte de salive. Ce n'est pas juste. Je ne mérite pas ça.

Foutu Corbin, je l'aimais bien. Je le trouvais beau. À tel point que je suis restée plantée comme une idiote, assez longtemps pour qu'il m'enfile un bracelet inhibiteur. Je suis tellement en manque d'attention masculine qu'il suffit qu'un beau mec m'aborde pour que *pouf*, plus de cervelle.

Un chien de l'enfer, en plus. Faut vraiment que je revoie mes critères de sélection.

Peut-être que tout ça est une mauvaise blague. Je tends mon bras, lèche un doigt et frotte la rune. Aucun effet. Je frissonne et frotte plus fort. Le tigre pousse un soupir agacé. Elle ne s'efface pas ! Les runes sont bien réelles. Évidemment.

Mais qu'est-ce qu'un chien de l'enfer connaît aux runes ? *Je ne vais pas le croire sur parole quand il dit que ma magie est bloquée.* C'est peut-être juste une impression. Ou alors ça ne bloque que ma magie de pierre. Personne ne comprend mon autre pouvoir.

Il faut que j'essaie. C'est vital. J'ai besoin de ma magie pour me protéger. M'enlever mon pouvoir revient à m'amputer. Je ressens ce vide insupportable en moi. Je suis forcément plus puissante. Ma magie est forcément plus puissante que ces runes à la con.

Je ne me suis pas élevée toute seule pour abandonner si facilement. Je me dois d'essayer.

Les narines frémissantes, la mâchoire crispée, j'invoque ma magie pour me rendre invisible.

# CHAPITRE TREIZE

RIEN NE SE passe pendant une seconde puis, comme un éclair, des flammes invisibles me dévorent la peau. Et moi qui croyais avoir chaud avant.

— Mon bras ! Mon bras prend feu ! hurlé-je.

Mes cris ricochent contre les murs alors que j'agite mon bras enflammé, interrompant illico ma tentative de magie, et m'écrase par terre comme une merde.

— Aïe, grogné-je.

Le tigre gronde au-dessus de moi.

Ouais, c'est ça.

— Je n'ai rien abîmé, maugréé-je.

Les flammes couraient sous ma peau, et j'ai l'impression que mon bras fume encore.

— À part toi. Tu t'es fait du mal. Pourquoi ? Ce sont des runes faës puissantes, créées exprès pour te contrôler. Ne recommence pas.

— Donc c'est ça leur effet ? Te taser et te brûler en même temps. Charmant.

Je tente de me relever en pestant.

Putain, je suis coincée entre le canapé et la table basse, sur le dos, comme une tortue. Et les runes m'ont bien démontée ; je gigote comme un poisson hors de l'eau. On a dépassé le stade de l'humiliation pour cocher la case « achevez-moi tout de suite ». Je n'arrive pas à me relever. Mes membres sont caoutchouteux.

— Bon... le sol est pas si mal, au fond.

Avec un grognement écœuré, Corbin pousse la table d'un coup de cuisse, me ramasse comme un sac de patates et me largue sur le canapé.

Je tremble et me recroqueville sur moi-même.

Il se frotte le visage avec l'air du mec qui regrette ses choix de vie.

— Tu veux boire quelque chose ? Moi, j'ai besoin d'un café.

Je n'ai pas bu de boisson chaude depuis une éternité. J'aime bien le thé. Mon cou est trempé de sueur, mais mes lèvres et ma gorge sont sèches comme la toundra.

— Du thé ? coassé-je.

Corbin hoche la tête et s'éclipse dans la pièce d'à côté, que je devine être la cuisine. Est-ce une excuse pour me fuir ?

Il se retourne à l'embrasure de la porte.

— Lait ? Sucre ?

— Rien, merci.

J'attends, mal à l'aise. Cette situation est franchement étrange. Si on oublie deux secondes les horribles runes pour me contrôler, le bracelet inhibiteur qui m'a fait convulser, le kidnapping et la chaleur intenable dans sa veste-camisole, eh bien... je me sentirais presque comme une invitée de marque.

— Pourquoi il fait si chaud, ici ? lancé-je.

Tant qu'à faire, autant jouer l'invitée chiante jusqu'au bout.

— Le bracelet inhibiteur t'a refroidie.

*Oh.* Mon estomac se serre. Il m'a laissé la veste et a monté le chauffage parce que j'avais froid. Dommage qu'il n'ait pas remarqué que mon visage virait au vert clair sous la chaleur.

— On peut baisser le chauffage, s'il te plaît ?

Est-ce dans ses cordes ? Je n'ai jamais eu de chauffage à gérer. À part les radiateurs des bâtiments publics et des écoles — et on évite de toucher aux boutons quand on est invisible.

— Bien sûr, répond-il d'un ton bourru, alors que la bouilloire siffle.

Je me mords la lèvre pour m'empêcher de le remercier. Il doit bien exister une règle non écrite qui interdit de remercier son ravisseur, non ? Ou peut-être qu'on doit le faire. Peut-être qu'il est plus difficile de blesser ou de tuer quelqu'un de poli ? J'en sais rien... Mes yeux dérivent vers la fenêtre du salon. J'ai envie de voir où nous sommes, mais je reste sagement assise sur le canapé. Je ne crois pas qu'il apprécierait que je me balade.

L'endroit est chic, décoré comme un hôtel. J'entends l'eau couler, le tintement d'une cuillère. Puis le tigre revient avec deux mugs fumants. Il pose le mien sur un dessous de verre, sur la table basse, avant de s'installer dans le fauteuil en face.

— Merci.

Je grimace intérieurement. *Bravo, Pepper.* Mais après tout, les bonnes manières, ça ne peut pas faire de mal. Peut-être que je devrais arrêter de lui rentrer dans le lard. Je n'ai jamais été aussi bavarde. Prendrais-je du plaisir à parler avec Corbin ? Punaise, une vraie groupie !

Il se penche en avant sur la chaise, les mains pendantes entre ses jambes. Son beau visage est assombri par la détermination.

*Oh, nous y voilà.*

Même pas le temps de goûter à mon thé. Il va me bombarder de questions. Le fait que je sois restée dans les vapes un moment a dû bousculer son planning.

Je saisis mon mug pour me cacher derrière.

— Pourquoi m'as-tu mis cet horrible bracelet inhibiteur ? balbutié-je.

Ses yeux bleu marine me renvoient un regard où se mêlent un soupçon d'inquiétude et une bonne dose de culpabilité.

— T'étais pas obligé. Peu importe ce que les elfes t'ont raconté, je ne suis pas une criminelle. T'as vu la rune d'esclave, non ? C'est eux qui m'ont fait ça. T'avais qu'à demander, j'aurais coopéré.

Il a l'air étonné, et la culpabilité s'efface, remplacée par un rictus. Un sourire moqueur, et absolument ravageur. Mon cerveau bugue une demi-seconde.

— Non. Tu serais partie en courant à la première occasion. Petite chapardeuse.

Maudit baluchon ! Je sens la couleur me monter au visage, un vert foncé furieux.

— Je ne me serais pas enfuie, marmonné-je dans le mug.

*Bien sûr que si.* J'ai vu des vidéos de ce qui arrive aux créatures qui défient un chasseur. Elles finissent en bouillie. Alors défier un chien de l'enfer ? Jamais de la vie. C'est signer son arrêt de mort. Si j'avais su qu'il allait m'arrêter, j'aurais détalé. Pris la poudre d'escampette.

— T'as pas vraiment de leçons à me donner. T'as volé ma tunique.

Le visage de Corbin reste impassible.

— J'ai saisi une pièce à conviction. Ce n'est pas la même chose.

— Ah. Donc tant que c'est pour des preuves, tu peux te servir dans mes affaires perso. Cool. Tu penses vraiment que je suis une criminelle ?

Je tapote le mug.

— Je m'intéresse seulement à ce que je peux prouver.

Réponse diplomatique. Compris. Je me mâchouille la lèvre. Je devrais la boucler, mais c'est plus fort que moi.

— T'es un chien de l'enfer.

Il semblerait que les chiens de l'enfer fassent comme bon leur semble.

— Pourquoi t'agis comme un vulgaire chasseur ? Les embrouilles des faës, c'est indigne de ton statut.

— J'ai la liberté de choisir mes missions.

Il se lève et ouvre une fenêtre.

Oh, merci bonne mère ! Un peu d'air, enfin !

— Et toi, ça fait combien de temps que tu rôdes en espionnant les gens ?

Ma bouche s'ouvre toute grande.

— Quoi ? m'étranglé-je. Je ne rôde pas. Et je n'espionne personne.

— Il se passe un truc avec toi. Tu es un mystère que j'ai envie de percer. Tu m'intrigues.

Il se rassoit et me balance son regard de flic.

— Tu es dangereuse.

Il se penche en avant, attrape son mug et boit une gorgée en m'observant avec intensité.

Jusqu'ici, j'ai cru que c'était un type bien. Mais s'il bossait pour l'autre camp ? J'ai bien aimé lui parler, nos petites piques, notre ping-pong verbal... Mais là, tout devient trop réel. Dangereux. Je n'ai pas signé pour ces conneries. Même sans les runes qui m'empêchent d'être invisible, je serais dans la merde jusqu'au cou.

Le tigre reste assis, impassible. Il est détendu, mais prêt à bondir, pas du genre à se laisser surprendre. Donc pas moyen de l'assommer et de filer. Dommage.

— Tu me gardes ici pour les elfes ? C'est pour ça que tu m'as emmenée dans ce trou et que t'as rien dit à

Forrest ? Avant de te rencontrer..., continué-je d'une voix tremblante, j'étais déjà restée inconsciente un moment. J'ai réussi à m'échapper après le petit interrogatoire des elfes. Je me suis soignée avec une potion, puis je me suis évanouie. Toi, t'as vu que la fin. Juste le poignet pété.

Je me penche en avant. Je le supplierai s'il le faut ; j'ai pas envie de mourir.

— S'il te plaît, Corbin, ne me renvoie pas là-bas.

Il me dévisage comme si j'étais devenue folle.

— Jamais je ne te renverrais chez ces monstres. Si ça ne tenait qu'à moi et à Forrest, ils seraient déjà morts. Je les aurais massacrés. Mais à ce jour, le Seigneur de l'Hiver a été informé et tu es sous sa protection.

*Le Seigneur de l'Hiver*, je répète en silence sans y croire.

Oh merde. C'est terrible. La peur m'envahit et mes mains se mettent à trembler.

— Sa protection ? Pourquoi ? Pourquoi Madàn...

Ma voix se brise.

— Pourquoi le seigneur des guerriers aes sídhe me viendrait-il en aide ?

Madàn, l'elfe guerrier le plus puissant et le plus impitoyable de tous.

— Ne me dis pas que tu es aussi naïve.

Je n'aime pas son regard condescendant.

— Il ne t'aide pas. Pourquoi il le ferait ? Faut pas croire qu'il fait ça par bonté d'âme. Il n'en a pas.

Corbin redresse son mug, comme si ses mains trop grandes l'handicapaient.

— Tu as des pouvoirs rares. Et très utiles. Il veut juste s'assurer que tu ne constitues pas une menace. Pepper, j'ai pas besoin de te le dire, mais t'es dans une merde noire.

Le Seigneur de l'Hiver veut me contrôler. Bienvenue au club. Espérons juste qu'il n'aime pas lui aussi les maîtresses *exotiques*.

Je lâche un *pfft*.

— Je vais bien, je m'en sortirai. Je peux me débrouiller toute seule. Je ne suis pas une menace. Moi ? Une menace ? pouffé-je. Écoute, si je pouvais rentrer chez moi, tu me reverrais plus ja…

Il me coupe net.

— Ah, tu peux te débrouiller ? Te faire capturer, torturer, puis t'évader avec une rune d'esclave, c'est ce que t'appelles « t'en sortir » ?

Il lève le pouce d'un air moqueur.

Je lui jette un regard noir. Ce tigre est un connard.

— Tu es capable de te rendre invisible tout en continuant d'interagir avec le monde autour de toi. Et ta magie de pierre est remarquable. Tu es une menace inconnue. Or les menaces, ou on les contrôle ou on les élimine.

On les élimine, super.

— T'as dit tout ça à ton patron, le Seigneur de l'Hiver ?

— Je lui ai rien dit. C'est lui qui m'a envoyé te chercher.

Mon cœur s'arrête une seconde.

— Quoi ?

Je pose mon mug et me renfonce dans le canapé.

— Les elfes n'ont pas été discrets dans leur chasse. Il a vu les images de surveillance du portail, quand tu as ouvert la chaussée. Et aussi celles de la jetée, quand tu m'as sauvé.

Je grimace.

— C'est toi qui t'es mise dans cette situation. N'importe qui ayant un minimum de connaissances en magie verrait bien que tu es spéciale.

*Spéciale*, ouais, youpi. Je suis un foutu flocon de neige unique en son genre. Je bouge et ramène mes pieds sous moi, les bras enroulés autour de mes genoux. *Des runes faës puissantes conçues pour te contrôler.* C'est ce qu'il avait dit avant. Je bouge mon bras, les runes dépassent de ma manche.

— Madán t'a donné ces runes.

Le tigre n'a même pas besoin de confirmer.

— Donc je suis là parce que tu as passé un accord avec le Seigneur de l'Hiver. Tu m'as vendue. T'aurais pas pu me laisser tranquille ?

— Si je te relâchais maintenant, les elfes t'attraperaient. Ils ne lâcheront jamais l'affaire. Au moins ici, tu as une chance.

— Qu'est-ce que ça peut te faire ?

— Je suis mon instinct. Tu as besoin d'aide, alors je vais t'aider.

— Ouais, parce que tu touches un gros chèque en échange. Tu ne m'aides pas ; tu es comme tous les autres : tu t'aides toi-même. Je me suis trompée sur ton compte.

Il ne vaut pas mieux que les elfes.

Le bruit de la circulation entre par la fenêtre ouverte, et les rideaux frémissent au vent. Je tente de me lever. Mes jambes flageolent, mais me tiennent. Corbin ne tente pas de m'arrêter quand je traverse la pièce et m'approche de la fenêtre.

Je cligne des yeux.

On est au beau milieu d'une ville que je n'ai jamais vue.

— On est où ? je murmure, le visage collé contre la vitre froide.

— Sligo.

— Sligo ? Genre, le comté de Sligo, en Irlande ?

Un autre pays. La vache. Mon estomac fait une pirouette. Je me retourne vers Corbin, le dos appuyé contre le rebord de la fenêtre. Dans ce royaume, je n'ai jamais mis un pied en dehors de ma ville, et maintenant, je suis en Irlande.

*L'Irlande.*

Je jette un regard nouveau sur la pièce et je comprends qu'en fait, ce n'est pas chez lui. J'avais raison de penser que ça ressemblait à un hôtel. C'est une putain de suite. Je me sens un peu stupide. Pourquoi ai-je cru qu'il m'emmènerait chez lui ?

— Comment peut-on être en Irlande ? Comment peux-tu être ici ? Les métamorphes ne sont pas censés être bannis ?

Les faës tiennent ce pays d'une main de fer. Depuis une guerre longue et sanglante, l'Irlande est un territoire exclusivement humain et faë. C'est l'un des endroits les plus sûrs pour les humains. Les vampires et les métamorphes qui tiennent à la vie n'y foutent pas les pieds. Et là, la réponse me frappe. L'ouest de l'Irlande, avec ses collines verdoyantes et ses plages sauvages, est le domaine de Madán. Son territoire.

— C'est grave, très grave.

— Tu es en sécurité ici.

— En sécurité, répété-je en frappant mes runes. Tu parles d'une sécurité. Je suis sur le territoire du Seigneur de l'Hiver, *au pays des faës*. Je ne crois pas que tu piges les sentiments que je leur inspire.

Je suis peut-être une troll pure souche, mais ils me considèrent comme un monstre. Et avec ces runes, je ne peux plus disparaître.

Corbin hausse les épaules.

— Je t'ai dit l'essentiel. Tu es sous sa protection.

Il se racle la gorge et ajoute :

— Sous ma protection.

Et hop, il évite soigneusement ma vraie question.

— Mais comment tu peux être en Irlande, toi ? je relance.

— Tu ne pensais tout de même pas que tous les chiens des enfers vivaient dans ta petite station balnéaire ? D'autres endroits ont besoin de nous, et nous nous rendons là où on nous réclame.

— Je n'ai jamais rencontré un autre chien de l'enfer.

Il me regarde comme si j'étais bête et secoue la tête.

— Donc, tu es un mercenaire.

— Non.

Je ne le crois pas. Je me tourne vers la fenêtre. Je suis piégée. Si je sors d'ici, les elfes me trouveront. J'ai perdu pas mal de sang en leur compagnie, et il n'en faut que quelques gouttes pour lancer un sort de localisation. Ils vont me traquer. Et sans la protection du chien de l'enfer, sans ma magie pour me dissimuler, je suis une troll morte en sursis.

# Chapitre Quatorze

— Qu'est-ce que tu faisais en Faërie ? dit Corbin.

*Comme si j'allais te le dire.* Je garde la bouche résolument fermée. Je pense avoir donné dans les confidences pour le restant de mes jours, et j'en ai conclu que déballer ma vie fournit des munitions contre moi. J'ai vu ça un million de fois. Plus on s'ouvre, moins on nous aime. La nature des créatures est déroutante, mais pas compliquée. Parler aux autres, interagir avec le monde, ça n'a aucun intérêt et ça fait souffrir.

Certes, se la jouer *Rémi sans amis* est sans doute malsain. Mais est-ce vraiment important quand personne ne s'intéresse à nous ? Chacun ne se soucie que de sa petite personne. Maintenant que j'ai dit tout ce que j'avais à dire, je retourne vers le canapé et enroule mes bras autour de moi.

— Arrête ça, me prévient-il avec un regard de pure frustration. Vire-moi cette expression butée, la chapardeuse. J'ai pas envie de te forcer à me répondre. Mais je le ferai.

Son biceps se contracte quand il se frotte la nuque.

Le tigre ne plaisante pas. Il a remis son masque de flic.

— J'ai juste envie de tout oublier, déclaré-je en me tortillant sur le canapé. De rentrer chez moi et qu'on me fiche la paix.

— Les runes vont te faire parler.

Eh ben, génial.

— Il vaut mieux que je n'y ai pas recours, Pepper. Réponds : qu'est-ce que tu faisais en Faërie ?

Sa mâchoire se raidit, j'entends ses molaires grincer. J'imagine que me brutaliser ne l'enchante pas, mais il reste un chien de l'enfer. Faire du mal, c'est leur job ; ce sont des tueurs. On ne peut pas en dire autant d'une troll insignifiante.

Je m'humecte les lèvres et garde les coudes épinglés le long du corps. La douleur que j'ai ressentie tout à l'heure, ce n'était pas rien. Mes nerfs sont encore ébranlés par la sensation fantôme. Je ne veux plus jamais revivre une telle souffrance. *Fais la courte, Pepper.*

— Je livre des messages.

En fait, je suis *la* messagère. Mais il n'a pas besoin de le savoir.

— Je délivre des messages aux créatures qui vivent sur

Terre. La plupart sont nées ici, mais ont de la famille en Faërie. Ils n'ont pas les codes des portails, et même si c'était le cas, ils risqueraient de se faire prendre.

Et franchement, personne n'a envie de se faire choper. Les portails ont l'air abandonnés, mais ils sont hautement surveillés et cadenassés par des sortilèges.

On ne tombe pas par hasard sur un portail terrestre, il faut savoir où chercher. Aucun grand panneau pour signaler leur position. Les nantis en disposent dans leur maison, mais c'est rare. D'autant plus que cela requiert une quantité de magie noire phénoménale pour empêcher les créatures indésirables de se taper l'incruste. C'est pour ça que j'étais terrifiée à l'idée d'avoir entré le mauvais code la dernière fois. Les barrières mortelles existent pour une raison.

En Faërie, c'est un peu plus simple puisque les portails sont implantés en plein air, dans des zones dangereuses cependant. Dans des coins où traînent des créatures que personne n'a envie de croiser. Celui que j'utilise est implanté sur le territoire de mon ex-clan. Si on me prend la main dans le sac, personne ne me posera de questions. On se contentera de me dépecer.

Curieusement, le portail n'enregistre pas mon passage lorsque j'active mon pouvoir d'invisibilité ; je peux le traverser sans être détectée. Et rien à voir avec les portails, c'est moi et la magie bizarre qui coule dans mes veines.

Enfin, sans être détectée... Oui, tant que je ne suis pas poursuivie par des esclavagistes fous furieux.

Les faës locaux envoient des messages à une dryade

qui dirige un coffee shop, Tilly. Elle m'envoie un formulaire par mail détaillant les conditions et honoraires. Ensuite, je décide si j'accepte ou non la mission. Je veille à ce que les créatures terrestres ne voient jamais mon visage. Je passe au café, récupère le message dans la boîte aux lettres près de la porte arrière, vers les toilettes. Cela fait des années que la combine fonctionne.

Avec cette histoire de portails et l'immensité de Faërie, je ne voyage qu'en automne. Je possède un réseau de créatures dignes de confiance pour jouer les facteurs dans le reste du royaume. Ça rapporte un paquet, et parfois non. Mais essayez de refuser une commission à une brownie qui doit annoncer la naissance du premier mâle de la génération !

Il arrive que le paiement se solde par des « faveurs », d'où mon ticket gratos pour le pressing pendant un siècle. J'ai le sentiment de prendre part à quelque chose de plus grand, qui me nourrit l'âme. Et ça occupe mes journées. Je n'en demande pas plus. J'ai tout ce qu'il me faut. Mais ça, c'était avant que les elfes me tombent dessus, me marquent au fer rouge et me dépouillent de mes biens.

Lorsque je me rends compte que je suis tombée dans un silence de plomb, mes lèvres s'étirent dans une expression gênée.

— T'es messagère ? dit-il en fronçant les sourcils.

*Il me prend pour une mytho.* Je hausse les épaules. Au fond, qu'il me croie ou non n'a pas d'importance. Qui est-il pour moi, à part mon kidnappeur ?

— Je suis messagère, répété-je. Mon dernier voyage s'est plutôt bien passé, jusqu'à ce que ça vire au fiasco.

Je suppose que j'ai commis une bourde en cours de route, ou alors c'était uniquement la faute à pas de chance.

— C'est comme ça que les elfes t'ont attrapée ? Ils t'ont engagée ?

— Non.

Il arque un sourcil interrogateur.

— Oh, et puis j'en sais rien, moi ! lâché-je en levant les mains au ciel.

Mes paumes claquent sur mes cuisses alors que je secoue la tête.

— Ça expliquerait pas mal de choses, ajouté-je.

J'ai fait preuve d'arrogance. La messagère invisible qui délivre vos messages dans l'autre royaume pour une modique somme. Je fais ce boulot depuis des années, j'ai forcément attiré l'attention. Et apparemment, les elfes ont entendu parler de mes exploits.

— Peut-être qu'ils m'ont tendu une embuscade.

Ils ont sans doute vu une opportunité lorsque j'ai choisi de livrer le message en personne.

— Je sais pas... Personne n'est capable de me voir ; toute la procédure se fait par mail, et quand je prends un message, je suis invisible. Ma dernière commission était pour une troupe de pixies dans les landes d'automne.

Un message simple, rapide à transmettre.

— Non, je crois pas qu'on m'ait vendue. C'était juste un manque de bol. Les pixies ne savent pas qui je suis. Je n'aurais désactivé mon invisibilité qu'au moment de leur communiquer le message...

Je n'émets aucun son quand je suis invisible.

— ... et les pixies ont eu leur message. Tout était normal, et elles ont voulu en envoyer un en retour. Tant que je suis sur place, je le fais gratuitement en général. C'était rien de compliqué. Les elfes passaient par là quand j'achevais ma mission. Avant que je puisse réagir, ils m'ont embarquée. Honnêtement, je ne pouvais pas faire grand-chose, je ne suis pas une guerrière. Ils savaient que j'étais une messagère, ce qu'ils ignoraient en revanche, c'était le niveau de mon pouvoir...

*Normal, je l'ai muselé au maximum.*

— ... et que je livrais des messages en provenance d'un autre royaume. J'étais morte de peur, alors j'ai rien dit.

*Presque.* J'ai fait la connerie de leur parler de mon clan.

Corbin tapote son menton avec son pouce en m'examinant. Sous sa forme animale, sa queue se balancerait de droite à gauche.

— Et le message ?

— Quel genre de messagère ça ferait de moi si je te le disais ?

Il pousse un soupir.

— Tu ne conserves aucune information de tes escapades ?

— Rien.

*Rien pour toi, petit fouinard.*

Il grogne, mécontent.

— Tu veux manger un bout ?

— Non.

Mon estomac me contredit aussitôt. Je fais une grimace en baissant les yeux vers mon ventre. *La ferme !* Je me voûte et croise les bras pour étouffer le gargouillis tonitruant.

Corbin secoue la tête, et sans demander, il sort son datapad et commande ce qui ressemble à un véritable banquet. Puis il se dirige vers la cuisine, retourne à son bol et à sa conserve de...

— Commence par ça, dit-il en faisant tourner une boîte de conserve pour me montrer l'étiquette noire.

Oh waouh. Une conserve d'ananas de luxe. C'est une tentative de corruption... que j'accepte volontiers. Avec un mouvement du poignet, il m'expose la conserve comme un véritable sommelier prêt à verser un grand cru millésimé. Ses lèvres affichent un sourire arrogant. J'approuve avec un hochement, et la conserve s'ouvre, laissant échapper une odeur sucrée. Il fait basculer les rondelles de fruit : 435 grammes de paradis en bouche. Miam. Corbin me tend le bol, suivi d'une fourchette.

— Merci.

Je pique un bout et le gobe en grognant. Comment vais-je retourner à ma marque bon marché maintenant ? C'est une tuerie ! Le tigre m'observe d'un œil fasciné. Je ne sais pas ce qui le captive autant. Je déglutis, puis prends une autre bouchée, plus petite, plus raffinée. Il regarde ailleurs, mais je ne rate pas le sourire caché au coin de ses lèvres.

Quand ce sera à son tour de manger, je vais le fixer, moi aussi.

— Maintenant que je t'ai répondu, tu veux bien me laisser partir ?

— Non.

— Pourquoi le Seigneur de l'Hiver t'a donné des runes pour me retenir en otage ?

Fourchette en main, je frémis et effleure de mes doigts la rune de la mort sur ma peau.

— Je l'ignore. La magie elfique me dépasse. Comment tu trouves tes boulots ?

Son interrogatoire me file la migraine, et le dernier bout d'ananas a pris un goût de cendres dans ma bouche.

— On file le job à un contact, qui m'envoie les conditions par mail.

Voilà, aussi simple que ça. Je n'ai pas envie de vendre la dryade. Je dépose le bol vide et la fourchette sur la table basse.

— Fais voir, ordonne-t-il en me tendant un datapad.

Je le repousse avec un regard noir.

— Non. Je supprime tout.

Il le fourre dans ma main, et comme je refuse à nouveau, il le plaque sur mes genoux, manquant de faire tomber la tablette.

— Connecte-toi, Pepper. Je veux voir si t'as encore des messages dans ta boîte mail. Peut-être des elfes. Allez.

Il me lance un regard qui crie « sinon... » Un vrai

méchant, alors. Je parie que Forrest lui éclaterait la tablette sur la tronche.

Mais je ne suis pas Forrest. Alors, je soupire et rapproche le datapad de ma poitrine pour qu'il ne voie pas mes identifiants. Je rentre dans le système où je consulte mes mails. Actuellement, il y en a trois. Un de Forrest avec les résultats de mon test ADN. Je lève les yeux en tombant sur le deuxième, et bloque le mandataire. Et hop, direction « messages indésirables » ; un mail de mon enfant inexistant, qui me demande de lui envoyer de l'argent pour rentrer à la maison.

Le dernier provient de la dryade. Les messages de Tilly sont toujours cryptés. Un cryptage facile à supprimer, néanmoins les clients apprécient qu'on traite leurs messages comme la prunelle de nos yeux.

Le datapad de Corbin n'est pas équipé pour le rendre lisible. Toutefois, j'ai relié le logiciel de traduction à ma boîte mail, alors ce n'est pas un souci. En temps normal, l'objet du mail est simple. Sauf que cette fois, il y est écrit « livraison urgente, grosse rémunération ». Mes yeux s'arrondissent sur un nombre, qui fait le triple de mon salaire habituel.

*Hmm, pas du tout suspect...*

# Chapitre Quinze

Avant que j'aie le temps de cliquer, Monsieur-J'ai-pas-un-pet-de-patience m'arrache le datapad des mains.

— Hé, râlé-je.

— Forrest t'a fait un test ADN ? marmonne-t-il en pianotant sur l'écran avec ses gros doigts de tigre. Qu'est-ce que t'as effacé ? Ah, moi aussi je reçois ces spams où on m'appelle « maman ».

Il lève les yeux du datapad et me lance un sourire. Mon cœur fait des loopings. Ce mec est beau comme un dieu.

Je musèle mon attirance et lui décoche un regard noir. Je parie qu'il s'est déjà envoyé une copie des résultats du test ADN. Malgré ses menaces, je n'aurais pas dû me connecter. Je me tortille sur ma chaise et gratte une cuticule sur mon index.

Le tigre fouille carrément dans mes mails. Je ne suis pas quelqu'un de violent. Mais là, franchement, si je pouvais lui coller un pain, je le ferais avec joie.

— C'est quoi ce code ? Que dit cet email ? demande-t-il. Il est crypté.

Il pointe l'écran et incline le datapad vers moi.

*Sans blague, Sherlock.*

Je n'essaie même pas de le lire.

— J'en sais rien, je réponds en fixant le plafond.

J'aime bien ce luminaire. Et la couleur pastel des murs. Ça change des briques rouges du tunnel.

— Comment ça, tu sais pas ?

— Ben, si tu ne m'avais pas arraché la tablette des mains, j'aurais pu finir de lire. Espèce de matou mal élevé, grogné-je à mon tour.

L'idée de l'assommer avec la tablette commence sérieusement à me plaire.

Il me la redonne.

— Déchiffre-le et dis-moi quand et où a lieu le rendez-vous.

J'ouvre l'email de Tilly et clique sur l'option de décryptage. Pour l'emmerder, je me mets à fredonner et à tapoter en rythme sur le bord de la tablette. Les lignes de charabia ondulent à l'écran, puis une à une, les lettres s'organisent jusqu'à former un texte lisible.

Corbin s'impatiente.

Je lui adresse un sourire narquois, puis baisse les yeux pour lire.

*Nous savons ce que tu es. Si tu veux discuter des conditions de ta reddition, récupère notre message à l'endroit habituel pour obtenir les instructions. Si tu ne te présentes pas, nous tuerons la dryade.*

*Tu as vingt-quatre heures.*

J'en perds mon sourire et hoquète. Sérieux, ils me font le sale coup du « fais ce qu'on dit ou ton amie meurt » ? Je clique sur le bouton vert en bas de l'écran — message accepté.

— Merde.

Je lâche le datapad sur le canapé. Corbin l'attrape en plein rebond et lit le message.

Je lève un bras au-dessus de ma tête, agrippe mes cheveux, et inspire à fond pour ne pas hurler. *Oh non, qu'est-ce que j'ai fait ?* J'aurais dû prévenir Tilly. Elle aurait dû être la première personne au courant. Au lieu de ça, je suis sortie faire des courses et je n'ai pensé qu'à ma pomme, comme une grosse égoïste. Maintenant, la seule solution, c'est de me livrer. Et pour ça, il va falloir que je me débarrasse du tigre.

Sans ma magie, je suis impuissante.

Mais je m'en fous. Tilly ne doit pas payer à ma place. Je n'ai plus le choix : je dois obéir. Dans ma tête, j'avais classé la dryade dans la catégorie « collègue », mais en réalité, elle s'est infiltrée dans mon esprit et est devenue une amie sans que je ne m'en rende compte. Et être mon amie l'a mise en danger.

— Les elfes tueront ton amie si tu ne te rends pas, marmonne Corbin.

Je bondis sur mes pieds, prête à foncer vers la porte. Il faut que je trouve mes godillots. Je cherche frénétiquement autour de moi.

— Pepper ? Pepper ?

Il doit m'appeler depuis un moment.

Je relève la tête.

— T'as vu mes chaussures ?

Évidemment qu'il les a vues. C'est lui qui me les a enlevées.

— Tu n'as pas besoin de tes chaussures.

— Si ! Il faut que j'aille aider mon amie.

*Mon amie.* Qu'est-ce que j'ai fait ? Je panique, et je ne trouve pas mes pompes. Ces salopards vont faire du mal à Tilly, et moi je tourne en rond, pieds nus.

Corbin m'attrape doucement par les avant-bras.

— Tu ne vas nulle part. Assieds-toi.

— Mais Tilly...

— Je vais envoyer quelqu'un s'assurer qu'elle va bien. Ces elfes bluffent sûrement. Calme-toi et laisse les professionnels s'occuper de ce bazar.

Sa voix est douce, persuasive.

Je fixe ses yeux ardents.

— Tu promets d'envoyer quelqu'un pour la protéger ?

— Oui. On va vérifier qu'elle va bien.

— Elle n'aura pas d'ennuis à cause des messages ?

— Non. Transmettre des messages à des pixies ou à des faës mineurs ne constitue pas un crime. Traverser les royaumes sans papier en revanche, ça, c'est grave. Et tu devrais plutôt t'inquiéter pour toi.

— Mais c'est elle qui est en danger. Les elfes…

— Et toi aussi, coupe-t-il avec un grondement sourd, en serrant mes bras pour me forcer à m'asseoir.

— Mais ils font du mal aux gens, murmuré-je. Je ne veux pas qu'ils fassent du mal à Tilly.

Je frissonne en repensant aux horreurs qu'ils m'ont fait subir.

— Pepper, tu n'as pas compris ta situation ? *Moi aussi*, je fais du mal aux gens.

Il ne le dit pas, mais je sens qu'il pourrait me blesser si j'insiste.

— Mais t'es pas comme eux. T'es un type bien, non ? Tu fais partie des « gentils ».

Je lève les yeux vers lui. La chaleur de ses mains traverse mon pull, ses pouces effleurent le tissu. Il soupire.

— Non. Je suis pas un type bien. Je fais ce pour quoi on me paie.

— Comme un policier ? Un chasseur ?

Il secoue la tête.

Je fronce les sourcils.

— Donc je ne suis pas en état d'arrestation ? Tu m'as vraiment kidnappée ?

Je n'arrive pas à croire mes propres paroles. Il est censé être un gentil, non ? Un peu brutal, d'accord, mais c'est normal pour un chien de l'enfer.

Il me lâche les bras et coince une mèche verte rebelle derrière mon oreille.

— Tu es une chapardeuse naïve. Il ne faut pas croire tout ce qu'on te raconte.

Sa voix est dure et blessante. Ma lèvre inférieure tremble. Il détourne le regard.

— Tu veux encore de l'ananas ?

Il se dirige vers la cuisine. Quand il se retourne, son visage est fermé et ses yeux ont perdu leur éclat.

Il a ce regard vide des assassins. Je ne sais pas si c'est un masque pour se protéger ou s'il est vraiment comme ça.

Je repense à une phrase de la poétesse Maya Angelou : « Quand quelqu'un vous montre qui il est, croyez-le la première fois. » Malgré les menaces et l'enlèvement, j'ai voulu croire qu'il était gentil.

Est-ce que je veux de l'ananas ?

— Non, merci.

Même l'ananas ne pourra pas arranger ce merdier. Je m'assieds, la tête entre les mains, la jambe gauche agitée d'un tremblement nerveux, prête à fuir.

Il revient de la cuisine avec deux tasses fumantes.

— Alors, où est-ce que je récupère le message ? demande-t-il en agitant son téléphone. Je te promets d'aider ton amie si tu me le dis.

— Tu me l'as déjà promis. Appelle-les, et après je te le dirai. Tilly tient un café en centre-ville.

Je lui donne l'adresse, puis je hoche la tête vers son téléphone.

Il grogne et quitte la pièce pour passer l'appel.

— John ? Rends-moi un service. J'ai un souci avec des elfes et j'ai besoin d'un contrôle de sécurité sur une dryade...

Une porte claque au fond du couloir, coupant la conversation. Je gigote nerveusement. Pourvu que *John* puisse vraiment nous aider.

Le compte à rebours de vingt-quatre heures a commencé dès l'envoi du message. Tic-tac. Corbin a laissé le datapad sur le canapé. Je le tire vers moi et vérifie l'heure d'envoi. Midi, il y a deux heures, ce qui me laisse jusqu'à demain après-midi. Pas si mal. Mais ça veut aussi dire qu'ils ont largement le temps de s'en prendre à Tilly.

Le message, ou plutôt leurs instructions doivent déjà être dans la boîte. Corbin n'a pas besoin de le savoir. Si je fais croire que c'est à moi de récupérer le message, peut-être trouverai-je un moyen de m'échapper.

— C'est fait, dit-il en revenant. J'ai envoyé un pote vérifier que ton amie va bien. Quand et où je récupère le message ?

— Demain matin à dix heures. Je dois y aller moi-même, et seule.

— Certainement pas.

— Si je n'y vais pas moi-même, on n'aura jamais le message. Ce sont les instructions. Je te le ramènerai directement.

— T'as intérêt, grogne-t-il.

# Chapitre Seize

Après avoir mangé — enfin Corbin, parce que je n'ai fait que jouer avec la nourriture dans mon assiette —, je pensais qu'on reprendrait l'entretien imaginaire auquel je me suis préparée. Apparemment, on est en route pour le domaine du Seigneur de l'Hiver, qui souhaite me parler. Clairement, je vais de Charybde en Scylla.

Le tigre me guide le long du couloir, une main au creux de mes reins.

— On va prendre l'ascenseur ? dis-je en biglant sur la porte en acier avec méfiance.

*Une boîte électrique riquiqui.* Je sais que c'est un peu hypocrite de ma part, car je laisse la magie de la pierre m'absorber, m'aspirer et me déplacer à travers les murs. Mais le métal me donne la chair de poule. D'un autre côté, c'est une matière que je ne parviens pas à maîtriser, ce qui veut dire qu'elle est mauvaise pour ma santé.

— Oui.

Corbin appuie sur le bouton.

— Génial.

Je me balance d'un pied sur l'autre. S'il était entièrement en acier, on utiliserait les escaliers. Avec un bruit sinistre, les portes s'ouvrent sur un cagibi, qui fait la taille d'une armoire. Je déglutis. Je suis sûre que le sol s'enfonce sous notre poids alors que le tigre m'aide à entrer. Je ferme les paupières quand l'ascenseur m'engloutit. Mon estomac se tord, ma tête tourne. Ce sont les trente secondes les plus longues de ma vie.

Lorsque les portes se rouvrent, je me précipite à l'extérieur, suivie de Corbin, qui prend son temps. Sa main se plante à nouveau dans mon dos, me guidant vers les portes en verre de l'hôtel. Une voiture blanche avec un grand autocollant vert sur la vitre nous attend. Une bagnole, sérieux ?

— Je ne monte pas en voiture.

Ma main vole vers le col de mon pull pour gratter mon cou nerveusement.

— Tu joues les têtes brûlées, la chapardeuse ?

Corbin ouvre la portière passager et me pousse à l'intérieur. Dès que je m'installe, il claque la portière derrière moi.

— Je monte pas dans les véhicules !

Il fait le tour. Quand il s'assied à côté de moi, je me remets à brailler :

— Je ne suis jamais montée en voiture avant.

— Si. Je t'ai amenée ici dans cette voiture.

Je grince des dents, le regard furibond.

— Rectification : je ne suis jamais montée en voiture en étant *consciente*. Espèce de dégénéré, grommelé-je.

Ma jambe gauche, qui est la plus proche de la porte, me démange.

— Ceinture.

Je le considère, perplexe, et il me fixe avec un air sceptique. Il pousse un soupir puis se contorsionne et se penche au-dessus de la boîte de vitesses pour me passer la ceinture avec une dextérité impressionnante. Il sent bon. Je ne bouge pas alors que la bande de tissu me serre et que le métal se glisse dans la boucle. *Mais oui, la ceinture.* J'en ai vu dans des films.

Le tigre se renfonce dans son siège. Sa ceinture cliquète, puis il exécute un tour de poignet, et le moteur rugit. La voiture se met en mouvement. Je laisse échapper un petit cri et me cramponne en plantant mes ongles dans mon siège. J'ignore ce qui me fiche le plus la trouille : être dans une voiture ou rencontrer le Seigneur de l'Hiver.

Les pneus crissent sur la route. La vitre et la portière vibrent discrètement près de ma tête. Je jette un œil à la portière. Est-ce qu'elle va s'ouvrir ? Je m'éloigne par précaution. La plupart des passagers ne le remarqueraient pas, mais je sens la pression du vent à l'extérieur, qui siffle et tourmente la carrosserie en métal et les panneaux en plastique. Je déglutis et rive mon attention dehors. Le monde défile dans un brouillard de couleurs et de formes.

Corbin n'est pas le roi de la communication. Après m'avoir demandé de mettre ma ceinture, il n'a pas décroché un mot. Il nous a rétrogradés au grognement initial. Je bouge, il grogne. Je flippe, il grogne. Il n'a pas dit un mot depuis qu'il m'a embarquée dans son piège mortel roulant. Le trajet se fait dans un silence tendu. Le tigre conduit bien, il conserve une distance raisonnable entre lui et la voiture de devant. Ses mains fortes et habiles tiennent le volant avec assurance pour slalomer dans le labyrinthe de la circulation.

À vrai dire, je ne vaux pas mieux que lui en communication. Au lieu de demander — comme toute personne normale — où nous allons, je mijote dans un bouillon d'angoisse dans mon coin. Mon corps est raide comme un bâton, et mes muscles commencent à me le reprocher. Avec une expression de détresse, je lâche le siège et entortille mes mains sur mes genoux pour réactiver le sang dans mes articulations.

Si je fais du boucan, Corbin pourrait me jeter par le premier portail pour Faërie et me ficher la paix. Mais dans ce cas, pourquoi faire un détour par l'Irlande si nous allons seulement en Faërie ? Non, ce n'est pas logique.

Dans mon silence obstiné, je sens mon monologue arriver en bout de course. Intérieurement, c'est un mélange de cri et de panique, qui s'alterne avec mon inquiétude pour Tilly sans cesser de me répéter « c'est pas vrai ». Rien ne m'a préparée à vivre ça. Je regarde les gens, je ne m'invite pas à la fête ! Et puis, je n'ai pas les compétences pour affronter ce qui m'attend.

Je suis déboussolée.

Je glisse un regard en biais à Corbin. Je l'aime bien. Vraiment.

Quand le tigre a pété le poignet de l'elfe, mon imbécile de cœur a pris ça comme une vengeance et s'est emballé. Oui, comme si briser le bras de quelqu'un était romantique et non tordu. Ensuite, le même mec, qui me plaît et que j'ai érigé en héros dans ma cervelle, m'a claqué un bracelet inhibiteur sur les poignets pour contrôler ma magie, m'a gravé des runes sur la peau pour me priver de mes pouvoirs... et maintenant, il me livre à la merci de son patron. Et quand je dis « patron », je parle de Madán, alias le seigneur terrifiant des guerriers aes sídhe.

Ma lèvre inférieure se met à trembloter, et je ravale mon attirance ridicule de gamine. Ouais, la meilleure chose à faire tout de suite, c'est de la fermer et de regarder le paysage.

Je. Ne. Me. Fais. Pas. Confiance.

Une belle gueule et je perds tout discernement.

Je me tortille sur mon siège ; je n'ai pas l'habitude de me faire ceinturer le corps et comprimer la poitrine. Tout le monde dit que Madán est bon, généreux, qu'il a fait des miracles pour les faës de sa cour. On dit qu'il est un seigneur bienveillant. *Ouais, à d'autres.* Aucun homme affublé du titre de Seigneur de l'Hiver n'est gentil. Les créatures puissantes ne font rien par pure bonté d'âme.

Non, tous leurs agissements sont motivés par le contrôle de la masse. Ils cherchent à gagner des alliances et des faveurs. Ils offrent des présents qui n'ont aucune valeur à leurs yeux, mais qui raviront leurs bénéficiaires, et basta. Les donataires, les vies et la loyauté sont achetés, à un prix bon marché.

Nous quittons la route principale de Sligo pour emprunter des rues étroites jusqu'à longer la côte. J'observe, émerveillée, le changement de décor. Des collines verdoyantes entourent un bras de mer de sable clairsemé de quelques rochers. Comparée à la jetée de chez moi, la digue est presque inexistante ici.

À travers les feuillages épais sur ma gauche, j'entrevois la mer qui s'étire à l'horizon. L'Atlantique sauvage. Le soleil couchant scintille sur le bleu océan. Magnifique. Absolument magnifique.

Corbin engage la voiture dans une allée, les pneus crissant dans le virage, et les solides grilles en fer forgé me font contracter la mâchoire. Du fer. Ces joujoux sont dangereux. Ma nuque se met à fourmiller et mes bras me démangent alors que le capot de la voiture s'approche du portail.

Un vampire patibulaire sort du poste de garde et inspecte par la vitre. Le tigre hoche la tête, et le vampire me considère d'un œil suspicieux avant d'opiner à son tour. Il ouvre le portail, révélant une allée spectaculaire plantée de vieux chênes.

Ce doit être le domaine de Madán. Chez lui. On se sent oppressé. Les barrières qui gardent la maison et ses terres sont remarquables. Leur pouvoir me fait serrer les dents. Je soupire lourdement et ravale ma peur, tandis que la voiture s'approche d'une belle baraque et que le tigre se gare. Cette maison ne date pas d'hier. L'arrière doit donner sur l'océan. Elle a probablement été bâtie sur une solide falaise il y a des centaines d'années. Je repère également une clôture en fer. Il n'y a pas que les lourdes portes qui ont le pouvoir de tuer les faës.

Corbin souffle et descend de la voiture. Sa portière se ferme doucement tandis qu'il fait le tour du véhicule par l'avant.

Je détache ma ceinture, pourtant je n'arrive pas à bouger.

*Madán.* Non, il vaut mieux que je prenne l'habitude de penser à lui comme le Seigneur de l'Hiver. Si par mégarde je l'appelle par son prénom devant lui, je suis morte. Je parie qu'il changerait mon crâne en chandelier pour mon insolence.

Corbin ouvre la portière passager, et je descends sur mes jambes flagada.

— Seigneur de l'Hiver, Seigneur de l'Hiver..., marmonné-je en posant une main tremblante sur la voiture pour ne pas tomber.

— Tu vas bien ?

Je me dévisse la tête, sidérée. Est-ce qu'il se fout de ma gueule ? Comme s'il ne sentait pas à quel point je suis blessée, perturbée et flippée.

— Est-ce que je vais... bien ? Non ! sifflé-je.

Si mes yeux pouvaient lancer des flammes vertes, je le cramerais sur-le-champ.

— Non, ça va pas.

*Trou du cul.* Je suis loin d'aller bien, mais je n'en rajoute pas. Maintenant qu'on est ici, l'envie de lui parler m'est passée. Je ne peux pas savoir qui écoute. Je me décolle de la voiture et claque brutalement la portière.

En grognant, Corbin ignore l'accès de colère que j'étouffe dans ma barbe. Avec froideur, le tigre encaisse sans broncher mes insultes, et ce n'est pas la première fois. Si seulement je n'avais pas écouté la pierre et que j'étais restée au lit ce soir-là. Si seulement je ne l'avais jamais rencontré...

Je le suis tandis qu'il se dirige vers la porte d'entrée. Il sait que je ne me ferai pas la belle en courant. Sinon, il serait derrière moi. J'ai l'impression de gravir une montagne en montant les six marches qui mènent à la porte noire de style édouardien. À chaque pas mon âme se déchire. J'ai l'impression qu'il me manque une partie essentielle de moi-même ; les runes qui enferment ma magie me laissent un vide béant. Je ne sens rien. Le sol, les rochers, le calcaire carbonifère de la maison... L'hôtel moderne n'était pas si mal, mais être ici est une torture.

Le heurtoir est une grosse tête de troll avec un énorme anneau dans la bouche. Corbin toque et, sans attendre, ouvre la porte massive. Il hoche la tête pour m'encourager, m'invitant à le précéder.

Je le fixe froidement. Pas question que j'entre la

première. Il grogne et lève ses pupilles bleues au ciel avant de s'engouffrer à l'intérieur.

La maison est somptueuse. L'escalier à double volée semble tout droit sorti d'un film en noir et blanc ou d'une carte postale ancienne. J'avance sur le seuil et le parquet craque sous mes pas hésitants.

Le hall d'entrée joue avec plusieurs tons de rouge. Je fronce les sourcils. Ce n'est pas un rouge criard, plutôt un bordeaux profond. C'est chic. Je baisse les yeux vers mes vieux godillots. Je devrais peut-être les enlever, je n'ai pas envie de dégueulasser le sol.

Corbin marche quelques pas devant moi.

— Pepper, dit-il doucement comme s'il parlait à un animal effrayé prêt à décamper. Viens, ça va aller.

Il ne dit pas « tu es en sécurité », car je ne le suis pas. Le tigre ne va pas assurer mes arrières, mais ceux de son patron. L'instant d'après, il fait quelque chose qui me fait fondre : il me tend la main. J'ignore pourquoi, mais je l'accepte, envahie par sa chaleur.

— Tu es gelée, grommelle-t-il.

Ouais, la peur m'a changé en bloc de glace et je me chie dessus. Avec ma main dans la sienne, *maintenant* je me sens en sécurité.

*Idiote.* Sombre idiote. Malgré mon sourire amer, je m'ancre à lui comme à un port au milieu d'une tempête, pendant qu'il me conduit à l'arrière de la maison, vers le Seigneur de l'Hiver.

# Chapitre Dix-Sept

JE SERRE la main de Corbin, sa manche remonte tandis que mon autre main agrippe son poignet. La porte en chêne devant nous s'ouvre sans un bruit, et mon angoisse monte d'un cran. Je me cache derrière sa carrure de déménageur. Submergée par la peur, je tremble comme une feuille.

Le tigre avance en silence dans la pièce, m'entraînant avec lui. Mes godillots couinent alors que je me cramponne à son avant-bras musclé. Ses poils, doux et courts, me chatouillent la peau. La pièce sent la vanille et l'huile de clou de girofle. Quand la porte du bureau claque doucement derrière nous, je sursaute.

La panique me frappe par vagues. J'ai l'impression que mes jambes vont lâcher.

*C'est au-dessus de mes forces. Je veux rentrer chez moi !*

Corbin salue l'elfe d'un grognement. Je n'entends pas ses mots à cause du bourdonnement dans mes oreilles. Chaque respiration siffle dans ma poitrine, et mes yeux se brouillent de larmes de terreur.

Je perds les pédales.

*Une chose à la fois, Pepper.* Je peux le faire — *une chose à la fois.*

D'abord, calmer ma respiration pour éviter de tomber dans les pommes. Mais contrôler ma respiration, ce n'est pas mon fort. J'ai déjà essayé, ado, dans une phase de méditation portnawak... Ça finissait chaque fois en fou rire ou en hyperventilation.

Alors je préfère m'accrocher à un détail. Je force mon cerveau à se concentrer sur la pièce, l'issue derrière moi. Les fenêtres. Le bureau donne sur une pelouse parfaitement plane, comme les piscines à débordement qu'on voit sur les réseaux, mais avec du gazon vert vif au lieu d'eau. Une pelouse qui s'interrompt brusquement pour laisser place à la mer. Je parie qu'il y a une clôture invisible et un sentier discret qui descend vers la plage.

Si j'avais ma magie, je le saurais. Mais je ne la récupérerai jamais si je continue à trembler comme une proie devant ces deux prédateurs. La colère monte soudain, écrasant mes autres émotions. Ma respiration ralentit tandis que ma détermination grandit.

Je récupérerai ma magie.

Je reviens à la conversation pile au moment où les yeux du Seigneur de l'Hiver se posent avec suspicion sur nos mains jointes. Je tente de lâcher Corbin, mais il garde ma main dans la sienne et me tire vers le bureau en bois derrière lequel trône Madán — comme si l'elfe était un banal homme d'affaires et non l'un des dirigeants de Faërie. Je plante mes talons dans l'épais tapis pour ralentir, mais le tigre ne semble même pas remarquer ma résistance.

Madán, le Seigneur de l'Hiver, un faë influent, puissant et vénérable. Je le connais seulement de réputation. Il occupe ce poste depuis cinq ans, après avoir éliminé son prédécesseur dans un combat sanglant. On dit qu'il a eu l'aide d'un dragon d'argent, mais c'est sûrement des conneries.

Ses immenses yeux bleu pâle et ses oreilles pointues trahissent son ascendance aes sídhe pure souche, un elfe guerrier. Ses longs cheveux noirs brillent, tressés avec soin selon les coutumes elfiques. À côté, le chef elfe blond a l'air d'un mauvais cosplay, et pas seulement à cause des cheveux. Comparer ces deux elfes, c'est comme comparer deux espèces différentes. Les guerriers aes sídhe boxent dans une autre catégorie.

Des marques de guerrier faë, semblables à des tatouages humains, commencent à sa main droite et disparaissent sous sa chemise pour remonter le long de son cou et s'étaler sous sa mâchoire. Elles le lient à sa cour et lui confèrent des pouvoirs prodigieux. Je m'attendais à voir Madán tiré à quatre épingles, mais non. Il porte un treillis noir qui épouse sa silhouette mince et musclée comme une seconde peau. Je suis surprise par sa tenue décontractée. Et en même temps, pas tant que ça. Ce look trahit son fier héritage guerrier. Je ne m'attendais pas à ce qu'il s'habille spécialement pour moi, mais conformément à son rang.

Pas étonnant que Corbin l'apprécie. Si on oublie sa belle gueule, cet elfe sait se mettre au niveau du petit peuple. Là où Corbin est brutal et viril, le Seigneur de l'Hiver est d'une beauté envoûtante, dangereuse et délicate.

Les pires salopards ont souvent un look de prince charmant.

— Bonjour. Pepper, c'est bien ça ? demande-t-il avec un accent irlandais chantant.

J'opine. Madán est verrouillé de l'intérieur, son pouvoir si bien contenu qu'en l'état — sans ma magie — je pourrais presque le croire humain. Terrifiant.

Un homme vraiment terrifiant.

Il m'indique d'une main pâle un siège.

— Merci d'avoir accepté ce rendez-vous. Assieds-toi, je t'en prie.

*Ouais, comme si j'avais eu le choix.*

Nous nous observons avec la même intensité. C'est carrément bizarre. Ce rendez-vous a l'air tout à fait banal — sauf qu'il n'a rien de normal. Nous ne sommes pas à égalité. On sait tous qu'il m'a piégée. Je ne devrais pas être polie. Pourtant, je réprime l'envie de hurler et de fulminer. Par peur et par instinct de survie, je reste muette et m'efforce de garder un visage impassible. Il ne faut pas que je craque.

— Tu veux boire quelque chose ?

— Non, merci.

— Les runes ont fonctionné ? demande-t-il derrière moi.

Corbin grogne. Il lâche ma main et tire la chaise qui m'est destinée, m'incitant à m'asseoir. Sans la chaleur de la main du tigre, je flotte dans le vide.

— Bien. Excellent.

Le Seigneur de l'Hiver reporte son attention sur moi.

Je pose une fesse au bord du siège, raide comme un piquet, les mains alignées sur mes genoux.

— As-tu essayé d'utiliser ta magie ? demande-t-il.

— Oui. Ça m'a fait mal.

Très mal.

— Évidemment.

Ses yeux me scrutent de la tête aux pieds comme s'il évaluait du bétail, une génisse qu'il trouve médiocre. Presque nerveusement, son doigt trace les nervures du bois de son bureau.

— On m'a informé qu'un test ADN récent à ton nom est apparu dans la base de données. Pourtant, tes parents biologiques affirment que tu es une usurpatrice, que leur enfant est mort, et refusent tout contact avec toi.

Oui, je connais la chanson. Si le but, c'est de me faire pleurer, il peut attendre longtemps. Je reste immobile comme une statue.

Intérieurement, je soupire. *T'as merdé, Pepper. T'as*

*fait de mauvais choix. Et voilà où t'en es.* Un chien de l'enfer dans mon dos, le Seigneur de l'Hiver en face de moi, tous deux analysant les micro-expressions de mon visage.

Qu'est-ce qui m'est passé par la tête, à sauter entre les royaumes avec des messages bisounours ? Rien de tout ça ne serait arrivé si je n'avais pas choisi ce taf de messagère. Si j'avais juste pensé à me protéger. L'argent facile, ça finit toujours par vous mordre le cul. Pourquoi je n'ai pas pris un taf pépère en ligne, un boulot honnête ? Promeneuse de chiens, caissière dans un supermarché ?

Je sais pourquoi.

Corbin adore me traiter de chapardeuse, mais je n'ai jamais volé par choix. Enfant, c'était ça ou crever. Mais très vite, je n'ai plus supporté l'idée de me nourrir aux crochets des autres. Chaque aliment volé me laissait un sale goût dans la bouche. L'orgueil. Voilà mon péché, je suppose.

Il fallait acheter à manger pendant les vacances scolaires, et même si notre monde se fiche pas mal des gosses affamés ou du travail des enfants, les gens auraient parlé. Ils se seraient demandé pourquoi une gamine avait besoin de gagner sa croûte. Et ça m'aurait mise en danger. Il y a une bonne raison pour laquelle les humains et les créatures restent au chaud dans leur lit le soir et qu'on ne voit jamais de sans-abris. Les monstres les dévorent.

Me fondre dans le décor en livrant des messages pour la dryade du café, c'était le boulot idéal. Un bon revenu pour une gamine, et en grandissant, c'est resté le seul truc que je savais faire. Les enfants invisibles, ça n'a pas de diplôme.

Je réalise que Madán vient de me poser une question et attend patiemment ma réponse, alors que je suis perdue dans ma tête. Je grimace.

— Les runes la rendent idiote, marmonne-t-il sans cesser de m'observer d'un air curieux. J'ai peut-être appliqué trop de runes pour contenir sa magie. J'ai dû mal calculer.

Ou alors c'est cette mystérieuse rune de la mort qui me vide lentement de ma vie. C'est mon impression en tout cas. Je bouge les bras, mes ongles s'enfoncent dans ma peau, griffent les runes. J'ai toujours été indépendante. Personne ne m'a jamais dicté ma conduite. Jamais. Être tenue en laisse par ces runes me donne envie de m'arracher le bras pour récupérer mon dû. Encore sanguinolente, j'aspirerais toute la force de cette bâtisse et des collines autour et je créerais un cratère géant qui engloutirait Son Altesse et le tigre. *Sniff sniff.*

Madán perd patience. Il se penche en avant, et sa magie me percute comme une bourrasque glacée. J'ai l'impression que mes cils vont givrer si je cligne des paupières.

— Dis-moi, siffle-t-il. Sais-tu ce que tu es ?

La chaise est dure, le bois me scie les cuisses. Je fixe l'elfe, sidérée. C'est une blague ? J'ai presque envie de me glisser sous son bureau à la recherche d'un buzzer géant qu'il presserait si je donne une mauvaise réponse. Il commence par les questions faciles ?

Mon visage est gelé par sa magie, j'ai les dents qui claquent.

— Je suis une t-t-troll.

Où veut-il en venir ?

Madán se recule, satisfait, et croise nonchalamment les jambes.

— Non.

Un mot qu'il balance comme un sort rouge vif au milieu de ma vie.

— Peut-être à la conception, poursuit-il. Mais tu n'as jamais été une troll. Je pensais ne jamais rencontrer une créature comme toi. C'est très rare. Mais on dirait que quelqu'un a raté ta transformation.

Il me jauge de haut, avec son air supérieur.

*Transformation ?*

— Dis-moi, petite, ces lumières étranges te suivent tout le temps ?

Il indique du menton la douzaine de points lumineux, qui papillonnent autour de moi comme des mouches horripilantes. Donc il peut les voir ?

J'aimerais ne pas les voir moi-même. Je les ignore depuis mon réveil à l'hôtel.

Le tigre s'approche de moi.

— Quelles lumières ? grogne-t-il.

— Les runes, tes runes, les empêchent de faire leur truc, dis-je.

Quel que soit le truc en question. Depuis que j'ai ces runes, elles ne peuvent plus s'enfoncer dans ma peau.

— Tu veux bien les retirer ? S'il te plaît ?

*Elles me font mourir à petit feu*, pensé-je sans le dire.

— Intéressant.

*Donc, c'est non ?*

— Quelles lumières ? répète Corbin.

Madán hausse les sourcils.

— Oh, tu ne les vois pas. Ne le prends pas mal, mon vieux. Très peu de créatures en sont capables. Moi, je les vois. Et j'imagine que tous ceux qui ont reçu un soupçon de ma magie aussi. C'est un don ancestral que je transmets encore à mes guerriers.

Il me sourit en replaçant une mèche derrière son oreille pointue.

— Ça doit être agaçant de les voir tournoyer autour de toi comme ça.

— Oui, grommelé-je.

Agaçant, c'est peu dire.

— Je sais ce que sont ces jolies lumières. Tu veux deviner ? Non ? Bon, je vais te le dire, c'est cadeau. Elles ne sont pas magiques. Enfin...

Il remue le pied posé sur son genou et penche la tête.

— ... pas au sens classique.

Il se cale au fond de son siège et croise les bras comme s'il avait tout son temps.

— Ce sont des âmes.

— Des âmes ? répétons le tigre et moi en même temps.

Madán balance cette bombe comme s'il annonçait la météo. Son regard planté dans le mien, il esquisse un sourire en coin, puis prend une voix professorale.

— Tu fais partie des rares élus de la Mort. Je n'aurais jamais cru qu'elle choisisse une faë... et encore moins une troll.

Il ricane, incapable de s'empêcher de me scanner de haut en bas.

— On dirait que t'as été transformée à moitié seulement. Juste assez pour te couper de ton clan, les convaincre que tu étais morte avant ta naissance... mais pas assez pour te faire passer au stade de l'entraînement. Dommage.

— C'est... c'est la magie qui les a convaincus que j'étais morte ? demandé-je d'une voix étranglée. Tout ça, c'est à cause de la magie ?

Il tapote l'accoudoir de son siège.

— Cruauté gratuite. Je parie que tu as eu une enfance difficile. Parfois, la Mort a une façon très particulière de former ses élus. Elle seule voit les ficelles du destin. Peut-être que ton âme n'avait pas encore appris sa leçon, et les épreuves de tes jeunes années t'ont enseigné quelque chose d'essentiel. De l'empathie, peut-être.

Il hausse les épaules.

— Ou alors elle t'a simplement oubliée. Elle est très âgée, tu sais. Ancienne. Tu es peut-être une erreur facile à corriger, dit-il en souriant, ses yeux bleus brillant de cruauté. La Mort te tuera peut-être. Je n'en sais rien. Faudra lui demander.

Demander à la Mort ? Genre, en personne ? Bien sûr, je vais me pointer dans l'au-delà pour aller taper la discute, pas de souci.

— Je ne suis pas… Je ne peux pas parler aux morts.

— Non, dit-il d'un ton dégoulinant de mépris, comme s'il ne comprenait pas pourquoi il devait s'abaisser à discuter avec un esprit aussi inférieur. Tu n'es pas une nécromancienne, petite. Tu es marquée par la Mort. Dis-moi, cette magie d'invisibilité dont tout le monde parle, as-tu l'impression d'enfiler un habit de moine quand tu l'utilises ?

Je cligne des yeux.

— C'est parce que c'est le cas. Tu revêts une coule. Il semble que tu as réussi naturellement à accéder à une partie de ta magie.

Il m'offre son magnifique sourire d'elfe, jubilant de voir la panique et la stupeur se peindre sur mon visage.

— Pour le dire autrement, Pepper, tu es une *faucheuse*. Une faucheuse disparue. Qui aurait cru, hein ? J'ai envoyé un message à la Mort pour l'informer de ton existence. Je suis sûr qu'elle viendra te chercher bientôt.

Oh, formidable. Je crois… je crois que je vais gerber.

# Chapitre Dix-Huit

La vache, il y a un nom pour désigner ce que je suis. Une faucheuse. Je suis une *faucheuse* à moitié transformée, peu importe la signification de ces mots. Ça existe vraiment cette bestiole ? Je secoue la tête. Une faucheuse avec une robe à capuche — que Madán appelle coule —, qui me rend invisible et me permet d'absorber des lumières bizarres... qui seraient des âmes. *Des âmes.*

Comme si j'étais un portail pour les morts. Même avec ma magie mise sous cloche, elles arrivent à me trouver. Faudrait que je me renseigne là-dessus, car je n'ai jamais entendu parler des faucheurs comme d'une espèce.

Peut-être qu'une faucheuse est un genre d'ange ?

Mais on naît ange, on ne subit pas de transformation. Or Madán parle d'une transition ratée.

Il dit plein de choses, le Seigneur de l'Hiver. Mais quand un ancien du royaume de Faërie te conseille de mettre de l'ordre dans tes affaires, tu l'écoutes. La Mort vient me chercher, et si elle n'aime pas ce qu'elle voit, elle me zigouillera — comme on abat une sale bête.

Du coup, être chassée par les elfes semble presque mignon.

Idem quand Madán fait joujou avec ses runes.

Les elfes et les aes sídhe sont des bisounours comparés à la Mort. Comment on fuit un truc pareil ? On ne peut pas. À moins que la Mort soit une vieille dame sénile qui va oublier mon existence. Peut-être qu'une seconde d'amnésie pour elle équivaut à des années pour moi.

Madán affirme me faire *cadeau* des informations dont il dispose, mais quand des anciens parlent comme ça, tu sais que t'es mal barrée. Je pense qu'il enrage qu'une pauvre troll ait reçu cette malédiction. Il doit espérer que la Mort lui devra une faveur pour m'avoir retrouvée.

Sa faucheuse disparue.

Madán n'explique rien de plus, et je ne pose pas de questions. Je suis sous le choc. Il est assis fièrement dans son fauteuil comme sur un trône et discute au-dessus de ma tête avec Corbin. Le tigre reste planté derrière moi, solide comme un rempart. Je ne bouge pas, hagarde. Je ne trouve pas les mots.

Toute ma colère s'est évaporée. Je ravale ma salive pour ne pas dégobiller sur son bureau, tandis que mon cerveau essaie de comprendre le sens de ses paroles.

J'étais une troll à la conception. Et selon les tests ADN, je suis toujours une troll. Alors qu'est-ce que la Mort m'a fait ? Elle m'a vue bien au chaud dans le ventre de ma mère et m'a tuée ? Ou bien je suis morte naturellement, et elle m'a ressuscitée pour me torturer et me transformer à moitié en cette créature ? Est-ce la magie de la Mort ou de la faucheuse ?

J'ai dû mourir bébé comme mon clan le prétend. La Mort a fait son œuvre et au lieu de me prendre, elle m'a laissée là pour... quoi faire ? Devenir un bébé mort-vivant ? Quelqu'un a bien dû s'occuper de moi. Mon clan ne m'a pas totalement laissé tomber. Il faut un minimum de soins pour qu'un bébé survive.

Et si j'étais déjà à moitié morte, qui me dit que je ne suis pas morte mille fois depuis ? Non, ça ne colle pas. Je saigne, je mange, je bois, j'ai des besoins élémentaires pour survivre. En tout cas, je sais que je suis vivante, que j'existe et que je suis réelle.

Rien de tout ça n'a de sens, et pourtant, ça explique plein de choses. Aux yeux des autres, la faucheuse n'a jamais existé. C'est comme si je n'existais pas.

Je me laisse tomber en arrière et ma tête cogne contre le dossier. La magie fait des trucs chelous. Et être marquée par la Mort, ça doit brouiller le cerveau. Comme le talisman du poisson rouge, puissance mille

— assez puissant pour empêcher une famille de chercher un proche disparu dans le royaume des faucheurs.

Mon estomac se contracte et je serre les bras autour de ma taille en réalisant un truc énorme, évident. *Mon clan ne me déteste pas.* Ils n'ont pas eu l'occasion de détester ou d'aimer la fille que je suis parce que la magie les a fait m'oublier. Je prends une grande inspiration qui me brûle les poumons. Et quand j'expire, un poids décolle de mes épaules. *Pouf*, envolé.

Je revois maintenant ces souvenirs douloureux avec un regard neuf. Je perçois des détails que j'avais oubliés, comme les yeux vitreux de mes parents, la surprise dans la voix de ma mère, ses larmes, sa confusion. Ce n'était pas du rejet. C'était l'œuvre d'une magie puissante. Madán avait raison. Ce que la Mort nous a fait subir, à moi, à ma mère, à mon clan relève de la cruauté gratuite.

Et je ne peux rien y faire.

Je vais devoir vivre seule avec ce fardeau. Il n'y a pas de formule magique pour réparer les dégâts, même si la Mort annulait son sort et qu'ils se souvenaient de moi. Je n'ose pas imaginer leur douleur d'apprendre la vérité sur mon enfance. Je ne peux pas leur infliger le récit de mes souffrances, le chagrin les briserait.

Quels parents voudraient savoir qu'un sort leur a fait oublier leur propre enfant ? Ils m'ont crue morte et ils ont fait leur deuil. Découvrir que j'étais là, tout ce temps ? Qu'ils m'ont croisée sans me voir ? Sale, affamée... Non, je ne peux pas leur infliger ça.

Cette révélation me blesse au plus profond, et me

soulage aussi. Savoir que ce n'était pas de ma faute fait éclater la carapace autour de mon cœur. Une croûte de douleur se fendille, et la tristesse me serre la gorge. Mais je me sens plus légère. Je voulais ces tests ADN pour prouver que j'appartenais au clan. C'est le cas, et je sais enfin pourquoi je suis si différente.

J'ai vécu avec ce chagrin si longtemps. Je pourrais utiliser ce truc de faucheuse pour nourrir ma rage, me remplir de haine. Ou je peux lâcher prise.

Je préfère lâcher prise. Il faut plus de force pour pardonner et comprendre que pour haïr aveuglément. Offrir le pardon, même s'ils ne le sauront jamais.

*Dame Nature, je prie pour qu'ils n'apprennent jamais la vérité.*

J'aurais tellement voulu les connaître. La Mort a de sérieuses explications à me fournir.

— C'est pour ça que Pepper a une rune de la mort ? demande Corbin. Elle est apparue toute seule.

— Fais voir.

Le Seigneur de l'Hiver tend la main vers mon bras, et comme je ne suis pas assez rapide, il se penche et me tire à moitié sur le bureau. Ses doigts fins s'enfoncent dans ma peau alors qu'il remonte brutalement ma manche pour examiner la rune de la mort.

— Décolorée. Ah, on dirait qu'il a reçu mon message.

*Il...? La Mort est un homme ?!*

Il lève les yeux vers le tigre.

— La Mort la piste. Il ne devrait plus tarder. La marque va s'obscurcir à mesure qu'il approche.

Il promène ses doigts raides sur les autres marques et fredonne avec une satisfaction malsaine. Jusqu'à ce que ses yeux tombent sur la rune d'esclave. Sès doigts se resserrent d'un coup et me pincent. *Ouille.*

— C'est quoi ? Qui l'a marquée ?

— Les elfes, ceux qui la pourchassent, répond Corbin.

— Tu les as laissés te tatouer une rune ? Petite idiote.

J'ai rien *laissé faire* du tout, moi.

— Pourquoi tu ne m'as pas dit qu'elle était marquée ? il engueule Corbin.

— Elle cachait son bras et n'a rien dit. Je ne l'ai vu qu'en lui mettant mes runes, y a quelques heures.

— Pourquoi les trolls sont-ils aussi emmerdants ?

Madán plaque mon bras sur le bureau et, avant que j'aie le temps de bouger, il le coince sous son avant-bras et trace du doigt le contour de la rune d'esclave. Ses yeux s'illuminent d'un éclat étrange... Il psalmodie sûrement une incantation dans sa tête. La marque d'esclave brûle, m'arrachant un gémissement.

Corbin pose sa grosse main sur mon épaule, comme s'il sentait que j'allais craquer. Je la repousse. Je n'ai pas besoin de sa pitié ni de son aide. Je serre les dents tandis que Madán continue de tracer la rune.

Nous observons ma peau brûler et la rune s'estomper.

Quand l'elfe relâche enfin mon bras, je le ramène contre moi et je me laisse tomber sur le siège, le corps secoué de spasmes douloureux. Je suis vidée.

Mais s'il peut effacer une rune, je peux le faire aussi. Une de moins, plus qu'une douzaine. Et maintenant, je sais comment faire. Il me faut juste les contre-sorts pour m'en débarrasser.

Je veux récupérer ma vie. Il n'a même pas besoin de le savoir. J'ai joué les jeunes filles modèles, je peux recommencer. Je ne suis pas piégée, juste momentanément coincée.

Je baisse le menton, soupire.

— Je me sens pas bien. Tu pourrais... enlever quelques autres runes pour que je respire un peu ? Sans ma magie, j'ai l'impression que je vais mourir, expliqué-je en laissant un peu de sincérité filtrer.

— Quelle comédienne. Non. Je n'ai pas envie, petite sournoise.

Il écarquille les yeux d'un air comique.

Je parie qu'il cache mieux sa vraie nature, habituellement. Tout le monde doit penser que c'est un homme gentil, bienveillant. Si je me tourne, verrai-je de la confusion dans le regard de Corbin ? Ou connaît-il déjà le vrai visage de Madán ?

La porte du bureau s'ouvre avec fracas, la poignée claque contre les étagères en bois et creuse un peu plus l'entaille déjà marquée dans le bois.

— Madán, on a un problème, annonce un métamorphe aux yeux bruns depuis le seuil.

Je parierais sur un loup. Sans ma magie, mes sens sont aux abonnés absents, mais il a une vraie gueule de loup.

Un autre métamorphe sur le sol irlandais, tiens donc. Le Seigneur de l'Hiver enfreint toutes les règles.

L'intéressé se lève.

— Très bien, Mac. J'arrive.

Il traverse la pièce, ouvre un placard et sort une douzaine d'armes, qu'il glisse dans des fourreaux dissimulés un peu partout sur lui.

— Tu connais la sortie, lâche-t-il à Corbin avant de filer.

Le loup, Mac, lui emboîte le pas dans le couloir.

Après avoir largué sa bombe sur ma vie, il se casse tranquillement, en se frottant les mains et en se félicitant du travail accompli. Je me renferme sur moi-même alors que nous quittons la maison et retournons à la voiture.

— Tu dis rien, commente le tigre à côté de moi.

Tu dis rien. Sérieusement ? Comme si j'avais envie de papoter avec le type qui m'a piégée — et qui a foutu ma vie en l'air. Tout n'était pas parfait avant lui, mais c'était bien mieux qu'aujourd'hui. Maintenant, je suis marquée par des runes et j'attends que la Mort vienne me cueillir.

— Je suis désolé. Ça ne s'est pas passé comme je l'espérais.

Je ne réponds pas. Il ne se sent pas coupable. Pour lui, je suis une mission comme une autre. Je monte dans la voiture et attache ma ceinture.

L'autre jour, après ma mésaventure avec les elfes, j'ai cru que j'avais touché le fond. Un sourire amer tire mes lèvres. Eh bien, je me trompais : ma chute ne fait que commencer.

# Chapitre Dix-Neuf

— Pepper, il faut que je t'explique un tas de trucs, déclare Corbin alors que nous entrons dans la suite.

Encore la voix de chien battu. Je refuse de le regarder.

— Est-ce que je peux dormir ? Je ne me sens pas très bien, maugréé-je.

Il n'est même pas dix-neuf heures et je me tape déjà une migraine carabinée. J'ai passé une journée de merde.

— OK, la chapardeuse. On en parle plus tard.

Corbin m'indique une chambre, qui possède sa propre salle de bains.

— Je suis dans la chambre d'à côté, si tu as besoin. Il y a du linge propre sur ton lit et tout ce qu'il faut dans la salle de bains. Si tu as faim ou soif, sers-toi dans la cuisine.

Ah, et Pepper ? J'ai le sommeil léger, alors n'essaie pas de te faire la malle, sinon ça va mal tourner pour toi. On part aux aubettes demain.

J'acquiesce et lui claque la porte au nez. J'attrape les vêtements propres sur le lit et me dirige vers la douche. Je ne veux pas lui parler et je m'en fiche si ça le met mal. En ce moment, il me tape sur le système. Je vais aux toilettes, puis me lave les mains avant de me débarbouiller. Brisée et perdue, je m'appuie contre le lavabo.

J'aurais aimé qu'il me ramène chez moi. J'aurais dû demander à récupérer le message de la veille. Je n'aime pas savoir que les choses traînent pendant que Tilly attend qu'on lui vienne en aide. J'espère que le pote de Corbin, John, la trouvera saine et sauve et que l'elfe esclavagiste n'a fait que bluffer.

Il faut que j'envoie le tigre après les elfes, que je me débarrasse des runes et que je trouve une planque le temps que la Mort se lasse de me chercher. J'agrippe le lavabo. Je suis incapable de regarder dans le miroir. L'étroite salle de bains est pleine à craquer de boules lumineuses... Ah non, d'*âmes*.

Des âmes tout autour de moi. On commence à être serrés à l'intérieur. Et si je prends une douche, je trouverai ça dégueu de me laver avec elles. Il faut que je règle cette histoire.

Ma vie s'est transformée en joyeux bordel. Est-ce que les elfes connaissent ma réelle nature ou pensent-ils mettre la main sur la messagère mythique ? Mes lèvres se retroussent. Eh ben, ils ne sont pas au bout de leurs surprises. *Coucou, c'est moi, la faucheuse !* Quelle arme attribue-t-on à la Faucheuse dans les contes ? Mes doigts pianotent sur le marbre pendant que je cogite. Ah oui, une faux !

*Pop.* J'entrevois une fourrure noire. Mon tête-à-tête avec les âmes touche subitement à sa fin. Je laisse échapper un cri apeuré, mes jambes me lâchent et je finis dans la baignoire avec un bruit sourd. J'entraîne dans ma chute les mini-flacons de shampoing de l'hôtel qui rebondissent sur mon crâne alors que je me vautre comme une gourde.

— Eurus !

Je me recroqueville et plaque une main affolée sur ma bouche. *Oh non.* Est-ce que Corbin a entendu le boucan ? Rien ne se passe. Je me penche en avant, jette un œil par-dessus le rebord de la baignoire.

— Qu'est-ce que tu fais là ? chuchoté-je.

J'hallucine. Eurus est venu. Le beithíoch plisse la truffe et me fixe. Je ne peux pas l'entendre, je ne porte pas le bracelet de charmes.

— Désolée, le tigre m'a pris les charmes en me kidnappant.

Je lui montre mon poignet nu et remonte la manche pour exposer les runes.

— Cet enfoiré m'a bloqué l'accès à ma magie. Hé, mais attends... Comment t'es venu ici ? Je sais que t'as dit que tu me retrouverais si tu voulais, mais... Eurus, t'as *steppé* ?

Le loup me tire la langue.

Je suis choquée qu'il ait ce niveau de magie, impressionnée même. Les faës très anciens et puissants peuvent *stepper*. Pour faire simple, c'est de la téléportation magique. Un don rare. D'après ce que j'ai compris, un faë doit *stepper* dans un endroit où il a déjà mis les pieds.

— Waouh, t'as de la chance de ne pas avoir fini dans un mur.

Eurus secoue la tête et me lance un regard dépité.

— Oh, ça va, dis-je en levant les mains en signe de reddition.

Mon bras dont la manche est relevée crisse contre la baignoire.

— J'en sais rien, moi, continué-je.

J'étais convaincue de choses fausses, alors pourquoi serait-ce différent cette fois ? Tous ces événements m'ont donné le tournis.

— Tu n'as pas idée de ce qu'il s'est passé, Eurus.

Il semblerait que le beithíoch n'a pas besoin d'aide pour entrer et sortir du tunnel, puisqu'il a réussi à voyager jusqu'en Irlande. Il avait dit qu'il serait capable de me retrouver. Saperlipopette, ce loup ne plaisantait pas.

Dressé sur ses pattes arrière, il pose sa patte avant sur la poignée. La porte de la salle de bains s'ouvre en un clin d'œil. Son museau s'infiltre dans l'entrebâillement de la porte.

Un vent de panique me glace le sang.

— Où tu vas, Eurus ? dis-je en sortant de la baignoire.

Le loup est parti dans le couloir !

Les yeux écarquillés et le cœur battant, je le suis.

Aucun signe de Corbin. J'ai la trouille qu'il nous surprenne. Est-ce que le tigre m'a laissée seule ? Il croit sûrement que je ne sers à rien sans ma magie, et il n'a pas tort.

Le beithíoch renifle l'intérieur de l'autre pièce dans le couloir.

Merde, il est entré dans la chambre de Corbin ! Mes tripes se font la malle, un cri de souris m'échappe lorsque la tête d'Eurus ressort. Il m'invite à le suivre avec un petit jappement. Je traverse le couloir à pas de loup et jette un œil par la porte. Je m'étrangle en le voyant la tête enfoncée dans le sac de Corbin.

*Oh-oh.*

— Eurus, il va sentir ton odeur sur ses affaires.

Mes ongles se plantent dans le bois de l'embrasure. Je fronce les sourcils en remarquant qu'il a quelque chose dans la gueule. Il relève la tête, et le truc qu'il tient tinte contre l'intérieur du sac.

Le regard triomphant, il me donne des coups de coussinet et me présente le bracelet de charmes en le crachant dans ma main.

Hum, charmant. J'ignore la bave sur le bracelet que je passe à mon poignet en souriant.

— Allez, on retourne dans ma chambre avant que le tigre revienne.

Je me précipite vers ma suite, Eurus sur les talons. Je referme doucement la porte derrière nous. L'escargot chauffe immédiatement contre mon poignet.

*Ah, le chapardeur félin t'a enlevée,* rouspète Eurus

dans ma tête. *Je me suis douté qu'il le ferait. J'ai passé la journée à te chercher.*

— Eurus, j'en reviens pas ; tu es venu.

*Naturellement. J'ai faim.*

— Je t'achèterai le meilleur rumsteak qui existe, gloussé-je.

Je me penche vers lui et lui flatte la tête.

— Merci, Eurus.

Comme à son habitude, il m'offre un visage ronchon, mais sa queue touffue le trahit. Il incline sa tête contre ma paume pour que je gratouille derrière son oreille, et je m'exécute.

*Demain, j'assouvirai mes besoins de carnivore, et tu me procureras un bon steak.*

Il se lèche les babines, et sa langue pendouille dans un sourire lupin.

— Si je peux, oui. C'est promis. Hé, tu sais comment me débarrasser des runes ?

Caressant son autre oreille, j'agite mon bras sous ses yeux.

Il se déplace en direction du lit, et ma main retombe le long de mon flanc.

*Les barrières qui obstruent ta magie sont assez simples à annuler*, remarque-t-il, balayant la pièce du regard. *Cette tanière surpasse le trou à rat humide dans lequel tu vis. Il serait plus sage pour toi d'y établir ta demeure.*

Il se frotte contre la chaise dans un coin de la chambre.

*Le grimoire de runes dans la boîte métallique devrait*

*contenir ce qu'il te faut. Le plus grand défi réside dans le contre-sort pour neutraliser la rune qui bloque ta magie de faucheuse. Et supprimer la rune de la mort n'en est pas moins ardu. Seule la Mort possède la capacité de l'éradiquer.*

Je reste bouche bée.

— Eurus, tu étais au courant ! Pendant tout ce temps, tu savais que j'étais une faucheuse, et tu ne m'as rien dit ?

*Quelle question !* renâcle-t-il. *Je ne suis pas un vulgaire chiot. J'ai deux mille ans, fillette.*

Il pose un regard scrutateur sur moi.

*N'aie crainte, je n'entends pas exposer tes secrets ni appuyer tes défauts. Ce serait indigne de moi. Je suis conscient du sujet délicat que représente l'interruption de ta transformation. Inutile de t'embarrasser davantage.*

Je me frotte le visage de frustration.

— Et Corbin ?

*Dehors. Il parle à la boîte.*

— À la boîte ?

La boîte...?

— Ah, il est au téléphone !

*Viens, mon enfant. Nous possédons l'essentiel. Procédons.*

— Procédons ?

Chaque fois que j'ouvre la bouche, j'ai l'air stupide en répétant ses paroles comme un perroquet.

*Dois-je partir avec le beithíoch ?* À vrai dire, je devrais plutôt me demander si je fais confiance à Corbin pour m'aider. Au fond — au plus *profond* de moi — je pense que le tigre est un type bien. Mais le cortège de *red flag* qui le suit est interminable. Il ne m'aurait pas retiré ma magie s'il agissait dans mon intérêt, et il serait imprudent de croire qu'il l'a fait pour m'aider. J'ai plutôt le sentiment qu'il s'aide lui-même.

Si je reste avec le tigre, il est possible qu'il surveille mes arrières, jusqu'à ce qu'il obtienne ce qu'il veut, et il y a une infime probabilité pour qu'il retire les runes qui entravent ma magie après que j'ai sauvé Tilly. Peut-être que je peux soutirer l'information moi-même aux elfes. Ils doivent savoir quelque chose sur les runes puisqu'ils en ont plein le sac.

Corbin est diablement attirant, mais si j'ignore ses petites attentions qui me font fondre, j'ai conscience de n'être qu'une mission pour lui. La seule personne en qui je peux avoir confiance, c'est moi. Et jusqu'ici, je m'y prends comme un pied.

Fini de se planquer, fini de fuir. À mon avis, il est grand temps que je prenne mes problèmes à bras le corps. Mieux vaut être proactive que passive dans l'attente.

Attendre que quelqu'un sauve Tilly. Attendre que la Mort vienne me cueillir.

Attente de mes deux.

J'ai deux priorités : utiliser le grimoire et le savoir d'Eurus pour retirer autant de runes que possible, et sauver mon amie.

Mon choix est fait.

— Attends, il faut juste que je...

J'allume la télé. Cela devrait masquer mon absence, et avec un peu de chance, cela nous donnera un peu d'avance. Ensuite, j'ouvre la porte, fonce dans le couloir de la cuisine, chope le carton de pizza à l'ananas et fourre toute la viande dans un sac. Un steak, des hamburgers et du poulet émincé devraient soulager l'appétit d'Eurus.

— C'est bon, on y va.

Je retourne dans ma chambre au pas de course.

La patte d'Eurus se pose sur mon genou, et alors que je m'inquiète pour les âmes, en me demandant si elles vont pouvoir me suivre, je suis prise d'un vertige. Waouh, j'ai l'impression d'être happée par un vortex magique. L'air qui m'entoure est aussi dense que la pierre, et ma peau prend une texture sablonneuse. Je sens l'odeur lourde de l'ozone qui précède la tempête.

Puis tout s'arrête.

# Chapitre Vingt

J'ouvre les yeux. Nous nous trouvons à côté de mon lit en toile, chez moi. Waouh, quel voyage ! Le *stepping*, c'est encore mieux que les portails.

— Merci, Eurus.

Je pose la pizza sur le lit, vide toute la viande dans son bol et frotte mes bras parcourus de chair de poule.

*La viande cuite n'est pas si mauvaise*, déclare le beithíoch la gueule dans le bol, engloutissant sa ration.

Oulà, il mange vite.

— Tant mieux, dis-je en souriant avant de baisser les yeux vers la boîte à pizza.

Il faut que je mange. Je maltraite mon corps et je n'ai pas eu de vrai repas depuis des jours. Mais je suis trop angoissée. Rien que de penser à la bouffe me retourne l'estomac. Plus tard. J'essaierai plus tard. Pour l'instant, j'ai trop de choses à faire.

*Allons récupérer ce qu'il faut pour effacer ces runes.* Je fonce vers les étagères et prends la trousse de secours qui contient le grimoire de runes.

— Bon, Eurus, lesquelles ? demandé-je, la main prête à ouvrir le grimoire.

Mais quand je me retourne, le beithíoch est roulé en boule comme un gros donut poilu. Il pionce.

— Eurus ?

Le livre dans les mains, je m'approche sur la pointe des pieds. Il lâche un ronflement si fort que ses babines clapotent. *Stepper* en Irlande et revenir avec moi sur le dos a dû l'épuiser. Je grimace en lui donnant une pichenette. Je me sens cruelle de troubler son sommeil.

Il se réveille en sursaut et claque des crocs vers ma main. Je recule d'un bond.

— Fais gaffe, Eurus ! J'ai besoin de toi pour les runes.

*Enfant impertinente, j'ai mentionné que le grimoire de runes pourrait remédier à ta situation. Cependant, je n'ai jamais prétendu maîtriser les formules. Je suis un beithíoch, pas un elfe. Laisse-moi me reposer.*

Il enfouit alors son museau sous sa queue. Deux secondes plus tard, il ronfle de plus belle.

Bon, et maintenant ? Il ne faudra pas longtemps avant que Corbin découvre notre stratagème et se lance à ma poursuite, furieux que je lui aie faussé compagnie. J'avale ma salive. Je peux attendre que le beithíoch se réveille, ou bien aller chercher le message, découvrir où ces elfes veulent me rencontrer et revenir illico presto.

Fastoche. Il suffit d'entrer dans le café et de récupérer le mot dans la boîte. Qu'est-ce qui pourrait foirer ?

L'heure tourne.

Si je ne me bouge pas, le café va fermer, et pendant que j'y suis, je pourrai m'assurer que Tilly va bien. Elle bosse tout le temps. À mon retour ici, j'essaierai d'enlever les runes. J'ai observé le Seigneur de l'Hiver, je peux reproduire ses gestes.

Je repose le grimoire sur l'étagère, puis je m'arrête. Et s'il m'arrive quelque chose et que je ne reviens pas ? Est-ce une bonne idée de le laisser traîner là, à la vue de tous ? Ma main reste en suspens. OK, je vais le prendre. Avec quelques autres trucs utiles au cas où ça tourne au vinaigre.

J'enfile plusieurs couches de vêtements, passe un hoodie noir trop grand qui me tombe sur les cuisses, et tresse mes cheveux. Je dois avoir l'air un minimum présentable. Je tire la capuche pour cacher mon visage. Et voilà, je suis prête. Les trolls ne sont pas si rares. Les faës prennent toutes sortes de formes et personne ne tiquera en voyant ma peau verte. Pourtant, je me sens vulnérable. Je suis devenue trouillarde à force d'utiliser ma magie pour me planquer derrière mon invisibilité.

Si je pouvais recommencer, je crois que je vivrais une vie plus aventureuse. J'oserais me montrer, je chercherais à me faire des amis. Mais avec des si, on mettrait Paris en bouteille...

J'entre dans le tunnel. Comme on ne peut pas communiquer, la pierre met du temps à réagir. Elle traîne, elle grogne presque. Elle me reconnaît assez pour m'aider à sortir, mais elle met un moment à me remonter à la surface. Dehors, la nuit est tombée. Des mousses d'écume arrachées à la mer tourbillonnent dans le vent. La tempête qui menaçait dans la journée est passée, laissant l'air froid et humide. J'enfonce le menton dans mon col et fourre les mains dans mes poches. Sous les couches de vêtements, une petite sacoche en cuir ceinturée à ma taille contient le grimoire de runes, un peu d'argent liquide et des potions issues de ma réserve. Rien de fabuleux, mais ça pourra dépanner.

J'espère ne pas en avoir besoin.

En approchant, je repère une vieille cabine téléphonique noir et gris. Je vais pour passer mon chemin, mais je m'arrête, le cœur cognant. Je palpe la poche de mon jean : le froissement du papier me rassure. Je sors le numéro que Forrest m'a donné.

C'est le genre de situation où il faut demander de l'aide.

La porte grince affreusement quand je l'ouvre. L'odeur d'urine me prend à la gorge dès que je mets un pied dedans. Dégueu. Je serre le papier dans ma main, fouille dans ma sacoche pour trouver de la monnaie.

Et je compose le numéro.

Dix minutes plus tard, j'arrive devant le café. Dans l'air flottent les odeurs de gâteaux et de torréfaction, mêlées aux effluves des passants pressés. L'établissement va bientôt fermer, et la vitrine habituellement remplie à craquer de douceurs du soir pour les noctambules est presque vide.

Ce qui reste ferait encore saliver n'importe qui. En plein jour, j'ai vu plein de gamins coller leur nez contre la vitre.

La clochette de la porte tinte à mon entrée. Le bruissement discret des conversations se mêle au cliquetis des cuillères dans les tasses, au parfum réconfortant du thé fraîchement infusé, à l'arôme intense du café torréfié et à l'odeur divine de fleurs en pleine floraison.

Un arbre enchanté pousse au plafond, ses grandes fleurs roses ouvertes toute l'année. De petites lumières scintillantes serpentent dans ses branches, ajoutant encore à sa magie.

C'est l'arbre de Tilly.

Je scrute les branches. Un soulagement m'envahit en constatant que l'arbre de la dryade pète la forme. La santé de l'arbre reflète celle de sa gardienne. Je sais, rien qu'en le voyant, que Tilly est toujours en vie. En bonne santé. Peut-être que Corbin avait raison et que les elfes bluffaient. Je l'espère.

Tilly tenait ce café bien avant que je pousse la porte pour la première fois, avant même que je mette les pieds sur Terre. En me retournant, j'aperçois le panneau suspendu contre le mur du fond : Nourriture et Boissons en Attente. Je souris, prise de nostalgie. Les tickets blancs punaisés frémissent au passage des clients. J'en ai mangé des repas grâce à ce panneau. Un écriteau explique :

Si vous (créature ou humain) n'avez pas les moyens de vous acheter à manger ou à boire, veuillez piocher un produit qu'un client aura gentiment payé à l'avance.

Tilly n'avait pas dit un mot, ce jour-là, quand j'étais entrée dans son café toute gamine, attirée par l'odeur des pâtisseries. C'était mon tout premier jour dans ce royaume et j'étais morte de faim. Je voulais seulement me réchauffer, humer l'air sucré et utiliser les toilettes. Je ne parlais pas un mot de leur langue et je ne savais pas lire. Quand j'étais sortie des toilettes, Tilly m'avait repérée.

Dans notre langue, la dryade m'avait expliqué ce que signifiait ce tableau. Je n'en croyais pas mes oreilles. Qui offrait de la nourriture à des inconnus ? Quand elle m'avait demandé ce que je voulais manger, j'avais cru à un piège et je n'avais pas répondu.

Alors, la gentille dryade avait retiré deux tickets du tableau. Un pour une boisson, l'autre pour un sandwich. Elle me les avait remis en souriant. Je me souviens avoir détalé comme un lapin, le trésor serré contre moi, de peur qu'elle change d'avis. Ce sandwich m'avait nourrie pendant deux jours.

Quand j'ai quitté le clan pour revenir définitivement dans ce royaume, j'ai rapidement découvert les écoles. Ma magie d'invisibilité me permettait de manger à la cantine. Il y avait abondance de nourriture et, en général, un seul repas me suffisait pour la journée. Je n'avais jamais mangé aussi bien, et si j'étais rapide, le repas était encore chaud.

Oui, je mangeais comme une reine. La plupart du temps, je dormais à l'école et parfois, je suivais des enfants chez eux — comme une amie imaginaire. Personne ne s'en rendait compte. Tout ce dont j'avais besoin, c'était d'un coin chaud pour dormir et me cacher. Un canapé, parfois un lit d'appoint, ou même une moquette douillette. Tant que je ne gênais pas le passage et ne faisais trébucher personne, ça roulait.

C'était bien. Vraiment bien. Mais j'ai vite compris qu'il valait mieux ne pas toucher à leur bouffe. Les gens remarquent plus facilement un paquet de biscuits qui disparaît qu'une serviette sale en plus.

Les week-ends étaient problématiques, mais l'enfer, c'était les vacances scolaires. Là, j'étais vraiment dans la mouise. Le panneau de Tilly m'a sauvée plus d'une fois, plus de vingt fois même.

Au début, quand la dryade a compris que je n'avais personne, elle a essayé de me trouver un endroit sûr où loger. Mais c'était trop de confiance à accorder, même à elle. J'étais sauvage, méfiante — je le suis toujours. J'ai vu de mes propres yeux ce qui arrive aux adultes qui vivent dans la rue. Faire confiance à la mauvaise personne revient à signer son arrêt de mort.

Mais la gentillesse de Tilly m'a fait revenir au café, et un jour, je me suis promis de couvrir ce panneau de tickets quand je gagnerais de l'argent. Personne ne devrait avoir faim. Quand elle m'a proposé un boulot, j'ai sauté sur l'occasion. Elle savait ce dont j'étais capable, et son ancien messager avait claqué la porte sans préavis. J'ai toujours pensé qu'il s'était fait buter, mais je n'ai rien dit à Tilly.

C'est comme ça que j'ai appris que la dryade consacrait une petite partie de ses revenus à ce panneau. Moi aussi, j'ai essayé d'y contribuer autant que possible. J'en suis fière.

Derrière le comptoir, une fille fait mousser du lait d'un geste sûr. Le menu écrit à la craie présente une sélection appétissante de sandwichs et de desserts, allant des pâtisseries feuilletées aux gâteaux exposés en vitrine. Elle m'adresse un sourire fatigué.

— Qu'est-ce que je te sers ?

Je suis si douée pour me fondre dans le décor que même le personnel ne me reconnaît pas.

— Du thé, s'il te plaît.

— Pas de souci.

Elle pianote sur la caisse et prend mon billet.

— Garde la monnaie pour le panneau, dis-je tout bas.

— Merci.

— Tilly est là ? Elle travaille aujourd'hui ?

*Pitié, faites qu'elle aille bien.*

Je me décale un peu et tends le cou pour jeter un œil dans l'arrière-boutique.

— La patronne est sortie faire du shopping avec des copines. Mais...

Elle regarde la pendule ronde accrochée au mur et sourcille.

— ... elle est en retard. Elle aurait déjà dû revenir pour la fermeture.

Mon cœur s'affole. *Simple coïncidence sans doute.* Je me frotte le front.

— Ah, d'accord. Elle... elle t'a parlé en personne ? Elle avait l'air normale ?

Ou elle s'est fait embarquer de force par des enfoirés d'elfes ? Les mains moites, je m'agrippe au comptoir et me penche vers elle.

Surprise, la serveuse recule d'un pas. Elle croise les bras sous ses seins et me jette un regard inquiet.

— Elle a envoyé un texto. T'es qui, déjà ? demande-t-elle d'un ton méfiant. Pourquoi tu t'intéresses à Tilly ?

*Bien joué, Pepper. Tu te comportes comme une psychopathe et tu flanques la trouille au personnel.* Je me force à me redresser et à reculer légèrement de mon côté du comptoir. J'adopte une posture décontractée, croisant négligemment les chevilles dans une pose maladroite.

— Elle avait un rhume épouvantable la semaine dernière et je m'inquiétais. Je suis contente qu'elle aille mieux et qu'elle s'amuse. Tilly bosse trop.

Au moins, c'est vrai. La dernière fois qu'on s'est parlé,

Tilly était patraque. Je lève les yeux vers les branches de l'arbre.

— La pauvre, soupiré-je. Son arbre a même laissé tomber une fleur dans la tasse d'un client.

La serveuse baisse les bras, visiblement rassurée.

— Ah oui, son rhume. Elle n'arrêtait pas de chouiner.

La serveuse s'accoude au comptoir avec un petit rire, et je lui souris, soulagée. Je ne peux pas me faire virer avant d'avoir récupéré le message.

*Tout va bien. Tilly est en vadrouille avec des copines, et elle ne va pas tarder à revenir. Un jour, on en rigolera ensemble.*

— Je t'apporte ton thé à table.

Les clients attendent derrière moi.

— Merci, dis-je avec un sourire penaud.

Je slalome entre les tables en bois et file sur la droite, dans le couloir qui mène aux toilettes. Je n'ai plus la clé de la boîte à messages. Encore un truc volé par ces foutus elfes. Mais c'est une boîte aux lettres métallique basique avec une fente assez large...

J'y enfonce la main, mon poignet racle douloureusement contre le métal. Je l'incline jusqu'à sentir le message du bout des doigts, je pince le papier tant bien que mal et parviens à extraire l'enveloppe scellée.

Bien joué !

Je la fourre dans ma sacoche sans l'ouvrir — je lirai le message dans un endroit sûr —et je m'installe à une table au fond du café. Des étagères pleines de bouquins couvrent le mur derrière moi. Je choisis une place près de la vitre, le dos calé contre les livres, et j'observe la rue sombre.

La grande baie vitrée du café encadre les rares passants qui se hâtent dans l'air vif du soir, emmitouflés dans leurs manteaux épais. Le froid et la tempête plus tôt dans la journée ont vidé les rues. Seuls les plus téméraires s'aventurent dehors.

Pourvu que je ne voie pas un tigre furieux passer sur le trottoir.

Je mate la pendule. Normalement, j'ai encore quelques heures devant moi. J'observe les clients. Dans un coin, un petit groupe attablé est plongé dans une discussion animée, ponctuée de rires. Un couple de personnes âgées, installé près des toilettes dans une alcôve cosy, partage une théière et des regards tendres.

— Pepper ?

Une chaise racle le carrelage, tirée par une main pâle. Et une grande fille aux cheveux arc-en-ciel s'assied en face de moi.

# Chapitre Vingt-Et-Un

Cela doit être la personne que j'ai appelée depuis la cabine téléphonique. La fille aux cheveux arc-en-ciel. Impressionnant.

— Tru ?

Mieux vaut vérifier au risque de me retrouver à supplier l'aide d'une parfaite inconnue.

Elle acquiesce, et je souris.

— Merci d'être venue si vite. Forrest m'a dit que si j'avais besoin d'aide, je pouvais t'appeler. Comme je te l'ai dit au téléphone, je suis dans la merde.

Une fée avec de merveilleuses ailes rose gold virevolte jusqu'à la table. Elle devait se cacher dans la tignasse irisée de Tru. *Attends...* Non, ce n'est pas une fée. Je plisse les yeux. La créature bleu saphir est en réalité une pixie. Une pixie avec des ailes de fée. Dément. Alors ça, c'est un bon signe. Cela prouve que Tru est avant-gardiste.

— Salut, dis-je avec un sourire en agitant les doigts vers la pixie.

Elle mime mon geste en se fendant également d'un sourire.

— Salut, Pepper, chantonne-t-elle. Je m'appelle Story.

— Enchantée, Story. Ravie de vous connaître toutes les deux. Merci infiniment d'avoir accepté de me rencontrer à la dernière minute.

Je m'humidifie les lèvres et me penche en avant.

— Comme je l'ai dit au téléphone, j'ai un souci avec des esclavagistes. Ils m'ont capturée en Faërie avant de me passer à tabac et de me flanquer une rune d'esclave, mais j'ai réussi à m'enfuir.

Je dévoile mon bras. Inutile de leur montrer les autres runes qui criblent mon corps.

— J'ai retiré la rune, mais ils m'ont traquée grâce au sang que j'ai laissé sur la scène de crime.

Une erreur de débutante. Quelle honte. J'ouvre la bouche pour continuer, au moment où la fille derrière la caisse se dirige vers nous et dépose un service à thé devant moi.

— Merci.

— Désolée pour l'attente ! s'excuse-t-elle. C'est l'enfer ce soir, je suis toute seule au service.

Elle glisse un chocolat chaud à Tru.

— C'est pour toi, Tru. Tu es sûre que tu ne veux rien, Story ?

La pixie ne m'a pas quittée du regard, et fait un signe de la main.

— Non, merci, ça ira.

La fille, nommée Jen, sourit et s'éloigne.

— Tu veux du gâteau ? propose Story.

— Moi ? Oh non. Je... hum... je suis pas fan du sucré.

Story s'indigne, tandis que Tru rit dans sa tasse.

— Ne fais pas attention à elle. Elle décore les gâteaux de mariage, alors elle est obsédée par tout ce qui est crémeux, fondant et moelleux.

Les yeux de Tru brillent alors qu'elle taquine son amie, puis son regard se durcit en revenant à moi.

Je me recroqueville sur ma chaise.

— Alors, ces elfes ?

OK, la nana arc-en-ciel fout quand même un peu les jetons.

— Ils ont découvert où je travaille et m'ont envoyé un mail de menace. Ils ont dit qu'ils s'en prendraient à mon amie si je ne me rendais pas. Ils m'ont donné vingt-quatre heures pour récupérer un message indiquant le lieu de rencontre. Je n'ai pas encore parlé à mon amie, mais la fille de la caisse me dit qu'elle va bien ; apparemment, elle est partie faire des courses et devrait revenir sous peu.

Je jette un œil à l'horloge et tripote l'anse de la théière.

— Tilly...

Story étouffe un hoquet, et Tru m'interrompt d'un geste.

— Tilly... comme la dryade qui gère ce café ? dit-elle en plantant son index dans la table.

Son intonation hérisse le duvet sur ma nuque. Est-ce que j'ai dit quelque chose de mal ? Peut-être qu'elles pensent que je leur fais perdre leur temps ?

Je me tortille sur ma chaise et opine.

— Oui, c'est quelqu'un d'adorable.

*Vraiment, vraiment adorable. Pitié, aidez-moi.*

Tru plisse les yeux.

— Ces esclavagistes... qu'est-ce qu'ils te veulent ?

— Au départ, me livrer au Seigneur du Printemps pour que je devienne sa concubine *exotique*.

Ses lèvres se retroussent en un sourire mauvais, révélant de longues canines. Une vampire ? Je ne l'aurais jamais deviné.

— En me traquant, ils ont réalisé que j'étais une messagère. Je livre des messages de Faërie à la Terre. Tilly est mon contact terrien, et mon amie.

Je n'ai pas envie de raconter la suite.

Ce que j'ai l'intention de proposer sans ma magie sous le coude, c'est du suicide. Mais je vais le faire, pour mon amie. Je déglutis, joue avec la petite cuillère et prends une grande inspiration avant de poursuivre :

— Bon, pour être honnête, j'ai l'intention de rencontrer les esclavagistes, mais j'ai besoin que quelqu'un garde Tilly en sécurité.

Tru dégaine son téléphone et ses pouces pianotent rapidement sur l'écran. Story s'envole pour se poser sur son épaule, lâchant de la poussière de fée au décollage.

Je suis carrément mal à l'aise sur ma chaise. J'ai géré ça comme un manche. Tru n'a probablement pas envie de collaborer avec moi, ou elle ne me croit pas du tout. En soupirant tristement, je me verse du thé, histoire de m'occuper les mains.

Au bout de quelques secondes, le téléphone de Tru émet un *ding*, et les deux se penchent pour lire la réponse. Elle tapote sur l'écran et me regarde dans les yeux.

— Tilly a disparu.

Mon cœur s'arrête. *Tilly a disparu.* Je ferme les yeux, encaissant l'horrible nouvelle. Tilly a des ennuis, à cause de moi.

— Son compagnon est un métamorphe, et il la cherche. Il est avec un chien de l'enfer. Tu sais quelque chose ?

Je suis pétrifiée.

— Je lui ai dit que j'allais m'occuper du café, attendre que Jen ferme et ériger une solide barrière pour que ces elfes ne touchent pas un cheveu de Tilly, poursuit-elle avant d'abattre son poing sur la table. Où et quand dois-tu les retrouver ?

La tasse et la soucoupe devant moi s'entrechoquent. J'essuie les gouttes de thé qui éclaboussent le bois avec une serviette et avale une gorgée de mon thé noir en tremblotant.

— Je sais pas. Je n'ai pas encore lu le message. J'attendais de te parler.

Tru me fait un geste, l'air de dire « Eh ben, magnetoi ! »

J'opine du chef. Je repose bruyamment la tasse sur sa soucoupe, sors l'enveloppe de mon sac et utilise la petite cuillère pour la décacheter.

*Messagère,*

*Tu t'es maintenant rendu compte que tu ne parvenais pas à contacter ton amie. C'est normal, elle est avec nous. Ne complique pas les choses en demandant de l'aide, sinon la dryade meurt. Si tu essaies de nous retrouver avant l'horaire prévu, la dryade meurt. Retrouve-nous sur le parking du terrain de football de Bloomfield Road à dix-neuf heures, jeudi. Seule. Si tu ne viens pas seule — oui, tu as deviné —, la dryade meurt.*

*Sois mignonne, obéis.*

*Vivanti*

Vivanti. C'est sûrement le chef de bande. Je passe la lettre à Tru, et Story se cale contre sa joue pour lire aussi.

— Sois mignonne, obéis. Quel connard, siffle Tru.

*Un sacré connard, en effet.*

— Alors on a jusqu'à demain soir avant de retrouver ces salopards.

— On ?! Mais la lettre dit que...

— ... tu dois venir seule. Oui, oui. Ben, on va pas faire ce que dit la lettre. Il est hors de question qu'ils te prennent en otage en échange de Tilly. C'est de la folie de réfléchir comme ça. Ce sont des esclavagistes ; ils n'ont aucune intention de la libérer. Avec un peu de chance, ils ne l'ont pas encore emmenée en Faërie. Par contre, si tu te plies à leurs règles et que tu te pointes seule, vous êtes toutes les deux foutues.

Elle se penche vers la table et suit du bout des doigts le mot LIZ qu'un crétin a gravé dans le bois.

— Pepper, tu ne t'es pas demandé comment j'avais eu le numéro de portable du compagnon de Tilly ?

Je l'observe, hébétée. En effet, je n'avais pas fait attention à ce détail. Il faut vraiment que je mange quelque chose et que je dorme quelques heures.

— Je connais son numéro, car Tilly m'a aidée. Elle *nous* a aidées, dit-elle en souriant à Story. C'est notre amie aussi. Et je crois pouvoir dire au nom de Story qu'il est hors de question qu'on laisse Tilly ou sa messagère être blessées. Elle a parlé de toi, tu sais. Quand nous étions plus jeunes, elle était réellement inquiète pour toi. Elle voulait même que mon grand-père et moi te trouvions un endroit où vivre. Mais au final, tu t'es débrouillée toute seule. Bordel, tu es la messagère. J'ai de l'estime pour toi, Pepper. Même si on vient de se rencontrer, je te respecte. Tu es quelqu'un de bien, et je veux que tu saches que personne ne te tient pour responsable de ce qui se passe. Ce n'est pas ta faute.

Une larme sillonne mon nez, et je l'essuie du revers de

ma manche. Tru n'a pas la moindre idée à quel point j'avais besoin d'entendre ça, même si cela n'a pas dissipé ma culpabilité.

— J'aurais dû la prévenir quand je suis revenue sur Terre.

— Ils t'ont battue à t'en briser les os, non ?

Je confirme.

— Au téléphone, tu as dit que tu venais de te réveiller après avoir dormi quatre jours pour te reprendre. Pourtant, te voilà. Prête à te sacrifier pour elle. Tilly serait furax si on ne t'aidait pas, et honnêtement, je m'en voudrais aussi. Je pense que tu as besoin d'amis.

Je me tamponne discrètement les yeux. Foutues runes ! Elles me mettent à fleur de peau. Story passe de Tru à moi pour atterrir comme une plume sur mon épaule et me tapoter affectueusement la joue.

— Bois ton poupou, m'encourage-t-elle en indiquant le thé.

— Les elfes sont bourrés de magie et de tours de passe-passe, maugrée Tru.

*Magie.* Quelque chose s'illumine en moi, et je sais immédiatement quoi faire pour aider : donner un charme à Tru pour la protéger. Et celui auquel je pense se met à chauffer. Je n'ai pas besoin de le retirer de mon bracelet : il bondit dans ma paume.

— Cadeau !

J'envoie à Tru le chat noir aux yeux miroir.

— Le charme veut venir avec toi. Prends-le en guise

de remerciement. C'est un sort réflexif créé par Gary Chappell.

— Merci, Pepper.

Elle prend le charme avec précaution.

— Tu n'es pas obligée de me donner quoi que ce soit.

Elle l'expose à la lumière artificielle du café pour l'étudier. Même sans ma magie, je ressens la joie du charme depuis ma chaise.

Le chat noir de pierre ne m'aime pas ; je ne crois pas qu'il apprécie ma magie de pierre. Mais je sens qu'il sera heureux avec Tru ; il la protégera et lui sauvera sans doute la vie. Il aura un beau foyer.

Tru fronce le nez, hausse les épaules et le range dans sa poche.

— T'as un numéro de téléphone ?

— Non, je n'ai pas eu l'occasion de remplacer mon ancien portable.

— Tiens.

Elle me file une boule magique opaque de la taille d'une bille.

— Comme tu n'as pas de portable, ça fera le taf. C'est un sort de communication basique. Il s'illuminera quand il sera l'heure de procéder à l'échange.

On ne parle plus de rendez-vous, mais d'échange d'otages maintenant. Je me mords l'intérieur de ma lèvre.

— S'il devient rouge, je viens. Bleu, tiens le coup ; j'ai récupéré Tilly.

Je hoche la tête.

— Répète.

— Blanc, l'heure de retrouver les elfes. Rouge, tu rappliques. Bleu, Tilly est saine et sauve et je tiens bon.

— Bien, dit-elle, satisfaite. Je vais faire ce que je peux pour éliminer ces elfes et vous mettre toutes les deux en sécurité.

— Merci.

Je glisse le sort de communication dans mon sac.

— Je suppose que tu peux toujours utiliser une cabine téléphonique pour me joindre. Il faut que je m'y mette et retrouve la trace de ces elfes avant demain soir.

Elle se frotte le visage.

— Quelque chose qui leur appartient pourrait t'aider ? suggéré-je. Pour les localiser ?

Ses yeux s'agrandissent.

— Carrément.

Tru m'observe me contorsionner pour plonger dans le sac. *Ça devrait être au fond...* Story s'envole pour avoir une meilleure vue, et je trifouille comme une dingue.

*Pitié, faites que je ne l'ai pas perdu...* Au bout d'un moment de panique, j'extrais un sachet hermétique en plastique contenant quelques mèches blondes. Comme une dealeuse, je fais glisser le sachet sur la table, qui s'accroche à LIZ.

Tru se penche vers lui.

— Des cheveux de l'elfe ? chuchote-t-elle, incrédule.

— Du chef de bande, précisé-je en tapotant la table à côté du sachet.

— Ça alors, incroyable ! s'extasie Story en battant des ailes. Bien joué, Pepper !

— Où t'as eu ça ? m'interroge la vampire, suspicieuse.

— Il avait les cheveux détachés et des mèches ont dû se prendre dans le bouton pression de ma tunique, expliqué-je en me tapotant la gorge. En rentrant, j'ai remarqué les mèches blondes accrochées à ma tenue. J'ignore pourquoi, mais je les ai gardées au lieu de les jeter. J'ai fait attention à ne pas les tacher avec mon sang, mais il peut y en avoir des traces. Tu crois que ça fera l'affaire pour un sort de localisation ? Enfin, si tu connais une sorcière puissante.

— C'est mon anniversaire ou quoi ? Deux cadeaux pour moi contre un pauvre sort de communication. On connaît effectivement une sorcière qui peut nous aider.

— Jodie ? dit Story.

— Elle-même, confirme-t-elle.

Tru tapote sur son téléphone, et ses yeux luisent d'un éclat vengeur.

— Ça y est, elle est au courant. Je peux aider Jen à poser une barrière autour du café, ensuite on retrouve Jodie à la boutique pour un sort de localisation en béton dans trente minutes.

Je sursaute lorsqu'on balance un manteau violine sur la chaise libre à côté de moi, épinglé par une énorme main.

Le tigre m'a retrouvée.

— Tu as oublié ton nouveau manteau, crache-t-il en se dressant au-dessus de moi, les yeux furibonds.

*Malédiction !* J'ignore comment il nous a débusquées.

Tru le pointe du doigt.

— Arrête ça. Assieds-toi ou fous le camp.

Son expression impassible me fait comprendre qu'elle le connaît.

— Il est avec toi ?

J'acquiesce, puis secoue la tête. Putain, qu'est-ce que je suis censée répondre ?

# Chapitre Vingt-Deux

Je lève les yeux vers Corbin.

— Ils ont Tilly, murmuré-je d'une voix étranglée.

— Je sais. Je suis navré pour ton amie, chapardeuse. John m'a appelé avant que tu disparaisses. Il travaille avec le compagnon de Tilly pour la retrouver.

Corbin se penche si près que sa barbe effleure ma joue.

— Et ne crois pas qu'on ne va pas parler de ta petite disparition, ajoute-t-il.

Le souffle de ses mots me chatouille l'hélix de l'oreille, et un frisson me parcourt l'échine. Mon pauvre cœur épuisé bégaie.

Il se recule, mais reste beaucoup trop près.

— Alors, qu'est-ce que t'as fait pour que le Conseil des créatures sorte l'artillerie lourde ?

Son ton est accusateur, mais bizarrement, ses yeux brillent d'admiration. Ce tigre est une contradiction ambulante. Il glisse le manteau flambant neuf sur le dossier de ma chaise et s'assied — le bois grince sous le poids de ses muscles.

Tru nous observe comme si elle suivait une partie de tennis, et Story arbore un petit sourire énigmatique.

— Les elfes veulent voir Pepper demain à dix-neuf heures au stade pour procéder à l'échange, déclare Tru.

Corbin hoche le menton pour marquer qu'il a entendu, une veine palpitant à sa mâchoire tandis qu'il continue de me fusiller du regard.

Je me tortille sur ma chaise comme une écolière prise en faute.

— Donc, t'as bien récupéré le message. *Super*, ironise-t-il.

Malgré son sourire, ses yeux hurlent « petite menteuse ».

— J'ai dû mal comprendre et me tromper d'horaire, dis-je.

Argh. Je me sens coupable sans raison. Je ne dois rien à ce tigre kidnappeur. C'est trop tard pour montrer aux filles mon bras couvert de runes anti-magie, ou leur raconter comment il m'a collé un bracelet inhibiteur avant de m'expédier de force en Irlande.

— Tru, Story. Je vous présente Corbin, dis-je au lieu de m'autoflageller.

Une fois les présentations polies faites, je baisse les yeux et saisis ma tasse.

— Corbin, t'es là pour aider ? s'enquiert Tru.

— Oui.

— Alors, ravie de faire ta connaissance. Pepper a suffisamment de cheveux d'elfes pour lancer un sort de localisation. On devrait pouvoir régler le bazar avant la fin de la soirée.

— Des cheveux pour un sort de localisation, répète Corbin.

Je l'observe à la dérobée ; il ne m'a pas quittée des yeux, la mâchoire serrée comme un étau.

— Charmant.

Comme si je lui racontais tout.

— Si vous voulez bien nous excuser, on va aider Jen à fermer, dit Tru avant de terminer sa tasse de chocolat d'un trait.

Elle et Story me laissent seule avec un tigre enragé.

Je regarde Tru attraper un torchon et nettoyer les tables avec une aisance de serveuse aguerrie.

— Tu aurais pu te faire tuer en partant sans prévenir. J'ai senti un loup dans ma chambre, il avait fouiné dans mes affaires. C'était qui ? gronde Corbin entre ses dents, la voix vibrante de colère contenue.

Autant lui dire la vérité.

— Eurus. C'est un beithíoch.

Pas besoin de lui préciser qu'on a *steppé*.

— Un beithíoch ? Bon, résumons. Non seulement tu embarques la licorne préférée du Conseil des créatures dans tes histoires, mais en plus, tu dois une faveur à une créature dangereuse et inconnue. Tu as fait tout ça en quelques heures, ou tu prépares ça depuis des semaines ?

— Licorne ? Quelle licorne ?

Corbin me jette un regard du genre « Tu te fous de moi ? », lève les deux mains au ciel et se laisse tomber contre le dossier de sa chaise, les yeux au plafond.

J'ai l'impression de ne rien comprendre. Je souris nerveusement, toutes dents dehors, et hausse les épaules.

Il grogne, se frotte le visage, puis ricane bizarrement.

— Donc en quelques heures... Bordel, je dois être taré pour bien t'aimer.

Le tigre gratte sa mâchoire rugueuse, puis laisse retomber sa main sur la table.

Il *m'aime* bien ?

— Tru, la fille aux cheveux arc-en-ciel, travaille pour le Conseil des créatures. C'est une métamorphe hybride, mi-vampire mi-licorne.

— Waouh. Tru arrive à vivre avec cette nature hybride ? Une hybride saine d'esprit qui travaille pour le Conseil. C'est trop cool. Elle vient de grimper de plusieurs niveaux dans mon estime.

De l'autre côté de la salle, Tru lève les yeux de la table qu'elle nettoie et me sourit. Puis Jen apparaît avec une assiette, me bloquant la vue. Au centre trône un énorme croque-monsieur d'où s'écoule du fromage fondu. Elle le dépose devant moi.

— Je n'ai pas commandé...

— C'est moi, grommelle le tigre.

— Ah. D'accord. Merci, Jen.

Je lui souris. Elle me fait un clin d'œil étrange après avoir lancé un regard étonné au tigre, puis file terminer son service. Aucune idée de ce que ça signifie.

— Tu n'as rien mangé d'autre que des ananas au sirop depuis des jours, dit Corbin. J'entendais ton estomac gargouiller à l'autre bout de la pièce. Tu maigris à vue d'œil. Mange ce croque. Tu ne seras utile à personne si tu tombes dans les pommes.

— D'accord, merci.

J'attrape le croque-monsieur qui pèse une tonne et mords dedans à pleines dents. Chaud et délicieux. Je l'engloutis en une dizaine de grosses bouchées, puis me lèche les doigts. Quand je lève les yeux, je vois Corbin sourire. Le tigre me regardait manger, encore.

— Quoi ?

— Rien, répond-il avec un sourire en coin en me tendant une serviette en papier.

Je dois bouffer comme un porc. Je m'essuie la bouche, un peu honteuse, et bois une gorgée de thé tiède.

Corbin se penche vers moi.

— Et donc, c'était quoi ton plan ? Te livrer aux elfes qui t'ont torturée ?

Comme je ne le contredis pas, il émet un grognement sourd.

— Pepper, c'est du suicide.

Je me penche à mon tour, jusqu'à ce que nos visages soient si proches que je sens son souffle sur mes lèvres.

— Tu crois que je ne le sais pas ? sifflé-je, me fichant qu'il respire mon haleine de fromage. Est-ce que j'ai le choix ? Ils ont enlevé mon amie et à cause de toi, je ne peux pas utiliser ma magie.

Je frappe la table pour marquer le coup.

— Qu'est-ce que tu veux que je fasse, Corbin ? Je ne vais pas rester les bras croisés pendant qu'ils réduisent Tilly en esclavage ? Qu'ils lui font du mal ?

Ma voix se brise.

— Tu préfères finir dans le lit du Seigneur du Printemps ? crache-t-il.

Je le fusille du regard. Depuis combien de temps ce foutu tigre fouineur écoute-t-il mes conversations ?

— Je vais t'aider.

Il martèle la table de l'index pour ponctuer ses mots.

— Ah oui, comme tu m'as aidée avec les runes ? Les hommes bien ne restent pas à regarder sans rien faire. *Au secours.* Les hommes bien ne privent pas une créature de sa magie, la laissant sans défense. Je ne t'ai rien fait, Corbin. Je n'ai jamais blessé personne. Merde, j'ai même essayé de t'aider contre les métamorphes, et c'est comme ça que tu me remercies. Je ne te fais pas confiance, et je n'ai pas besoin de ton *aide*. T'as déjà fait assez de dégâts.

— Je t'ai sauvé la vie.

Je lâche un pfff incrédule.

— Ah ouais ? Quand ? Quand m'as-tu sauvée ? Vas-y, j'écoute.

On est si proches que nos nez pourraient se cogner.

— Crois-moi ou non, Pepper, je l'ai fait. Si t'avais attendu que je t'explique, au lieu de détaler avec ton loup, on aurait eu cette conversation il y a des heures. Ça aurait été plus simple, et tu ne serais pas en train de courir partout à te mettre encore plus en danger. Ne m'oblige pas à te forcer à écouter.

— Encore des menaces. C'est tout ce que tu sais faire : menacer et contraindre, m'emporté-je. J'ai dit que j'écoutais, alors balance ton explication. Et fais en sorte qu'elle soit bonne.

J'ignore d'où me vient cette audace, mais j'aime lui tenir tête. Il attise un feu dans ma poitrine.

La voix de Corbin se fait presque suppliante, mais c'est son expression blessée qui me cloue finalement le bec.

— Tu as effrayé Madán.

Moi ? J'ai effrayé l'elfe guerrier ? Je retombe sur ma chaise en émettant un petit rire. Il voit que je suis sidérée. Qu'est-ce que ça peut lui faire ?

Il me prend la main.

— Tu ne comprends pas. La magie du Seigneur de l'Hiver est quasi sans limites. C'est l'une des créatures les plus puissantes des royaumes, et toi, tu lui fous la trouille.

Il marque une pause, le temps que j'imprime.

— Tu réalises pas à quel point c'est un énorme problème, reprend-il. J'ai senti sa peur quand il a compris qui tu étais.

— Mais comment ? Pourquoi ? T'as raison, je ne

comprends pas comment une créature aussi puissante peut avoir peur de moi.

Je regarde ma dégaine, mon sweat à capuche et les différentes couches de tissus pour ne pas geler. Une mèche rebelle me chatouille la joue.

— J'arrive même pas à avoir chaud sans une aide charitable.

Je tapote la manche du manteau violine, tout beau, tout neuf. Je refuse même de penser au fait que le tigre a choisi ma couleur préférée. Mon cerveau exploserait.

Tenant toujours ma main, il se penche sur la table, coince la mèche rebelle derrière mon oreille pointue, et me caresse la joue du pouce.

— T'offrir un manteau n'est pas de la charité. J'en avais envie. Je déteste te voir grelotter. Tout comme je déteste l'idée qu'on te fasse du mal. Si j'ai posé les runes moi-même, c'était pour rassurer cet être ultra dangereux, lui faire croire qu'il gardait le contrôle. J'ai convaincu Madán de te rencontrer pour qu'il voie de ses yeux qui tu es vraiment, et qu'il comprenne que tu ne représentes pas une menace.

Son regard s'assombrit.

— Pepper, il n'existe qu'un seul faucheur, pas des centaines qui vont à l'école pour apprendre des tours de magie. Et c'est toi. Tu es marquée par la Mort. Tu es son élue. Unique. Madán a peur parce qu'il n'y a jamais eu de faucheuse faë avant toi. Il ignore ce dont tu es capable. S'il te prend l'envie de te venger de ton clan, de te venger de Faërie...

— Je ne veux pas me venger, bredouillé-je en retirant ma main et en me calant au fond de ma chaise. Pourquoi ne m'a-t-il pas simplement posé la question ? J'aurais dit non. Je ne veux de mal à personne.

— Je sais. Je l'ai compris au bout de cinq minutes avec toi. Écoute, je préfère que tu me détestes plutôt que de te regarder te faire tuer pour quelque chose qui échappe à ton contrôle.

— Alors tu as bloqué ma magie pour mon bien, parce que je fous la trouille au Seigneur de l'Hiver avec mes pouvoirs inconnus de faucheuse. Des pouvoirs que je ne sais pas contrôler et dont j'ignorais l'existence jusqu'à il y a quelques heures. Et maintenant tu me dis qu'il veut me tuer parce que je le terrorise.

*Fabuleux.*

Je suçote ma lèvre inférieure. Selon une logique tordue, ça se tient. Ce tigre est déroutant. Qu'est-ce que ça peut lui faire si Madán me liquide ?

— Pourquoi ça t'embête ?

— Je me suis posé la question, disons, une bonne centaine de fois aujourd'hui. Et j'en ai conclu que je t'aime bien.

— Tu m'aimes bien ?

Corbin baisse le menton et m'adresse un sourire si beau qu'il en transforme tout son visage, et me coupe le souffle.

*Oh-oh.*

— Tu me plais, même avec ton sacré bagage de faucheuse. Je suis prêt à affronter des seigneurs faës et à botter les fesses de la Mort rien que pour avoir la chance de te connaître.

Je lui plais ? Il doit se moquer de moi. Je ne sais pas quoi répondre. Je n'ai pas assez d'expérience pour ce genre de situation. Je gonfle les joues et souffle un grand coup. Le tigre a l'air sincère, non ?

— Je... euh... tu me plais aussi, avoué-je en rougissant. Je ne sais pas pourquoi. C'est peut-être juste à cause de ta tête, ajouté-je en faisant un geste flou dans sa direction. Ces sentiments vont sûrement passer, d'autant qu'ils défient le bon sens. Entre le bracelet inhibiteur, le kidnapping, les runes et le harcèlement... On peut remettre cette discussion ? Pour l'instant, j'ai besoin que tu me laisses sauver mon amie.

Le tigre ne se départ pas de son sourire.

— Pepper, dit-il en prenant mes petites mains vertes dans ses grosses paluches. Tu as une équipe de pros entraînés qui va s'en occuper. Des gens compétents, qui savent ce qu'ils font. Si tu t'en mêles, il y a de fortes chances que quelqu'un — Tilly, ou toi — y laisse sa peau.

Il marque un silence qui sonne comme un avertissement.

Au fond de moi, je sais qu'il a raison. Mais comment rester à la maison pendant que d'autres risquent leur vie ? Ne devrais-je pas les aider à résoudre les problèmes que j'ai créés ? En même temps, attendre, je sais faire. C'est un peu ma spécialité. Ce n'est pas comme si j'étais invitée tous les jours par des créatures à chasser des elfes esclavagistes.

Je fronce les sourcils. Ouais, il a raison.

— D'accord.

— Je vais faire tout ce que je peux pour sauver Tilly, mais je ne pourrai accomplir ma mission que si tu promets de rester en *sécurité* chez toi.

En sécurité.

— OK.

J'avance mes fesses au bord du siège et lui effleure la main.

— Puisqu'on parle de sécurité, quand est-ce que je récupère ma magie ?

Le tigre baisse les yeux vers la table et inspire à fond. *Oh, ça pue.*

— Pour ne pas que tu paniques, je t'ai menti tout à l'heure en disant que je pouvais enlever les runes.

Je secoue lentement la tête.

— Tu m'as menti, murmuré-je.

J'ai envie de gerber. Je retire mes mains des siennes.

Il se frotte le sourcil.

— C'est Madán qui détient les contre-sorts. Et dès qu'on aura réglé cette histoire avec les elfes, je lui parlerai. Je te le promets. Lui laisser du temps pour réévaluer la menace que tu représentes est sans doute préférable. Je ne lui ai même pas dit que tu avais quitté l'Irlande sans moi.

Et c'est ainsi que naissent les méchants et les rebelles. Quand les puissants se laissent dominer par la peur et leur imagination débridée, ils perdent tout bon sens. Ils punissent ceux qui ne le méritent pas, qui ne sont pas leurs ennemis — jusqu'à ce qu'ils le deviennent. C'est ainsi qu'ils forgent leur propre perte.

Mes mains glissent sur mes cuisses et viennent se poser sur le sac en cuir contenant le grimoire de runes. Espérons que je pourrai me sauver moi-même, sans avoir à attendre le bon vouloir d'un tigre surprotecteur et d'un elfe trouillard.

# Chapitre Vingt-Trois

Refusant notre aide, les filles nous font signe de dégager pendant qu'elles nettoient autour de nous. Ça ne traîne pas, et bientôt Tru passe la serpillère quasiment sur les pieds de Corbin, en lui lançant un regard noir.

— Bon, vous deux, dehors. Allez attendre dans la rue. Je finis de ranger, je ferme et j'active la protection.

— Je vais raccompagner Pepper chez elle, annonce Corbin.

— Non. J'ai besoin d'elle dix minutes, pas plus. Jodie, la sorcière qui va lancer le sort de localisation, doit vérifier que l'échantillon n'est pas contaminé par le sang de Pepper. Dix minutes, et ensuite, tu pourras la déposer chez elle.

Le tigre feule.

On attend dehors. Il remonte la fermeture de ma nouvelle veste jusqu'au menton et me tient la main comme si j'allais me barrer en courant. Si je n'étais pas aussi inquiète pour Tilly, je le ferais. Peu après, le copain de Jen vient la chercher. Tru verrouille la porte avant de lancer une fiole contre le mur, sans prononcer la moindre incantation. Le verre se désintègre, activant le sort, et la coûteuse protection se met en place.

La pixie virevolte autour de nous pendant qu'on fait le tour du pâté de maisons jusqu'à la boutique ÉLIXIRS & INFUSIONS. Ah, donc c'est là que bosse Jodie. J'ai toujours voulu y entrer, sans oser. La boutique est fermée, les lumières éteintes, la porte verrouillée. Tru cogne trois coups secs sur le bois. À l'intérieur, j'entends des pas approcher.

— Une seconde, dit une voix étouffée.

On entend la serrure cliqueter, puis deux verrous tourner, un en haut, un en bas.

Quand la porte s'ouvre, une bouffée d'air chargé d'un parfum envoûtant m'assaille : herbes séchées, grimoires anciens et potions mystiques. Je sens la magie. Elle me picote la peau, mais bien moins fort que lorsque je passe habituellement devant la boutique.

Satanées runes. Elles me font le même effet qu'un gros rhume — un rhume magique qui émousse et brouille les perceptions. Mais malgré ça, les murs vibrent encore de l'écho des sorts jetés et des potions concoctées ici. Je lâche la main de Corbin pour frotter mes bras hérissés de chair de poule.

— Tru, Story ! Entrez. Corbin, quel plaisir de te voir.

La jolie sorcière aux cheveux noirs lui lance un grand sourire.

La jalousie bouillonne en moi. Je souris poliment. Corbin me jette un coup d'œil avenant. Je lui tire la langue. Et bien sûr, la jalousie a une odeur. Génial.

— Oh, qui es-tu ? chantonne Jodie.

Elle m'adresse le même sourire enjôleur qu'elle a offert à Corbin, et là, je me sens bien bête.

— Salut Jodie, moi c'est Pepper. Enchantée. Merci beaucoup de nous recevoir à une heure si tardive pour nous aider.

— Foutaise, c'est rien du tout. Tilly est une amie, et je suis ravie de te rencontrer aussi. Entrez, entrez.

On se faufile tous à l'intérieur et Corbin referme la porte derrière nous. Le vieux plancher grince sous mes pas. Les lumières de la boutique sont éteintes, mais des globes luminescents flottent au-dessus de nos têtes — accompagnés du léger brouillard d'âmes — pour éclairer notre chemin.

La boutique de Jodie déborde d'artéfacts magiques. Des étagères longent les murs, qui semblent s'étirer à l'infini, chargées de bocaux remplis d'ingrédients exotiques, de sortilèges et de grimoires. Chaque objet semble murmurer des histoires sur ses pouvoirs magiques.

Certaines étagères sont si hautes qu'y attraper le moindre article déclencherait une avalanche. D'autres

abritent de jolies vitrines en verre contenant un seul arté-
fact exposé en son centre.

*Par où commencer ?* Rien que d'imaginer chercher un
truc ici, j'ai mal au crâne. Une bouffée d'angoisse me fait
détourner le regard.

Dans un coin, une porte ouverte donne sur une pièce
verte et cosy, où un chaudron mijote doucement sur une
cuisinière. Une rangée de bougies colorées brûle sur une
longue table en bois. Chaque flamme semble danser au
rythme de sa propre magie, en réponse à l'énergie
enchantée qui vibre dans l'air.

— Tu vas bien ? Si tu veux te débarrasser de ton
boulet poilu, je peux m'en charger, me propose Tru avec
un petit sourire.

Story lève les yeux au ciel.

— Jodie a bien une potion pour l'endormir. T'inquiète, il tombera comme un arbre.

Tru mime un arbre qui s'effondre, bras en l'air, et
termine avec un *boum* en agitant les doigts. Les deux
rigolent. Je les regarde, un peu médusée. Elles ne se
donnent même pas la peine de chuchoter. Le tigre a tout
entendu et, de l'autre côté de l'allée, il fronce les sourcils.
Tru lui sourit et lève les deux pouces. Et c'est censé me
convaincre qu'ils peuvent bosser ensemble ?

— Tout est prêt pour le sort de localisation. Tru, tu
disais que tu avais des cheveux ? demande Jodie d'un ton
diplomate, recentrant la conversation.

— Oui, mais les cheveux ont peut-être été en contact

avec le sang de Pepper. C'est pour ça qu'elle est là, au cas où il faudrait l'écarter du sort.

Tru lui tend le petit sachet hermétique.

— Très bien. Voyons ça.

Sa longue jupe ondule autour de ses hanches alors qu'elle passe derrière le comptoir. D'un geste de la main, elle ordonne à un globe luminescent d'éclairer l'espace de travail.

Jodie enfile ensuite d'épaisses lunettes et des gants fins en latex comme pour mener une expérience scientifique. Elle ouvre le sachet et, à l'aide d'une pince, extirpe les cheveux avec précaution.

— Je vois le sang, mais il n'a pas contaminé l'échantillon. J'ai une potion purifiante qui nettoiera ça sans problème.

Elle regarde par-dessus ses lunettes.

— Bien joué, Pepper. Les avoir mis dans un sachet hermétique, c'était malin. Je peux te dire que l'échantillon est parfait pour notre sort.

Elle plonge les cheveux dans un bécher et verse une solution claire.

— Voilà. Il faut attendre cinq minutes.

Fronçant les sourcils, Jodie retire ses lunettes, les pose sur le comptoir, puis jette les gants. Elle se tourne vers moi.

— Pepper, je peux te parler une minute ?

Elle me fait signe d'approcher. Je m'avance, un peu hésitante.

— Tu vas bien ? me demande-t-elle d'une voix maternelle.

Je hoche la tête. Elle me tapote le bras.

— Je suis désolée que cette créature t'ait fait du mal. Tru et Corbin vont régler cette histoire. Ils vont empêcher ces elfes dangereux de sévir à nouveau. Si quelqu'un peut ramener notre Tilly, c'est bien eux. Ne t'inquiète pas. Tu sais, chacun vit le traumatisme à sa manière. Si jamais tu as besoin de parler, tu seras toujours la bienvenue ici. Je suis infirmière, formée en santé mentale. Je suis une bonne oreille. Et je fais un thé divin, ajoute-t-elle en souriant de toutes ses dents.

— Merci, c'est très gentil.

— Le charme à ton poignet, tu devrais l'utiliser cette nuit pour dormir un peu.

— Oh.

Mon bracelet est caché sous plusieurs épaisseurs de vêtements qui ne font pas le poids face à une sorcière aussi puissante.

— Tu pourrais me montrer quel charme fait dormir ? Je les ai depuis peu et je ne sais pas encore à quoi ils servent. Du moins, pas tous. Vu qu'ils sont à mon poignet, ce serait quand même pratique de savoir.

— Avec plaisir.

Jodie agite les doigts et, lui faisant confiance, je glisse le bracelet de mon poignet et le dépose dans sa paume. Elle pousse un petit cri d'émerveillement.

— C'est rare que je voie un travail aussi fin, s'extasie-t-elle en me souriant. Les charmes me chantent leur magie. Je peux même t'écrire les incantations si tu veux.

— Oui, s'il te plaît. Ce serait super utile.

— Pas de souci. Mais avec ce genre de charme, ce n'est pas tant les mots que l'intention qui compte. Tu en as donné un à Tru ?

Elle fronce légèrement les sourcils. Je confirme de la tête.

— Je le sens dans sa poche. Un charme de réflexion magique. C'est très généreux de ta part.

— J'ai eu le pressentiment qu'il lui sauverait la vie. Et ça va te paraître bizarre, mais ce charme ne m'aimait pas trop.

— Ce n'est pas bizarre. La magie a parfois sa propre volonté.

Je lui souris, reconnaissante.

— Il ne s'accordait pas avec ma magie de la pierre. C'était comme s'il se méfiait de moi, comme si j'allais le dissoudre. Ça te semble sensé ?

— Oui. Tu as bien fait. Et vu la tendance de cette fille à s'attirer des ennuis, je pense que ce charme peut effectivement lui sauver la vie.

Jodie retourne le bracelet, examine la première amulette.

— Le poisson est hautement illégal. Il sert à brouiller la mémoire. Je te déconseille de t'en servir. L'escargot, par contre, très utile ; il sert à communiquer avec les animaux, à comprendre les autres langues et même à parler par la pensée. Le parapluie active de puissantes barrières. Il est compliqué à utiliser. Ah, voilà. Le coussin, c'est le charme du sommeil. Il te videra la tête, chassera les cauchemars, te protégera pendant la nuit, et tu te réveilleras naturellement, sans être vaseuse.

Jodie jette un coup d'œil discret de l'autre côté de la boutique, où Corbin parle avec Tru et Story, puis elle baisse la voix.

— Les lunettes te permettront de voir les sorts cachés et les textes magiques, comme les incantations inscrites sur des runes.

Elle bigle sur ma taille, là où j'ai attaché la sacoche en cuir contenant le grimoire de runes.

Je comprends et je souris. Avec le charme des lunettes, je pourrais peut-être réussir à effacer certaines runes de mon bras.

Quand elle voit que j'ai compris, elle continue.

— L'hippocampe te permettra de respirer sous l'eau. La mouche, c'est un charme espion. Tu peux l'envoyer écouter une conversation, mais il faudra rester à proximité, sinon tu risques de ne jamais la revoir. Ces petites bêtes sont très volages. La carotte, c'est drôle, te permet de voir dans l'obscurité totale. L'éclair, par contre, fais gaffe. Il n'est pas illégal, mais si un chasseur le repère, il te le confisquera. Ce charme te donne un shot de concentration et d'énergie. Il brûle tes calories et puise dans toutes tes réserves, c'est violent. À utiliser en dernier recours, parce qu'après ça, tu dors une semaine d'affilée et tu te réveilles groggy comme si t'avais chopé la grippe.

Les créatures peuvent tomber malades, comme Tilly

avec son rhume, mais les dryades sont par nature sensibles à l'environnement. Moi, je n'ai jamais eu de rhume. Les trolls sont une espèce robuste, à la santé de fer, alors les effets secondaires d'une grippe humaine me paraissent tout bonnement horribles — pas du tout envie de les expérimenter.

— Et pour finir, la plume, comme dans « légère comme une plume ». Dommage, elle ne te fera pas voler, mais elle peut te faire flotter, ou alléger quelqu'un de très lourd. La lévitation est idéale si un ami métamorphe a besoin d'aide alors qu'il pèse le poids d'un âne mort. Quelle collection incroyable ! Merci de m'avoir laissé les examiner. Je suis hyper jalouse ! dit-elle, les yeux brillants de joie et de gentillesse. Je te conseille de ne plus en donner ni d'en vendre. Et de bien les garder hors de vue. Il y a assez de magie inestimable à ton poignet pour te transformer en cible mouvante.

Elle me rend le bracelet. Je suis un peu dépassée. Je n'imaginais pas que ces breloques avaient de tels pouvoirs. Inestimables, en effet.

— Merci infiniment pour tes explications.

Jodie attrape un stylo et un bloc de post-it à l'effigie de sa boutique.

— Je vais te noter les incantations. Elles sont simples, et ça te donnera une idée de comment les utiliser. Mais comme je te l'ai dit, c'est l'intention qui prime. Maintenant que tu sais à quoi sert chaque charme, tu ne devrais pas avoir de mal.

Son stylo file sur les feuilles, et en quelques minutes,

elle me tend une douzaine de petits papiers pleins d'indications utiles. Puis, un bras chaud me pousse le flanc.

— Alors, t'as tout ce qu'il te faut ? demande le tigre à Jodie.

Soudain paniquée, Jodie jette un œil au bécher oublié et l'agite.

— Oui, oui, je suis prête à lancer le sort. Mon chaudron bouillonne.

Elle contourne le comptoir avec l'échantillon de cheveux et file dans l'arrière-boutique.

— Viens regarder, Pepper, si tu veux. Ça me fait plaisir d'avoir de la compagnie.

Désirant y assister, je me tourne vers le tigre avec de grands yeux suppliants.

— S'il te plaît ?

Il secoue la tête, mais ne m'arrête pas quand je trottine derrière Jodie jusque dans la pièce du fond.

En passant devant une réserve immense sur la gauche, je pousse un soupir de soulagement. L'atmosphère ici est paisible. Rien à voir avec le capharnaüm de la boutique. C'est agréable.

Jodie me montre la table. Je prends la chaise la plus proche, pose les coudes sur le bois et cale mon menton dans mes mains. Je l'observe se laver les mains avec soin, les essuyer avec un essuie-tout, puis enfiler une nouvelle paire de gants.

— Tu as déjà vu ce genre de magie ? me demande-t-elle en débouchant une bouteille d'eau de sorcière qu'elle verse dans un bécher.

— Oui.

Mes yeux suivent ses gestes avec attention. Je ne vais pas lui avouer que j'ai passé des années à traîner en mode invisible dans l'académie locale, à regarder les apprenties sorcières faire exploser leurs chaudrons, tout en mangeant de la bouffe que la famille de Jodie avait peut-être payée.

Mais la sorcière n'insiste pas. Elle sourit, saisit une paire de pinces stériles et plonge les cheveux dans l'eau de sorcière. Ses gestes sont précis, sûrs, et la regarder travailler est un plaisir. Je comprends sans mal pourquoi ses sorts sont si recherchés.

Elle fredonne en vérifiant le contenu du chaudron. Puis avec un hochement de tête, elle fait apparaître une autre paire de pinces. Elle prend les cheveux de l'elfe et les fait tomber dans la potion. Ils flottent un instant à la surface avant de couler. À peine ont-ils disparu que le liquide s'illumine d'un violet éclatant.

— Parfait, murmure-t-elle.

Les deux paires de pinces et le bécher sont plongés dans une solution saline de l'autre côté de la pièce, pour éviter toute contamination.

Jodie retire ensuite la marmite du feu, se lave les mains, les sèche, et change encore de gants.

Sur le comptoir, une bille de verre transparent l'attend dans son emballage stérile. Jodie la déballe et la laisse tomber dans le liquide en train de refroidir. Puis elle place ses mains gantées au-dessus du chaudron et se met à psalmodier.

C'est une magie complexe et une langue magnifique. Les flammes des bougies dansent avec la montée en puissance de l'incantation et se tournent toutes vers Jodie. Le violet du chaudron s'estompe peu à peu, et le liquide finit par s'évaporer entièrement.

Je me penche pour regarder. La bille en verre, maintenant violette, repose au fond du chaudron vide et brille comme la potion juste avant. Jodie plonge la main et la récupère avec assurance. Elle la lève et l'observe à la lumière.

— Voilà. C'est parfait. Tru ?

Tru entre dans la pièce, m'adresse un sourire auquel je réponds, avant de bâiller sans prévenir. Ma mâchoire craque et des larmes me piquent les yeux. Jodie lui tend la bille enchantée.

— C'est parfait, Jodie. Ton meilleur sort jusqu'à présent. Avec ça, je vais pouvoir le traquer sans souci et ramener Tilly à la maison.

— Fais-le, dit simplement Jodie en lui tapotant la main.

Je bâille encore. Une main chaude se pose sur mon bras.

— Allez, Pepper. On rentre. Je te ramène en lieu sûr.

Je fais la moue.

— Tu n'es pas la seule à ne pas aller affronter les elfes. Story non plus n'y va pas.

J'aimerais lui dire qu'il se trompe, que je n'ai pas besoin de dormir, sauf que je n'arrête pas de bâiller. Je suis arrivée au stade de fatigue où tout me semble froid, flou, léger. Pas bon signe.

— Merci de m'avoir laissée te regarder travailler, Jodie.

— Avec plaisir.

Corbin me fait sortir de la pièce, on traverse la boutique sous les au revoir joyeux de Tru et Story.

— Reviens quand tu veux ! Et quand Tilly sera rentrée, vous devez venir prendre le thé ! crie Jodie alors qu'on pousse la porte.

— Promis ! Bonne nuit !

J'espère bien qu'on viendra boire le thé.

## Chapitre Vingt-Quatre

Je rentre chez moi en titubant dans la rue qui empeste la friture avec ses poubelles remplies de pommes de terre pourries et ses flaques d'eau putrides. Corbin attend au coin de la rue. Vulnérable, le cœur battant, je reste sans bouger dans la nuit pendant cinq minutes. Je me presse le citron, cherchant un moyen de communiquer avec la pierre. Ça ne fonctionne pas. *Oh-oh.* Je suis coincée ?

— Tout va bien, Pepper ? Pourquoi tu mets si longtemps ?

Je lui fais signe de s'éloigner. Et naturellement, il se rapproche. Je grince des dents. *Tiens ta langue, ma grande, sois zen.* Voilà mon nouveau mantra pour ne pas péter une durite.

— Pepper, qu'est-ce qui se passe ? s'entête le tigre en s'approchant de plus en plus.

— Une minute ! J'ai du mal sans ma magie.

— Oh, je n'y avais pas pensé. Désolé.

— Laisse tomber.

Sous mes pieds, la pierre se met en mouvement, reconnaissant le son de ma voix. *Mais oui, bien sûr !* J'ai passé un temps fou dans ses profondeurs, à insuffler ma magie dans ses murs, à lui parler — beaucoup. Avec qui d'autre pouvais-je causer ?

— Ça y est, ça marche, dis-je en me réjouissant. Fais attention à toi, on se voit demain.

J'adresse un au revoir à Corbin avant d'envoyer des ondes positives vers la pierre.

— C'est moi. Tu veux bien me laisser entrer ? chuchoté-je.

Je tapote gentiment le bitume du bout de mon godillot.

La magie est molle et réticente. Pendant un moment, je redoute de rester bloquée dehors pour toujours. Mais j'ai infusé trop de pouvoir, trop de *moi* dans ces sols qui me cèdent finalement le passage.

Lorsque j'arrive dans ma chambre, mes pas sont lourds. Mon corps est lessivé, pourtant mon estomac est un sac de nœuds ; je suis morte d'inquiétude pour mes nouvelles amies, qui se préparent à sauver Tilly et à arrêter les elfes.

*Ah, te revoilà. Hélas, la faim me tenaille et tu rentres*

*de ton aventure sans en-cas pour me sustenter*, m'accueille un loup grincheux en reniflant, mécontent.

— Désolée, Eurus, je n'y ai pas pensé. On a de la pizza si tu...

Mes yeux glissent vers la boîte de pizza lacérée et les bouts de carton gluants de fromage éparpillés sur le lit. Oh, génial.

*J'ai mangé le disque de fromage.*

— Je vois ça. Excuse-moi de ne pas t'en avoir rapporté plus. Les elfes ont enlevé mon amie, Tilly. Je suis un peu en vrac.

*L'odeur du tigre persiste sur toi. A-t-il par hasard croisé ton chemin lors de ton excursion à la surface ?*

— Oui.

*Cette fois, je remarque qu'il t'a laissée repartir. Il semble que tu progresses de façon remarquable dans ton entraînement.*

Il approuve d'un signe de tête.

*Tout mâle a besoin du concours d'une femelle pour éviter les dangers. Je vais chercher de quoi me rassasier, je serai de retour au petit matin.*

Eurus se volatilise, et j'imagine qu'il a déjà un bon traiteur en tête. J'accroche mon nouveau manteau au mur et plisse le nez en nettoyant le fromage et les bouts de carton mâchés sur mon lit. Ensuite, je me change, optant pour un jogging confortable et un tee-shirt à manches longues. Avec ma nouvelle couverture elfique, je n'ai plus besoin de rajouter des épaisseurs pour dormir, car elle me permet de réguler ma température corporelle. Le rêve.

Je saisis le sac en cuir, trouve le sort de communication et le dépose sur le meuble le plus proche pour le voir depuis mon lit. Tru a dit qu'il allait également pinguer. Les paupières lourdes, je m'oblige à faire une dernière chose avant de sombrer. Je m'empare du grimoire de runes et m'assieds en le calant soigneusement sur mes genoux.

Je fais tournicoter mon poignet, jusqu'à ce que le charme en forme de paire de lunettes atterrisse dans ma paume, puis je murmure une incantation. Un frisson magique me picote le bras, remontant jusqu'à mon crâne, avant de se loger douloureusement derrière mes orbites. Mes yeux secs papillonnent dans un mouvement rapide. Lorsque je reporte mon attention sur le grimoire, je remarque deux incantations à côté de la rune en haut de la page : l'une, pour lancer la magie ; l'autre, pour l'annuler.

Un sourire étire mes lèvres. Le charme fonctionne.

En feuilletant le livre, je cale mon bras sur ma jambe de manière à exposer la rune. Mes yeux me brûlent. Je suis à deux runes de celle qu'il me faut, quand mon cerveau effectue un dérapage, réalisant que j'ai oublié la première. Je reviens en arrière, et la voilà.

Je compare dans le détail le dessin avec la rune sur mon bras, qui correspond avec exactitude à celle nichée dans le creux de mon coude.

Il me faut un truc pour ne pas perdre la page. Je scanne la pièce et m'arrête sur les étagères. Je bondis, plie une étiquette de conserve d'ananas et la transforme en marque-page de fortune. Puis je me remets avec plus d'entrain à mes recherches.

La surprise me fait sursauter et ma détermination reprend de plus belle : je pense avoir trouvé trois autres runes.

Ça fait quatre, ce n'est pas si mal. *Bon, je me lance ?* Mon estomac se noue. Je n'étais pas consciente quand Corbin m'a flanqué ses runes, néanmoins j'avais les yeux grand ouverts pour celle des esclavagistes, et j'ai observé Madán m'en retirer une. Si je respecte l'incantation, cela ne doit pas être sorcier. Il faut aimer la magie si on veut qu'elle opère.

Certains adeptes dessinent les runes sur la peau avec un stylo ; d'autres psalmodient dans leur tête en les traçant du bout des doigts, à l'instar de Madán. Et puis il y a les feignants, ceux qui mouillent le papier en chantonnant et appliquent la rune comme un tatouage temporaire, ce qui ne permet pas de la réutiliser plus tard. Procéder ainsi devrait être interdit.

Mes marques sont bien visibles et nettes ; Corbin a sûrement utilisé un marqueur pour que l'encre s'incruste sous la peau. Mais pour la retirer, il me suffit de suivre le contour du bout du doigt et de prononcer le sort d'annulation. Simple comme bonjour.

*En théorie.* Je m'agite sur mon lit de toile, qui grince

pour protester, soulignant combien mon idée est mauvaise.

Premièrement, j'ignore si les runes ont été posées les unes sur les autres, comme le jeu de société Jenga. Alors j'ignore ce qui va se passer si je retire la mauvaise rune au mauvais moment. La magie pourrait retomber et me griller la cervelle. Ouais, super marrant. Je bigle sur mon bras. J'espère que ce ne sera pas le cas et qu'elles fonctionnent indépendamment, ce qui serait plus logique d'ailleurs.

Je touche mon bras, puis retourne mon attention au grimoire. Un long soupir franchit mes lèvres. J'ai toujours eu tendance à voler de mes propres ailes, pourquoi changer maintenant ?

Mes cuisses s'agitent nerveusement. J'ai l'habitude de voler à mon propre secours, et il doit bien me rester quelque chose des cours interminables auxquels j'ai assisté à l'école des sorciers. À mon avis, la façon la plus logique de les enlever — sans y aller au petit bonheur la chance — est de partir de celle qui se trouve la plus proche du poignet et de remonter. Je feuillette le grimoire en utilisant mon étiquette-marque-page et tombe sur la rune qu'il me faut.

*Je pourrais me transformer en grenouille.* Je frotte mon visage engourdi par le sommeil et me mets au boulot.

Je fixe mon attention sur la rune et répète mentalement les mots magiques jusqu'à me sentir à l'aise avec la cadence du sortilège. Le doigt sur le bras, je prononce doucement la formule inscrite dans une langue plus ancienne que le royaume terrestre. Elle roule sur ma langue et je trace simultanément les contours de la rune, investissant la magie de ma volonté.

*Efface, efface, efface.*

La peau de mon bras chauffe, et les runes s'estompent avant de se dissiper totalement, laissant uniquement le contour à l'encre.

— Ouch, soupiré-je faiblement.

J'essuie la sueur qui perle à la racine de mes cheveux et sur mon bras, puis fais rouler mes épaules.

J'ignore la magie qui me picote l'épiderme et m'isole de tout changement magique en moi. En cet instant, aucune distraction n'est la bienvenue.

— Eh ben, je ne suis plus fatiguée du tout.

Mon cœur cogne contre mes côtes, et je suis tellement revigorée par la peur et l'adrénaline que je pourrais faire un aller-retour en sprint sur la promenade. Je ne le ferai pas. Ce serait bizarre.

À nouveau, j'inspire un grand coup et tourne la page, passant à la rune suivante. Je psalmodie et trace la rune, en évitant de m'enflammer et en gardant le même rythme tranquille et prudent. Je réitère le rituel pour les autres jusqu'à ce qu'elles aient toutes les quatre disparu.

*J'ai réussi.*

Mentalement, je désactive le sortilège lunettes, et l'inscription cachée s'évanouit. Mon corps a absorbé toute l'adrénaline de mon système, me laissant tremblante comme une feuille, exsangue. Ma tête retombe et je vacille une seconde. Puis je m'oblige à bouger, range le grimoire dans la boîte que je pousse tout au fond de l'étagère. Demain matin, j'y jetterai un autre coup d'œil, au cas où j'aurais oublié une rune.

Par précaution et inspirée par Jodie, j'attrape une bouteille et un chiffon ; je l'imbibe d'eau salée et le passe sur mon bras pour nettoyer les vestiges des sortilèges et les dernières traces d'encre. J'examine l'horrible collection sur mon corps. Il m'en reste encore dix. Après m'être lavé les mains et le visage avec des lingettes, je me sens mieux, en confiance. J'ai l'impression de m'être retrouvée après des jours d'égarement.

Par peur, je ne cherche pas à invoquer la magie que j'ai libérée. En plus, je suis trop faible pour supporter davantage de douleur. Alors que je regagne mon lit, et avant de soulever mon pied encore chaussé, la magie de la pierre me chatouille les orteils et remonte dans ma jambe. Mon hoquet de surprise me déchire la gorge.

Je l'ai retrouvée ! La magie de la pierre est revenue ! J'ai accès à une partie de ma magie, et la pierre est impatiente d'entrer en contact avec moi. Prudemment, je m'ouvre petit à petit à elle. Maintenant que je l'ai entendue, elle se jette sur moi, faisant fourmiller mes pieds et mes mains.

Et elle inonde mon esprit.

Je n'éprouve aucune souffrance, seulement la joie et la gratitude d'avoir renoué avec une partie de moi-même. Je m'installe dans mon lit tandis que la magie surexcitée me bombarde d'informations comme une enfant. Je la laisse me submerger volontiers.

Lorsqu'elle se calme, je serre le charme coussin dans ma paume, et avant de murmurer le sortilège, je prie Dame Nature de veiller sur mes amis — anciens et nouveaux.

# Chapitre Vingt-Cinq

Je me redresse vivement dans le lit au son d'un *ping* inconnu. Mes yeux affolés balaient la pièce, mon cœur cogne dans mes tempes.

*Qu'est-ce que c'était ?*

Puis je vois la lueur bleutée du sort de communication. Bleu ! Mais ça veut dire quoi, bleu ? Une panique étourdissante me monte à la tête, brouille mes pensées. J'aurais dû le noter quelque part. *Pourquoi je ne l'ai pas noté ?* Je suis nulle pour me souvenir des trucs.

*Bon, Pepper, respire. Qu'est-ce qu'a dit Tru...?*

Saperlipopette. J'ai dormi depuis. Je me frotte la nuque, tire sur mes cheveux dénoués, et inspire à fond. *Allez, souviens-toi.* Je ferme les yeux et me revois assise au café en face de Tru. « Blanc, l'heure de retrouver les elfes. Rouge, tu rappliques. Bleu, Tilly est saine et sauve et je tiens bon. »

Mes yeux se rouvrent d'un coup. *Bleu*. Tilly est saine et sauve. J'enfouis ma tête dans mes mains, les paumes pressées contre mes yeux pour retenir les larmes. Cette fois, si elles coulent, ce sera de joie et de soulagement. Tilly est *sauve*.

— Ils l'ont fait. Ils ont réussi, reniflé-je.

D'après la pâle lumière du réverbère filtrant à travers les briques de verre du plafond, il fait encore nuit dehors.

J'espère que tout le monde s'en est sorti indemne, qu'ils ont arrêté les elfes. Je grimace. Il est plus probable qu'ils soient morts. Je n'y suis pour rien, c'est leur karma.

*Je ne reverrai plus jamais ces salauds d'elfes.*

Bien sûr, tout n'est pas réglé. Il reste le problème de l'elfe guerrier, le Seigneur de l'Hiver. Je grogne et me rallonge dans le lit, les yeux rivés sur les briques de verre en attendant le lever du jour.

Et comme souvent, je regrette de ne pas avoir remplacé mon téléphone. Mais aussitôt, mon instinct rejette cette pensée. La technologie, c'est la première chose qu'ils tracent ; c'est facile à localiser. Mais bon, ça serait bien de pouvoir appeler Corbin pour vérifier qu'il va bien.

*Pfff, tu t'entends ?*

Le mec est un chien de l'enfer. Du feu magique sort en geyser par ses pores. Il va forcément bien. Ils vont tous très bien.

Je ferme les yeux, et le sommeil revient doucement. La fatigue m'engourdit. Un autre *ping*. Je rouvre un œil. Le sort de communication passe du bleu au rouge.

*Tru arrive.*

Je me redresse, le drap tirebouchonne autour de ma taille. Je lance ma magie dans les tunnels pour me connecter à la pierre. Le béton de la promenade et du métro vibre de joie. La jetée est humide, lavée par les embruns. Le bitume est calme et froid, la circulation étant réduite à de rares taxis.

Je mets la magie en alerte maximale pour me prévenir de l'arrivée de Tru ou de Corbin et les laisser entrer. Je me lève, fais ma toilette du matin, enfile un legging anthracite et un pull assorti. Je bois un grand verre d'eau, puis je reviens dans la chambre. Je vérifie la protection du tunnel en fermant les yeux et en utilisant mon don de seconde vue.

La barrière bleue est là, intacte et solide.

Au lieu de tourner en rond en attendant, j'attrape le grimoire de runes et le relis méthodiquement. Rien de nouveau, je n'ai rien loupé. Et me revoilà à attendre. Mes godillots martèlent le sol avec impatience.

Puis la pierre m'avertit d'un mouvement, qui ne vient pas de dehors. Non, quelque chose bouge à la lisière de mes sens, à presque deux kilomètres d'ici, dans les tunnels. Et ça fonce droit vers moi.

Ce n'est pas Tru ni Corbin, je le sens. Ils sont bien trop polis pour passer par les tunnels. Et pourquoi le feraient-ils ? La seule à pouvoir naviguer dans les souterrains, c'est moi, une pro avec une carte topographique ultra précise, ou quelqu'un utilisant un sort pour me localiser. Il faut pour cela un sort surpuissant, un sort de sang.

Les seules créatures à avoir mon sang, ce sont *les elfes.*

Merde.

On n'a pas prévu de code couleur sur le sort de communication pour « les elfes débarquent, barre-toi en courant ». Je grogne en repensant aux avertissements dans le mail et à la lettre lue dans le café. Et si quelqu'un m'avait suivie quand j'ai récupéré le message ? Et m'avait vue parler avec Tru et Story ?

Rien de plus simple. Comme une andouille, je suis entrée dans le café, j'ai récupéré l'enveloppe et j'ai papoté avec une hybride connue du Conseil, juste devant la grande baie vitrée. Je peste. *Bravo, Pepper. Super discrète.* Ils m'ont sûrement vue donner le message.

J'essaie de me rappeler si quelqu'un nous observait pendant que je faisais les yeux doux à Corbin. Ou quand on s'est tous rendus à la boutique de Jodie ? Ou quand il m'a raccompagnée ?

Est-ce qu'on a été trop sûrs de nous ?

J'étais crevée, mais Corbin savait sûrement quels types de créatures rôdaient autour. Un chien de l'enfer est entraîné à repérer une filature. Mais les elfes sont vicieux. Quelques-uns ont peut-être survécu à l'assaut et remontent les tunnels, droit vers moi, pour se venger.

La barrière magique va les arrêter, mais alors où iront-ils ensuite ? *Qui* sera leur prochaine cible si je leur échappe ?

Je prends le charme parapluie et renforce la barrière dans le tunnel. Si Eurus revient en *steppant*, je ne veux pas qu'il atterrisse en plein champ de bataille. Je remplis aussi son bol d'eau avant de filer vers le métro. Si ce sont bien les elfes maléfiques qui viennent m'attaquer, autant choisir le terrain. La station de métro est plus vaste, plus sombre. Il y a plus de recoins pour se cacher.

Après un rapide coup d'œil aux notes de Jodie, je récite l'incantation du charme carotte — celui qui permet de voir dans le noir. Dès que le sort s'active, j'ai l'impression que mes globes oculaires s'enflamment, comme si quelqu'un essayait de m'arracher la cornée à coups d'ongles, le tout saupoudré de verre pilé.

Oh, l'utilisation de ce charme est un pur délice. Je me demande si c'est aussi désagréable pour tout le monde ou si c'est juste moi. Ha, je parie que ces foutues runes tentent de bloquer la magie, d'où le rab de douleur. Je cligne rapidement des yeux pour lubrifier mes globes, et la sensation de verre pilé se dissipe.

J'éteins les lanternes faës pour tester si le charme fonctionne vraiment. Pour la première fois, je vois la station clairement. Et franchement, je regrette un peu. C'est super crade. Les lanternes donnaient au quai un air feutré. Faudrait peut-être que j'investisse dans une potion de nettoyage et un bon coup de peinture. J'habite ici, que je le veuille ou non. Autant rendre l'endroit vivable.

Les intrus approchent. Je les piste grâce à ma magie :

ils viennent de bifurquer dans le dernier tunnel, celui qui mène tout droit à moi si j'ouvre une brèche dans la barrière et les laisse entrer.

C'est le moment de jongler avec la magie.

Je maintiens le charme carotte actif et tente d'activer en parallèle celui du parapluie. Je soupire de soulagement quand les deux fonctionnent ensemble sans douleur en prime — juste le mal de crâne habituel version pic à glace dans le cerveau. La barrière brille dans mon esprit comme une zone bleue lumineuse. D'un petit coup mental, je l'écarte juste assez pour les laisser passer. Pendant ce temps, ma magie de la pierre creuse une ouverture précise entre les deux tunnels. Pas question de les laisser percer leur propre trou.

Puis j'attends.

# CHAPITRE VINGT-SIX

JE M'ASSIEDS dans le coin le plus reculé du tunnel, où se tenait le tigre quand je l'ai enfermé ici. Quand était-ce déjà ? J'ai l'impression que c'était dans une autre vie. D'ici, j'ai une vue royale, et l'angle du mur projette une ombre naturelle. Ma tenue grise tombe à pic, on pourrait croire que je l'ai fait exprès. J'ai lu quelque part que le gris et le marron sont les meilleures couleurs pour se camoufler, tandis que le noir a l'effet inverse.

Espérons que les elfes se ramènent avec des torches terriennes, et non magiques.

Concentrée sur le point d'où ils doivent émerger, je me rappelle que j'ai la possibilité de traverser le mur à tout moment.

J'ai la sensation d'être amputée d'un bras, car je ne peux pas utiliser mon pouvoir d'invisibilité, toutefois la magie de la pierre coule dans mes veines.

Je suis encore furieuse contre le tigre, qui a eu l'idée génialissime de me protéger du Seigneur de l'Hiver en me criblant de runes. Il aurait dû me faire confiance, j'aurais obéi.

*Ah, parce que là, tu obéis ?*

À ma décharge, je n'ai pas brisé ma promesse ; je ne suis allée nulle part. Je ne fais que me défendre ainsi que ma maison, et je les empêche de blesser davantage de personnes. Tru et Corbin m'ont dit de ne pas bouger, qu'ils viendraient me chercher. Je les ai écoutés, je suis toujours dans le tunnel.

J'admets que je ne suis pas taillée pour le combat, et une part de moi me traite de tous les noms pour ne pas avoir mis les voiles ni m'être planquée sous ma couette. Mais l'autre partie exige que justice soit rendue pour Tilly, et moi. Je ne peux pas faire grand-chose, je n'ai pas d'armes. Mais je vais bien trouver un truc pour retenir les esclavagistes en attendant que la cavalerie arrive.

J'entends leurs pas.

Je baisse les yeux vers la panoplie de charmes. *Peut-être que...* En gardant le charme carotte actif pour voir dans l'obscurité, je glisse la plume entre mes doigts, puis saisis le papier dans le sac qui me ceinture la taille. Cette fois, je lance la formule dans ma tête.

Tout mon corps fourmille, et la force de la magie me cloue aux carreaux bleus. Du sang goutte de mon nez, et je m'accroche au mur pour me stabiliser alors que mes pieds décollent du sol.

*Oh merde. Les trolls ne sont pas censés voler.* Mes godillots veulent quitter mes pieds, et je manque de perdre la connexion avec le charme. Mais je ne suis pas une simple troll. Je suis une faucheuse en transition.

Je m'élève comme un ballon d'hélium et, lorsque ma tête heurte la peinture écaillée du plafond, je grimace. Des morceaux de peinture s'accrochent dans mes cheveux et tombent dans ma nuque en se faufilant sous mon pull. Je me contorsionne de manière à garder le buste droit, les jambes dans le vide. Comme ça, si je perds le contrôle de la magie, je ne m'écraserai pas face contre terre. Non, je retomberai sur mes pattes, ou sur le cul.

Une troll volante. *La pire idée que j'aie jamais eue.* Voler nécessite de la pratique, il ne faut pas s'y lancer à l'aveuglette. *Fais chier.* Avec ma manche, je tamponne mon nez qui dégouline de sang. Je zyeute le sol sous moi. Du moins, j'essaie. Pendant que je dormais, les âmes sont passées de la brume légère à l'épais brouillard tourbillonnant. Vu d'ici, le sol n'a pas l'air si mal.

Le bitume m'envoie un signal d'alerte alors que les six elfes apparaissent dans le labyrinthe de galeries. Mon pouls s'emballe et je n'ose plus bouger. Six. *Oh, bon sang.* Je lève les yeux au ciel en constatant que chacun d'eux empoigne une torche magique.

Leur sort éclaire jusqu'au coin, et je me trouve encore dans l'ombre. Dieu merci. Je compte sur l'obscurité pour demeurer mon alliée et me faire passer inaperçue.

En cet instant, je me sens sacrément bête de ne pas m'être enfuie quand j'en avais l'occasion. *Idiote, Pepper !* Je me colle à l'enduit froid qui s'effrite en retenant mon souffle. Je les entends chuchoter des messes-basses elfiques, une symphonie puisée dans un langage étranger. Leurs voix sont réduites à un murmure collectif, qui sature l'air d'une tension à couper au rasoir. Ils ont l'air déterminés, guidés par un but qui me fait froid dans le dos.

Et leur but, c'est moi.

— Quel trou à rat, râle un rouquin à la voix nasillarde.

Bien que je sois plutôt à l'aise avec la langue elfique, le charme escargot se réchauffe et s'applique à me traduire avec exactitude ce qu'ils disent.

*Bordel, j'espère que ma cervelle ne va pas se liquéfier par mes narines.* À présent, j'utilise trois charmes. Est-ce que je peux rester suspendue dans les airs et utiliser simultanément toute cette magie ? Je vais essayer en tout cas. Ce n'est pas comme si j'avais vraiment le choix maintenant.

— Cette fille t'intéresse tant que ça, Vivanti ?

Celui qui s'exprime a des cheveux blancs coupés à ras, ce qui n'est pas commun pour un elfe. Son visage est émacié, anguleux. Il se déplace comme un tueur professionnel, avec le regard assassin, et s'adresse au chef de bande comme s'ils étaient amis.

— Est-ce qu'elle en vaut le coup ? C'étaient un chien de l'enfer et un Exécuteur dehors. Le reste de notre équipe est mort, et pourquoi ? Une troll. C'est de la folie, et même d'un point de vue lucratif, ça n'a aucun sens.

— Tu me défies ?

— Jamais.

Le chef claque sa langue contre ses dents, irrité.

— Ça n'a rien à voir avec elle, c'est une question de principe. Si un esclave s'échappe, alors tous vont suivre son exemple. La rumeur enfle déjà parmi eux.

Il se voûte et agite les doigts.

— On murmure à propos de la fille verte qui s'est échappée. Une mutinerie.

Intérieurement, je ne peux m'empêcher de hurler « Ooh arrg ! » comme une pirate alors que Vivanti se redresse.

— Ensuite, ils vont commencer à penser qu'ils peuvent accéder à la liberté, ce qu'on veut éviter à tout prix. Je veux qu'elle serve de leçon. La briser pour que plus personne ne songe jamais à s'enfuir. Qu'on pense que s'échapper et se faire attraper est pire que la mort. Une leçon de vie, messieurs. Je veux que cette garce verte me voie uniquement comme un monstre.

Il marque une pause.

— Le sort de localisation indique qu'elle est ici. Je la veux à genoux.

Il bascule le bassin en avant puis :

— Hé, petite souris verte, je sais que tu m'entends ! On vient t'attraper. Tu n'aurais pas dû t'enfuir. Tu aurais mieux fait de prendre ta raclée et de te rendre au Seigneur du Printemps. Au moins, tu aurais pu boiter après qu'il en ait eu fini avec toi, sourit-il, amusé. Maintenant, tu vas devoir te traîner comme une serpillère. Je vais t'étriper de mes propres mains.

Son rire résonne dans la galerie, accompagné du ricanement des autres elfes.

Le rasé ne bronche pas, le regard rivé dans les recoins sombres du tunnel.

— On se la partage après ? Je ne me suis jamais tapé de troll. Ça va être marrant, se réjouit le rouquin.

Je ravale la bile et ferme les yeux une seconde. C'est un cauchemar.

— Elle n'est pas puissante ? demande un autre.

— Le loup dit que son bras était couvert de runes qui bloquent sa magie, grâce au Seigneur de l'Hiver. Il lui a fallu dix minutes pour entrer et sortir de sa cachette. Il a également dit qu'il nous laisserait entrer, et il a tenu parole. Regardez, on est là. Alors faites ce pour quoi vous êtes payés : dispersez-vous et trouvez cette salope, crache Vivanti avec un geste expéditif.

*Eurus m'a trahie.* Mon âme se brise.

Non, c'est moi qui les ai laissés entrer ; j'ai déplacé la barrière. Cependant le beithíoch les a rencardés sur mes runes, l'absence de ma magie et l'endroit où je vis. Il a dû me faire *stepper* chez moi pour m'éloigner de Corbin. C'est pour cette raison qu'il m'a fait croire qu'il était incapable de retirer mes runes.

Sinon comment expliquer qu'il en était incapable alors que c'est lui qui m'a enseigné comment installer une barrière grâce à un charme, alors que Jodie a dit que c'était une magie difficile à manipuler ? À côté de ça, l'annulation des runes, c'est du pipi de chat. Comment ai-je pu être si aveugle ? Il était probablement dans la boîte pour garder les charmes. Ou alors il était un esclave, un prisonnier, qui m'a vendue en échange de sa liberté.

Je ne le saurai probablement jamais.

J'ai mal au cœur. Mais surtout, la lueur d'espoir et de bonheur meurt en moi. Les créatures dans mon genre n'ont pas d'amis, et c'est ce qui se produit quand on n'interagit pas avec le monde extérieur. On devient une cible facile pour les hommes comme eux.

— Tu es sûr que c'est ce qu'a dit le loup ? J'ai rien compris à son charabia pompeux, proteste le rouquin.

— Bouge-toi et trouve-la ! braille Vivanti.

Cachée dans mon coin, j'enroule mes bras autour de moi.

# Chapitre Vingt-Sept

J'observe les six elfes se disperser, tandis que je m'efforce de ne pas me focaliser sur la trahison d'Eurus ni sur les saloperies que les esclavagistes ont promis de me faire s'ils me mettent la main dessus. Je n'ai pas besoin de m'intoxiquer l'esprit. *Je n'ai pas le droit de paniquer*, bien que chaque fibre de mon être me hurle de prendre mes jambes à mon cou.

Si je perds mon sang-froid maintenant, autant me rendre et l'affaire sera pliée. Ce qui n'arrivera pas. Je ne permettrai pas à ce tracassé du slip aux oreilles pointues d'abuser de moi. C'est un monstre, et une fois qu'il en aura fini avec moi, il sera capable de s'en prendre à quelqu'un d'autre. Les elfes se souviendront de Vivanti comme de l'abruti qui a voulu se mesurer à une troll.

Non, mieux : celui qui a essayé de domestiquer la Faucheuse élue par la Mort.

*La Faucheuse.* Tu parles. Pas étonnant que je n'ai pas achevé ma transition. Mes choix sont catastrophiques. J'écoute sagement des professionnels qui me tapotent sur la tête avant de m'envoyer au lit, en m'assurant qu'ils vont s'occuper des méchants. Ben, on voit comment ils les ont gérés, ouais. Les elfes ont fait une descente chez moi sans une égratignure.

Je suis hors de moi.

Je suis prête à embrasser la destinée flippante et bizarre de la faucheuse, si seulement je trouvais un moyen d'éliminer les runes qui scellent ma magie de faucheuse. Je vais prendre tout ce que le destin me réserve et m'en réjouir, du moment que j'arrête cet elfe maléfique et sa bande de guignols dégénérés.

Soudain, mes runes se mettent à irradier, comme si la Mort m'avait entendue. À moins que le pouvoir tapi en moi tout ce temps ait seulement besoin d'un petit coup de pouce.

Plaquée au plafond comme une mouche, je sens le mur écaillé me griffer le visage alors que je tourne lentement la tête vers mon bras bandé.

La douleur s'intensifie. Je dois serrer les dents et fermer les yeux pour encaisser en silence ce qui ressemble à une brûlure à l'acide. Je m'efforce désespérément de me raccrocher à la plume magique. Il ne faudrait pas que j'atterrisse sur les fesses devant les elfes.

La douleur disparaît aussi vite qu'elle est apparue, laissant une traînée de picotis sur ma peau et une connexion plus solide avec la magie de la faucheuse.

Et les âmes... Ça alors, les âmes me foncent dessus !

Comme un tsunami interminable. Des centaines. Peut-être des milliers... Un torrent impatient d'âmes s'abat sur moi. L'impact me secoue littéralement le haut du corps, et l'épais brouillard qui les entoure me cloue au plafond, faisant craquer mes articulations. Mon corps cède à une douleur insoutenable, qui s'insinue jusque dans mes os, alors que le pouvoir des morts m'inonde.

Quand le supplice s'arrête et que toutes les âmes ont disparu, je ressens la force qu'elles m'ont laissée à travers un bourdonnement magique. Presque comme dans un rêve — une transition — quelque chose me submerge. Une envie de vengeance irrépressible me foudroie. Le flux et le reflux réguliers de ma nouvelle magie me remplissent, me donnant l'impression d'être invisible, solide comme du granit. Accepter mon destin a déclenché un feu en moi. Je me sens forte, puissante et enragée.

J'invoque la coule d'invisibilité et m'enveloppe dedans. Petit à petit, j'abandonne le charme plume, glisse le long du mur et atterrit sur la pointe de mes pieds.

— Pepper !

C'est à ce moment que je les entends m'appeler.

— Pepper, viens jouer ! Sors de ta cachette !

*Oh, mais je crois que je vais venir. C'est l'heure de s'amuser, hein ?* Eurus avait raison sur une chose : ils se sont introduits dans ma tanière. Mon monde. Mon chez-moi. Je fais partie du sol qu'ils foulent. Ils respirent parce que je les y autorise, la roche et la terre qui les entourent sont sous mon contrôle. Je ne suis pas totalement naïve au point de les laisser entrer.

Je souris quand ils se séparent.

L'un d'eux marque un arrêt et incline la tête comme s'il captait une odeur. Il se dirige vers le coin et se rapproche un peu trop près à mon goût. Je n'ai pas dû être totalement silencieuse lorsque ma magie a regagné mon corps, ou alors il a intercepté l'odeur de mon sang.

*Toi, le premier alors.* Personne ne regarde. *Ça me semble le moment idéal.* Je fais rouler mes épaules. Je n'ai jamais été autant en phase avec moi-même. D'un pas confiant, je quitte le coin du mur pour le rejoindre.

Je n'ai jamais utilisé mon pouvoir pour chasser, mais seulement pour me cacher et observer. C'est la première fois que je l'utilise pour poursuivre une autre créature, et je dois dire que ne plus être une proie me procure un étrange sentiment de puissance.

C'est comme si j'étais devenue la version de moi-même à laquelle j'étais destinée.

Dès qu'il avance à nouveau, je fais basculer le sol, faisant tomber l'elfe dans un grognement presque inaudible. La partie gauche de son corps heurte le mur, qui l'enveloppe et l'engloutit.

Elfe numéro un, dévoré.

Oh, et aucune chance qu'il sorte de l'autre côté… *ou qu'il respire !* Mes yeux s'écarquillent de panique, et je crée une bulle d'air tout autour de lui. *Ouf.* Cela devrait le garder en vie quelques heures, ou alors je retrouverai quelques-uns de ses membres dans ma poubelle demain matin. Je plisse le nez. Beurk, j'espère pas. Je ne veux tuer personne.

Personne ne remarque son absence ; ils sont trop occupés à me chasser. Je contourne volontairement le chef. J'aimerais garder Vivanti en dernier, si possible.

Je décide plutôt d'enchaîner avec le rouquin, qui se croit au lancer de marteau olympique en balançant mon plot orange. Le plot s'écrase contre le mur du fond dans un nuage de poussière pour finir brisé.

Mes yeux s'arrondissent.

Je talonne l'elfe, qui entre dans les toilettes. Il fout tout en l'air, sans aucun respect, il renverse et retourne les balances que j'observe se disloquer contre les carreaux, horrifiée. J'enjambe la pagaille.

Il continue de tâter le sol avec ses pieds, à ma recherche. Puis, avec un grognement, il pivote sur lui-même et envoie un coup de pied arrière contre la pauvre porte du cabinet le plus proche, la faisant sortir de ses gonds. Des éclats de bois pourri pleuvent sur le sol et frappent la porcelaine. Une porte après l'autre. Lorsqu'il atteint la quatrième, ma patience a atteint ses limites, car je comprends qu'il va s'attaquer aux miroirs.

Dès qu'il a les deux pieds par terre, je pousse les carreaux roses à se diviser et à l'avaler. Ma magie le bâillonne avec un morceau de bitume compact dans la bouche, en prenant soin de ne pas l'étouffer.

Malgré ma rage, je m'efforce de ne pas le blesser. Ma colère finira par se calmer, et tout ce que je fais en cet instant comportera des conséquences avec lesquelles je devrai vivre.

Je laisse tomber la cape d'invisibilité et me baisse à son niveau en agitant les doigts avec un rictus.

— Chaque fois que tu feras du bruit, je t'enfoncerai d'un centimètre dans le sol. Et comme tu as besoin d'oxygène pour respirer, il vaut mieux que tu la boucles. Vivanti ne vaut pas qu'on crève pour lui. Tiens-toi tranquille maintenant.

Je lui tapote la tête comme un brave toutou et j'éteins sa torche magique, le plongeant dans le noir.

À nouveau, je me glisse sous ma coule et, faisant attention où je mets les pieds, je quitte les toilettes des filles. Mon attention retourne à l'elfe numéro trois. Le rasé et plus dangereux qui se trouve dans les toilettes pour hommes, juste à côté. Au moins, lui ne saccage rien. Il démontre plus de professionnalisme que ses collègues ; il marche sur les carreaux jaunes. Sa torche brille plus fort que les autres, et la manière dont il empoigne sa lame en acier fait clairement comprendre qu'il sait s'en servir.

C'est un discret. Il n'a pas ri avec les autres tout à l'heure et ne s'est pas réjoui non plus. Il ne fait pas de cette mission une affaire personnelle. Et si les autres m'attrapaient, il ne me sauverait pas, mais il ne se joindrait pas à eux. Il irait prendre un café avant de revenir une fois que je serais calmée ou morte. Un tueur à gages. Ne pas le mettre hors service comme ses confrères serait une erreur.

Il ausculte chaque carreau méthodiquement et, pendant qu'il œuvre, je détends le béton au plafond et laisse tomber une dalle sur lui alors qu'il s'approche du mur du fond. Elle atterrit sur son épaule. L'elfe plie sous son poids comme du papier mâché, laissant tomber sa lame qui glisse de sa main. *Confisquée !* Inutile de laisser ce joujou par terre, et le sol l'avale tout rond.

Je ne prends même pas la peine de désactiver mon pouvoir d'invisibilité.

Avant qu'il émette la moindre protestation, je saisis le charme coussin et murmure l'incantation. Le plonger dans un profond sommeil signifie que je n'ai pas à l'assommer avec le bitume. Le cerveau est un organe mou, délicat, auquel je n'y connais rien. Je ne veux pas commettre l'irréparable. J'en exige beaucoup du charme qui refuse d'être utilisé comme une arme, mais obtempère malgré tout. L'elfe tombe dans un sommeil de plomb, pile au moment où les elfes quatre et cinq accourent, alertés par le béton qui s'est écrasé.

# CHAPITRE VINGT-HUIT

C'EST PARFAIT. Plus besoin de les chercher, ils viennent à moi. La stupeur fige sur place les elfes numéro quatre et cinq, choqués. Les yeux écarquillés, ils fixent leur camarade numéro trois endormi sur le sol, puis le trou béant au-dessus de leur tête.

— Le plafond s'est effondré.

Oh, quel terrible accident.

— Cet endroit est une vraie souricière.

Il n'a pas tort. Ils réagissent vite et dégagent la dalle, puis essaient de tirer leur copain inconscient vers la porte des toilettes.

Même pas en rêve.

Le pied de l'elfe numéro cinq s'enfonce dans le sol.

Quand le quatre tente de l'aider, il s'enlise à son tour jusqu'aux genoux. Comme tout à l'heure, de fines lanières de bitume jaillissent des gravats et leur bâillonnent la bouche avant de les emmailloter jusqu'à la poitrine, ne laissant qu'un bras libre à chacun. Pas mal comme technique.

Toujours dissimulée sous ma coule, je décide de faire les poches de l'elfe dormeur. Je n'ai pas la possibilité de fouiller les autres, momifiés dans leurs bandelettes de bitume. Le bougre est chargé comme un mulet. Je trouve son portefeuille, rempli de billets, mais aucune pièce d'identité. Remarque, il faudrait être débile pour partir en mission de kidnapping avec son passeport ou son permis de conduire dans la poche.

Je l'enfonce avec précaution dans le sol à côté de ses copains, et plante là les trois elfes statufiés, sans parler ni me démasquer.

Les deux elfes éveillés sont en état de choc et respirent rapidement par le nez, au bord de la panique. Ils zyeutent avec effroi leur collègue inconscient. Ils doivent penser que si lui, si redoutable, s'est fait piéger par le sol, ils n'ont aucune chance. Ils vont rester bien sages, c'est sûr. J'éteins leurs lampes et sors des toilettes pour hommes.

Le chef des elfes attend ses hommes au milieu du métro. Il tire sur ses manches et tape du pied avec impatience.

Je me fonds dans l'obscurité, inspire à fond, puis fais tomber ma coule. Il est temps d'avoir une petite discussion.

— Mais qu'avons-nous là ? murmuré-je en langue elfique. Une bande de rats indésirables.

Petite vengeance perso : ce type m'avait traitée de souris.

— Des six rats, il n'en reste plus qu'un. Le roi des rats se retrouve bien seul. Y a plus que toi et moi, ratatouille.

Les lanternes faës éclairent mon chemin d'une lumière blanche tandis que je sors de l'ombre — ma magie de faucheuse me permet des effets théâtraux.

— T'imaginais quoi en débarquant chez moi et en foutant le bordel ? T'as vu ce que tes larbins ont fait à mes toilettes ? grogné-je en pointant la porte des dames.

Vivanti me sourit. Un grand sourire flippant, dents carrées bien visibles.

— Ah, te voilà, petite souris. Qu'est-ce que t'as foutu ? T'as pris ton temps, raille-t-il en me détaillant de haut en bas. T'en as pris de l'assurance, dis-moi. La dernière fois, tu n'étais qu'une petite chose couverte de sang et de morve qui me suppliait de ne pas lui faire du mal. Quel changement en quelques jours. Tes nouveaux copains t'ont greffé une colonne vertébrale ? Je vais m'éclater à te la briser.

Il balaie la station du regard, l'air moqueur, comme s'il cherchait le tigre.

— Mais ils ne sont pas là pour te sauver, n'est-ce pas ? Ils t'ont laissée toute seule face à moi.

La dernière fois qu'on s'est retrouvés face à face, cet elfe m'a brutalisée et cela me déstabilise. Je sens le doute s'insinuer dans mon esprit, ouvrant la voie à la peur.

Eurus m'a trahie ; qui me dit que les autres n'en ont pas fait autant ? Je ne les connais pas. Ils tiennent à Tilly. Moi, je suis juste la monnaie d'échange. Tout mon beau discours intérieur — *je suis une faucheuse, tremblez, vermines* — s'effondre d'un coup. Je me sens toute petite, vulnérable et terrifiée.

*Mais qu'est-ce que je fiche ?*

L'elfe tend la main, paume vers le haut, avec son horrible sourire plein de dents.

— Viens. Maintenant.

— T'as pas remarqué qu'il te manque un truc ? Genre cinq sbires ?

Je hausse les sourcils, essayant de faire valoir ma nouvelle facette insolente. *Je peux arriver à me sortir de ce merdier.* J'ai enlevé les runes. Je suis assez forte pour écraser un elfe pourri.

— Ils ne comptent pas.

Il y a un truc qui ne tourne pas rond dans sa tête. Il n'écoute pas.

— Où est Tilly ?

Cette fois, ma voix chevrote. *Non, ne te laisse pas démonter.* Je redresse le menton et le fixe droit dans les yeux. Ça va. Je ne risque rien avec ma magie. Elle danse au bout de mes doigts, prête à l'aspirer dans le sol. C'en sera fini de lui en quelques secondes.

— Oh, elle va bien. Saine et sauve. On n'a pas touché à la dryade ; elle pue son loup à plein nez. On l'a juste enfermée dans une pièce sans abîmer une seule de ses fleurs. Contrairement à toi.

Et il me balance à nouveau ce sourire carnassier.

— Elle n'était qu'un appât pour t'attirer.

Je m'ancre au sol, me forçant à ne pas reculer.

— Ça m'a surpris quand trois gros bras et son compagnon m'ont traqué. Avec un sort de localisation, en plus. Je me demande comment ils ont récupéré un échantillon de mon ADN. Du sang sous les ongles ? Un cheveu ?

Il hoche la tête en voyant la réponse sur mon visage.

— Oh la vilaine fille. Peu importe. Ils ne trouveront jamais l'endroit où je t'emmène. Et entre nous, ils ne se donneront même pas la peine de chercher. Viens maintenant.

— Non, glapis-je.

Maintenant que je suis près de Vivanti, je me rends compte de sa taille. Il mesure plus d'un mètre quatre-vingt, musclé comme un athlète, solide. Un type bâti pour faire mal. Et moi, je ne suis pas entraînée, pas prête. Faut que j'arrête de bavarder et que j'en finisse avec lui. Je ne tirerai jamais aucune explication de cet elfe. Je me rends compte que je ne verrai jamais la peur briller dans ses yeux.

— T'as eu de la chance de t'échapper. Et t'as eu le culot de voler mon baluchon en prime. T'as libéré le beithíoch, un investissement récent et coûteux, tu m'as ridiculisé devant mes hommes, et en prime, t'as attiré l'attention du Seigneur de l'Hiver. Magie de la pierre et invisibilité, c'est une combinaison intéressante. Dommage que tu ne saches pas t'en servir.

Il éclate de rire.

— Ma petite souris, t'es un désastre ambulant. Comment une seule créature peut-elle foirer autant de trucs en si peu de temps ? Je te rends service en t'arrachant à cette vie misérable.

L'elfe avance vers moi, et je réalise mon erreur. J'aurais dû l'immobiliser avant de me montrer. Je n'ai aucune idée de ce que je fais. D'un mouvement du poignet, il fait apparaître dans sa main une boule de potion orange menaçante.

*Merde, Pepper, baisse-toi !*

Je plonge au sol et me racle le menton sur le carrelage crasseux. La tête embrouillée par la panique, j'oublie complètement ma magie. La boule orange explose avec un gros *boum*, transformant l'endroit où je me trouvais plus tôt en flaque de glu orange qui ronge le sol. Je m'éloigne en rampant et bondis sur mes jambes. Une main me chope le bras et claque un bracelet inhibiteur autour de mon poignet.

*Oh non, pas ça !*

# Chapitre Vingt-Neuf

En une fraction de seconde, le bracelet bloque ma magie et me sonne. Je me raccroche désespérément au charme parapluie pour barricader mon esprit. Bien que le bracelet inhibiteur soit en mesure de neutraliser mes pouvoirs, je prie pour que le parapluie m'empêche de m'évanouir.

Si je tombe dans les vapes, je suis cuite.

Toute mon attention est braquée sur le charme alors que je me débats contre le bracelet inhibiteur. Ce serait pratique si ce salopard me laissait poser la barrière d'abord, mais non. J'esquive son poing qui part sur la gauche, sans parvenir à éviter le suivant — *eh oui, Pepper, il a deux mains* — ni celui d'après... Ses mains fines se transforment en armes alors qu'il cogne mon visage comme un punching-ball.

Mes pommettes m'élancent, et ma paupière enfle à vue d'œil tandis qu'il me tourne autour. Je finis par lever les mains pour me protéger la tête. Je pousse un cri lorsqu'il me donne un coup de poing dans le coude. Entre-temps, je lutte contre le bracelet, qui draine la magie dans mes veines et mon énergie vitale.

— Arrête ! Arrête !

L'elfe ne m'écoute pas, et ses jambes se joignent au massacre. Son tibia m'arrive tout droit dans les côtes, me coupant la respiration et me bloquant le plexus.

Je n'arrive plus à respirer.

Ni à penser.

— Tu le mérites. Je vais prendre mon pied, siffle Vivanti en m'assenant un autre coup qui me fracasse le bras et m'arrache l'oreille.

Je me ramasse en boule.

Oh, comment ai-je fini par terre ?

Du sang emplit ma bouche.

À travers mes bras sur mon visage, mes yeux tombent sur l'horrible bracelet. Lorsque je tressaille sous la force d'un autre coup de pied, je sens mes os se fracturer. J'abandonne la bataille mentale contre le bracelet et crache dessus, me rappelant la puissance du sang, et je décharge tout ce que j'ai dedans : mes pouvoirs, le chant bizarre et merveilleux des charmes et toute la foi que j'ai en ma capacité à retirer cette merde de mon poignet.

Je couine quand il savate un point douloureux.

Puis il se passe un truc avec le bracelet... Des centaines de runes minuscules s'illuminent sur plusieurs lignes. La première ligne se brise, puis la troisième, et des taches bizarres et décolorées apparaissent sur le bracelet qui noircit, se désintègre avant de tomber en poussière par terre.

Bordel de me... Qu'est-ce qui s'est passé ?

*J'ai réussi. J'ai accompli l'impossible !*

La douleur physique endigue la peur et ma colère me donne assez de jus pour me battre. Je chope la botte de l'elfe et tire pour qu'il trébuche sur ma jambe. Quand il s'étale comme une crêpe, je lui grimpe dessus. Mes flancs et mon abdomen souffrent le martyre alors que je me mets à le gifler, comme une gamine au milieu d'une cour de récré. Ses tresses elfiques me facilitent la vie quand je l'attrape par ses cheveux blonds et pousse sur mes jambes en hurlant comme une amazone.

*On rit moins maintenant, hein !*

Il me retourne et son poids m'épingle au sol alors qu'il utilise ses genoux pour m'ouvrir les jambes. Je grimace quand son bras se lève à nouveau pour me frapper.

Une grosse pompe rase soudainement mon épaule et s'écrase en pleine figure de l'elfe. J'arrive à ricaner malgré la douleur. *À ton tour de voler, Vivanti !* Comme dans un film, il effectue un vol plané sur plusieurs mètres avant de percuter un mur la tête la première et de glisser. Kaput.

Je roule sur le côté et crache le sang visqueux qui me

reste en bouche. À travers ma vision trouble, je discerne Tru et Corbin.

— Salut, coassé-je en souriant.

— C'était quoi tous ces cris et...?

Tru griffe l'air et mime mon tirage de cheveux.

— Rappelle-moi de ne jamais me battre avec toi, espèce de folle imprévisible. T'es une vraie barrée.

Elle pointe mon visage du doigt, le regard brillant d'amusement.

— Je sais pas me battre.

— Ouais, j'ai vu ça.

Elle sourit et gifle l'air à nouveau en roulant des yeux.

— Merde, Pepper, c'était à se pisser dessus.

— Contente de t'avoir divertie.

Corbin s'accroupit devant moi, l'air gravement inquiet. Il prend l'arrière de ma tête dans sa paume en examinant mon visage.

— On doit t'inscrire à des cours d'autodéfense de toute urgence. Pepper, sérieux, c'était catastrophique, continue-t-elle.

— Je te remercie, Tru.

Un profond malaise m'envahit à l'idée d'apprendre à me battre. Ça a l'air d'être du boulot. Mais elle a raison. J'ai l'habitude d'utiliser la magie comme moyen de défense avec mes mouvements fétiches « planque-toi » ou « sauve-qui-peut ». Je ne peux pas m'attendre à passer du jour au lendemain de la pétocharde à la version magique de Rambo.

*Sauf que t'as fait ni l'un ni l'autre, donc...*

Certes. Merci pour le creusage de tombe, maudite conscience. *Ouille, mes côtes.* J'aurais pu disparaître dans l'autre tunnel. Quand j'ai retiré le bracelet, j'aurais pu me rendre invisible. J'aurais pu faire tout un tas de choses au lieu de rester à me faire laminer la gueule.

Il est évident que je ne suis pas fichue de faire deux choses à la fois. Ce n'est pas moi. Mais je vais m'améliorer avec de l'entraînement. Je crois.

— Tilly ? demandé-je.

— Elle est rentrée chez elle, en sécurité, répond-il.

Le soulagement détend mes épaules.

— Merci pour le coup de pompe, soufflé-je, essayant d'esquisser un sourire à travers mon visage boursouflé. Merci à vous deux d'être venus.

— De rien. Viens par là.

Il sort une potion de guérison instantanée argentée.

— Je peux ? poursuit-il.

Waouh, un miracle. Le tigre demande ma permission.

— Je t'en prie, accepté-je.

Il verse la potion sur mon cou, et je me sens instanta-nément mieux alors que la magie fait son œuvre.

— Merci, ça fait du bien. Il y a six elfes.

Tru émet un sifflement admirateur.

— L'un d'eux est coincé dans le mur, dis-je en indi-quant la bonne direction. Quatre sont embourbés dans le sol des toilettes : un dans les toilettes des filles, et trois dans celles des mecs.

— Oh, je veux voir ce que tu leur as fait ! s'esclaffe Tru en se dirigeant d'un pas guilleret vers les toilettes.

Elle lance par-dessus son épaule :

— Six elfes. Je retire ce que j'ai dit, Pepper. Tu t'en es bien sortie.

Elle m'adresse un grand sourire.

— T'as peut-être perdu quelques points sur la dernière ligne droite, mais meuf, tu as fait du bon boulot. Si tu veux, je m'occuperai personnellement de ton entraînement.

Elle s'éclipse à l'intérieur. Une torche magique s'allume et je l'entends se marrer.

— Ne lui dis pas que c'est la pierre qui a fait tout le travail ; j'ai envie de garder l'étiquette de la fille cool encore quelques minutes, glissé-je du coin de la bouche.

— Je ne veux pas que tu...

Je me tourne vers Corbin qui déglutit. Il tend la main et retire des morceaux de peinture écaillée de mes cheveux.

Son regard est vitreux, triste.

— Je n'aime pas l'idée que tu doives apprendre à te battre, mais je ne veux plus jamais te voir au sol le visage tuméfié et la lèvre entaillée.

Son pouce effleure ma lèvre inférieure, et la parenthèse douce est gâchée par l'éclair de colère qui traverse ses yeux.

— Attends-moi ici et détourne le regard, je vais buter ce salopard elfique.

Vivanti intercepte sa menace, et l'instant d'après, il se remet debout en titubant. En chancelant, il sort une autre boule de potion rouge sang, mortelle.

*Oh, non.*

— Corbin, il a une boule magique rouge !

Le sortilège va tous nous faire sauter. J'entends Tru fulminer dans les toilettes.

— Elfe ! hurle Corbin.

— Vous allez tous mourir !

Vivanti baisse le bras se préparant à lancer la potion, puis le sol derrière lui se met à onduler. Une touffe violette recouvrant une tête émerge, avec une énorme gueule pleine de dents pointues. Je cligne des yeux. Je reconnaîtrais cette touffe de poils n'importe où. C'est le ver que j'ai perdu il y a quelques jours.

Il a grandi !

Il se dresse comme un serpent, plonge et avale l'elfe dont les hurlements meurent après un craquement. Quelques secondes plus tard, le sort explose. Puis plus rien. Le ver laisse échapper un rot et une sorte de « hmmm » rassasié avant de fondre dans le bitume, qui se liquéfie et se resolidifie sur son passage comme si de rien n'était.

Corbin me soulève aussitôt de terre comme une princesse. Croit-il vraiment que me prendre dans ses bras va changer quoi que ce soit ? Mais ce n'est pas désagréable.

— Bordel, c'était quoi ? lâche Tru dans un souffle.

— Un. Gardien. Ver, expliqué-je légèrement paniquée.

Je pense avoir bien défini la créature.

— Il y a une seconde, il y a eu... euh...

Tru n'arrive pas à finir sa phrase et réprime un haut-le-cœur, livide.

— ... un craquement.

Elle plisse le nez et pointe le doigt vers les toilettes.

— Avant d'avoir gobé le blond, je crois qu'il a avalé les autres prisonniers.

— Oh, soufflé-je.

— Ton gardien ver va faire ça tout le temps ? Bouffer les gens ? Tu crois qu'il va revenir pour le dessert ? demande Corbin en me serrant contre lui dans un élan protecteur, les yeux rivés par terre.

Je suis sûre qu'au moindre mouvement suspect, Corbin est prêt à s'enfuir avec moi dans les bras. Plutôt mignon. Sauf si... sauf s'il a l'intention de m'utiliser comme appât en me jetant dans la gueule du ver pendant qu'il se tire en courant. Moins mignon.

Le charme escargot se met à chauffer sur mon poignet, et une voix féminine douce s'invite dans ma tête. *Hé... Je suis désolée de ne pas être arrivée plus vite. Tu vas bien ?*

Si je vais bien ? Mes yeux s'ouvrent en grand lorsque je réalise que le ver me parle. *Je vais bien*, murmuré-je mentalement. *Merci du coup de main, j'apprécie.* C'est pas trop déplacé, non ? Je la remercie d'avoir mangé l'elfe et de nous avoir sauvé la vie. C'était un personnage odieux, et son sortilège aurait fait sauter tout le métro, nous avec.

*Je t'en prie, c'est toi qui m'as sauvée en premier. Tu m'as donné un foyer, loin de cet immonde individu. C'était un plaisir de le dévorer. Dis à la licorne et au tigre que je suis un ver de la mort ; je n'ai besoin de me nourrir que quelques fois par an. Mais s'ils ont d'autres corps sous la main, je ne dis pas non. Je me débarrasserai volontiers des preuves. J'ai déjà mangé les cinq autres elfes ; celui dans le mur était rigolo. Je voulais te faire savoir que tu n'as rien à craindre de moi ; tu es la faucheuse et mon amie.*

*Entendu, alors, je te remercie,* je réponds en retour. La voix du ver s'évanouit, et le charme refroidit. Je pense que nous aborderons la discussion « ne pas manger mes copains » une autre fois.

Je leur restitue la conversation et Tru marmonne :

— Je connais peut-être des gens qui feraient un bon repas pour ce ver.

— Tu peux me reposer, s'il te plaît ?

Corbin me fait gentiment descendre, et il ancre sur moi un regard intense.

— Tes tunnels sont protégés par une nouvelle barrière impressionnante. Comment les elfes sont entrés ?

Il chuchote les derniers mots dans mes cheveux. Je me raidis et relève le visage vers lui, perplexe.

Ce mec me plaît vraiment, mais je ne lui fais pas confiance pour assurer mes arrières ou lui confier mes secrets.

— Oh, ben, je...

Je ferme la bouche.

*Pitié, faites qu'il ne détecte pas mon mensonge.* Je suis un peu à court de mots. Que dire ? Je ne peux tout bonnement pas lui dire que c'est moi qui les ai laissés entrer.

# Chapitre Trente

Comme je ne dis rien, Corbin continue :

— Ta magie de la pierre a piégé les elfes et nous a laissés entrer sans ton intervention dès qu'on s'est approchés. Apparemment, ça marche mieux si on communique avec la magie, non ?

Il ponctue sa phrase d'un grognement.

Il chauffe...

La dernière fois qu'il m'a vue, j'avais du mal à entrer dans le tunnel, et quelques heures plus tard, je piège des elfes dans le sol. Il ignore que je n'ai plus les runes sur moi. Il va falloir que j'exécute ma meilleure performance, en commençant par arrêter de triturer ma manche et de donner le change.

*Allez, Pepper, tu peux y arriver.*

Je sais que m'être fait rosser par l'elfe n'est pas l'idéal, mais avec le recul — si j'ignore la douleur qui me transperce les os — c'est la meilleure chose qui pouvait m'arriver, surtout avec l'arrivée de Corbin.

J'ai l'air d'une victime.

Une victime sans pouvoirs magiques. Aucun être doté de magie n'aurait mangé une raclée pareille. Et mieux vaut oublier le bracelet inhibiteur ; j'ai réalisé l'impossible en le détruisant. Qui en est capable ? Ce genre de pouvoir va me faire tuer, à coup sûr. En ce moment, je suis heureuse de ne pas avoir utilisé ma magie ni le pouvoir d'invisibilité. Ce serait un enfer à expliquer. Corbin doit continuer de croire que je porte encore les runes, que ma magie est scellée, comme le veut son patron.

Je suis une piètre menteuse et je ne serai pas capable de tenir le scénario du « je n'ai plus de pouvoirs ». Je ne suis pas assez fourbe, je vais fauter. Ils doivent partir ! Je toussote et m'éclaircis la voix. Il est temps de brandir haut et fort la carte de la culpabilité.

— Avec les runes, je n'ai pas pu accéder à ma magie, et je crois qu'elles sont si puissantes qu'elles m'ont empêchée d'utiliser les charmes. Quand j'essaie, ça me fait mal au point de me filer une horrible migraine. La barrière est fluctuante, et j'ai l'impression qu'on me frotte les yeux avec du verre pilé quand j'essaie de la réparer. Quand les elfes ont débarqué, mon nez s'est mis à pisser le sang. Les résidus de la magie de la pierre n'en font qu'à leur tête.

Je lève mes mains au ciel avec frustration. Mélanger le mensonge et la vérité rend mon discours plausible.

— Je ne pouvais pas, tu sais...

Je hausse les épaules et laisse retomber mes bras le long du corps. Je capte la honte qui s'épanouit dans ses yeux bleu sombre. *Voilà, c'est ça.*

— Tu dois trouver un moyen de les retirer, Corbin, intervient Tru. Si tu ne le fais pas, je m'en chargerai, ou j'appellerai Forrest. Et personne n'a envie qu'elle rapplique. Je suis sûre qu'elle les retirera en un clin d'œil, après avoir cramé une bonne partie de Faërie.

Le tigre grimace.

— Je vais les enlever.

Bon, maintenant je me sens coupable. J'adresse un sourire reconnaissant à Tru et m'efforce de changer de sujet.

— Je suis vraiment contente que vous soyez venus, je n'aurais pas tenu le coup. J'espère vous sortir de là sans vous faire manger, même avec ma pauvre connexion à la pierre, dis-je avec un sourire gêné.

Ce n'est pas ce que je voulais, mais subitement, ils ont tous les deux envie de partir. Hourra.

— Ne vous inquiétez pas, les gars. Même sans magie, ces tunnels m'appartiennent ; c'est ma propriété, ma maison. Là-haut...

Je pointe le doigt vers la rue au-dessus du plafond.

— ... je n'ai aucun contrôle, et je suis une cible facile ; je vis dans la peur. Mais j'ai passé dix ans ici à insuffler ma magie dans la roche. Chaque grain de poussière m'appartient... m'appartenait.

Je laisse échapper un rire amer ; ce n'est pas très compliqué de se souvenir l'horreur d'être dépourvue de pouvoirs. Je lance un regard maussade au tigre et ajoute :

— Ce n'est que mon manque d'expérience et l'absence de contrôle de ma magie qui ont causé ma perte cette fois. La prochaine fois, je ferai mieux.

— Espérons qu'il n'y aura pas de prochaine fois, dit-il en déposant un baiser sur le bout de mon nez. Je suis désolé, Pepper. Je vais arranger ça. J'ai eu tort. Te priver de ta magie t'a rendue vulnérable et aurait pu te faire tuer.

— Ce n'est pas ce que veut ton patron ?

J'évite son regard avant de poursuivre :

— Ça va, tu peux y aller. Je vais m'en sortir. J'ai du ménage qui m'attend.

— Tu as besoin d'aide ? Oh tiens !

Tru sort une potion et la place dans ma paume.

— J'ai une potion nettoyante instantanée extra-forte. Le genre de bidule qu'on utilise sur les scènes de crime.

— T'es sûre ? C'est très généreux.

— T'inquiète. Hé, t'as besoin d'une barrière ?

Elle fouille dans sa poche.

— Tu as dit que celle en place faisait des siennes, pas vrai ?

Je ne peux pas accepter en mon âme et conscience une barrière alors que la mienne fonctionne parfaitement. Je n'aurais pas dû accepter la potion nettoyante non plus.

— Ça va. Il est très difficile de descendre jusqu'ici. Les elfes sont passés par les galeries, uniquement grâce à un sort de localisation. Tant qu'il n'y a pas d'autre elfe avec mon sang ou mes cheveux, je vais tenir le choc.

Je les conduis vers la sortie ; puisqu'il n'y a plus d'elfe maléfique à mes trousses, je peux les faire sortir sans problème par là. Moi, je continuerai à sortir par-ci par-là. L'esclavagiste elfique est mort, mais j'ai encore le tigre, le Seigneur de l'Hiver et la Mort sur les bras.

— Tu ne peux pas rester ici avec ce ver, déclare Corbin dans mon dos. Viens avec moi. S'il te plaît, laisse-moi te protéger.

*Me protéger ?*

J'avale ma salive et évite son regard.

— Et pourquoi ? C'est mon ver, mon gardien. Je serai parfaitement en sécurité avec lui.

— Un ver gardien, grommelle Tru en fixant le mur pour nous laisser de l'intimité.

Corbin saisit ma main.

— Est-ce que je peux au moins te donner un nouveau téléphone ? Si tu ne viens pas avec moi, tu as besoin d'un moyen de communication, et je ne peux pas descendre ici à tout bout de champ.

Un éclair de dégoût vrille son beau visage alors qu'il balaie le métro du regard.

Je secoue la tête. S'il me donne un portable, tout ce que je dis ou fais sera espionné.

— Je m'en achèterai un cette semaine.

Il plisse les yeux.

— Demain, rectifié-je.

Le front plissé, je rive les yeux au sol et piétine. Tout ce mensonge me ronge. Mon estomac me tiraille.

— Merci à tous les deux de votre aide ; la nuit a dû être longue. C'était génial de te rencontrer, Tru. À plus.

Je retire ma main de celle du tigre et fais un coucou à la licorne. Il se penche vers moi et embrasse ma joue. Je ferme les yeux sur la sensation de ses lèvres sur ma peau. Je ne demande rien à la magie ; je la verrouille fermement pour qu'elle n'interfère pas dans ma dernière tirade. Je continue de fixer le sol, mal à l'aise, et fais mine de devoir utiliser les toilettes d'urgence.

Corbin et Tru échangent un regard.

— Une seconde..., annoncé-je. Est-ce que vous pouvez... euh... sortir ?

J'implore le bitume dans un murmure bizarre. Hmm. Mes talents d'actrice sont à chier, et je me sens bête.

Ma magie se met en action, déstabilisée, et j'observe la pierre se mouvoir doucement et prudemment pour les ramener sur la jetée.

Je reste où je suis un moment, lâchant la bride à mon pouvoir, et ma respiration retentit dans mes tympans. Une énorme boule s'est coincée dans ma gorge. Même s'il est guéri, mon corps se sent encore comme un punching-ball. La mémoire du corps fait persister le trauma.

Je me mets en marche et mes godillots résonnent dans le métro. Je m'arrête au centre du tunnel et envoie la magie de la pierre ramasser les portes cassées et mon pauvre plot orange. La fiole que Tru m'a donnée est chaude dans ma main. Cela n'a aucun sens de l'utiliser, car je ne peux pas rester. Personne ne descendra ici apprécier la propreté du sol. Je range la potion dans ma poche et me dirige d'un pas traînant vers le tunnel aux briques rouges et ma chambre.

J'ai peut-être surjoué le coup de la pierre, et quand sa raison aura repris le dessus sur sa culpabilité, Corbin verra que mon discours ne tient pas la route. Puis, il reviendra, en pétard. Même si le tigre a des doutes, il ignore que j'ai enlevé toutes les runes en aussi peu de temps.

Il va revenir. Mais moi, je ne serai plus là.

Je dois partir. Je peux trouver un nouveau tunnel. Ce ne sera peut-être pas aussi charmant que mes murs en briques rouges, mais je trouverai une nouvelle maison et peut-être même des amis.

Je suis dégoûtée. Il me plaît, vraiment beaucoup. On aurait pu avoir une histoire. Ma toute première. Un soupir dépité effleure mes lèvres. Il est l'heure de remballer. Je peux être dans le premier train en quelques heures. La gare est le dernier arrêt sur la ligne ferroviaire. Alors peu importe celle que je choisis, je n'aurai pas besoin de décider d'une destination. Ce sera un choix au hasard. Je vais simplement sauter dans le prochain train qui entrera à quai et m'emmènera loin d'ici.

Alors que je traverse le mur, je pose ma main sur le tunnel. La brique rouge est dure et familière sous ma peau. Le cœur lourd, ma magie transfère mes mots aux murs, au bitume, à la jetée et à l'asphalte de la rue :

— Je vous aime. Merci de m'avoir abritée et protégée.

J'essuie une larme de mes joues.

— Merci d'être restés à mes côtés. Ce n'est pas un adieu, mais un au revoir.

Si quelqu'un m'entendait, on me prendrait pour une cinglée. Pourtant, disposer de cette magie de la pierre est une bénédiction pour moi. C'est différent, bizarre et décalé, comme moi.

Je suis triste de devoir partir.

J'ai l'impression de m'éloigner de moi-même.

Les choses ont changé. Je ne peux pas me battre contre Madán et Corbin pour conserver ma magie et mon identité, et je n'aurais pas dû avoir à justifier mon existence à de puissantes créatures.

Je repose mon front contre la brique.

— Pardonne Corbin, car je lui ai pardonné. Son métier est difficile. S'il vient me chercher ou s'il a besoin d'aide, aide-le, s'il te plaît.

Pour la dernière fois, je déverse autant de pouvoir que je peux dans la roche, espérant qu'elle maintiendra la magie que j'ai créée.

Jusqu'à mon retour.

# Chapitre Trente-et-Un

Je traîne des pieds jusqu'à ma chambre. Je pourrais envisager Londres. C'est une grande ville, jonchée de plusieurs signatures magiques qui ne permettront pas qu'on me retrouve. Pas même le chien de l'enfer. Je tourne à l'angle et aperçois un loup étendu sur mon lit.

Je me pétrifie.

— Bordel, Eurus ! Qu'est-ce que tu fiches là ? Tu m'as vendue aux elfes et tu oses revenir pioncer dans mon lit !

Est-ce qu'il pensait que Vivanti m'avait réglé mon compte, et qu'il pouvait maintenant venir squatter chez moi ?

Ce salopard de loup mal élevé ! Mes narines

frémissent, puis ma rage s'envole totalement. Qu'il se fasse plaisir. Cet endroit ne m'appartient plus.

Ma lèvre inférieure tremble. Je contourne la grosse bête poilue et me dirige vers mes étagères pour récupérer le baluchon faë soigneusement plié. Autant m'en servir. Je me tiens de profil pour garder un œil sur le beithíoch, puis regarde mes conserves d'ananas d'un air maussade. Il n'est pas question d'emporter ces boîtes qui pèsent une tonne.

*Il semblerait que les nuances de ces échanges m'aient échappé et que livrer des informations aux elfes soit une pratique courante. Après tout, le métamorphe tigre a bien engagé de similaires négociations diplomatiques avec le guerrier elfique*, dit Eurus.

Tu m'en diras tant...

*Je n'ai fait que confirmer ta position ; ils disposaient d'un sort de localisation. Leur ouvrir la porte en grand était ta décision, fillette. Les barrières, une fois impénétrables, n'obéissent qu'à toi, et tu as façonné une ouverture dans les tréfonds de ton précieux tunnel. La responsabilité d'avoir accueilli des sujets peu recommandables repose uniquement sur tes épaules. C'est toi qui les as laissés entrer.*

— Je sais, fulminé-je en rangeant mes affaires.

Quand je finis avec mes vêtements, je m'attaque à la couverture elfique. J'essaie de la rouler en boule, mais j'abandonne au bout de quelques secondes et la fourre machinalement dans le baluchon comme mes fringues.

— Contente que t'ailles bien, lâché-je à contrecœur.

Je suis *contente*, et puisque c'est la dernière fois que je lui parle, autant être sympa. Au final, qu'est-ce que cela peut bien faire ? Je ne peux pas lui en vouloir d'avoir sauvé sa peau.

Attends une minute... Ça ne colle pas.

— Comment as-tu fait pour *parler* aux elfes ?

Les mains sur les hanches, je le fixe avec un regard mauvais.

*Je suis un beithíoch.* Eurus bombe le poitrail.

— Ça n'explique pas tout, insisté-je en plissant les yeux et en tapant le sol du pied avec impatience.

Comme s'il prenait pitié de moi, il explique :

*Je suis télépathe. Je n'ai pas développé ce merveilleux vocabulaire en tête-à-tête avec moi-même. J'ai appris l'art de la télépathie il y a mille ans de cela.*

— Si tu es télépathe et que tu peux communiquer avec n'importe qui, que fait le charme ?

*Je suis télépathe, hélas, toi non. Le charme est fait pour faciliter la transmission de tes pensées jusque dans mon esprit. Cependant, tu as continué à verbaliser ton propos, le rendant obsolète.*

Ah, quand j'ai parlé avec le ver, j'ai communiqué directement avec son esprit, ce qui est logique. Mais à l'hôtel...

— Si c'est le cas, pourquoi tu ne m'as pas parlé à l'hôtel ? Pourquoi a-t-on fait tout ce cirque pour récupérer les charmes avant ?

*Je n'avais aucune intention d'entrer en communication*

*avec toi ; mon seul objectif était de t'extirper de l'influence du tigre et du guerrier elfique. Ton bracelet a joué un rôle crucial dans ta survie.*

— Ah.

Alors il ne s'est adressé à moi qu'après avoir retrouvé le bracelet de charmes. C'est bon à savoir. Ma langue bute hargneusement contre une de mes défenses acérées. Pendant tout ce temps, Eurus avait l'air sincère alors qu'il me manipulait. Franchement ? Je hais tout le monde. Je me retourne pour finir de plier bagage.

*Où vas-tu ?*

— Ailleurs. Le Seigneur de l'Hiver est un problème, et le chien de l'enfer en est un plus grand encore. Je me casse.

*Tu t'en vas ? La Mort te trouvera quand même.*

— Oh, je sais.

Je sais qu'*il* me trouvera. Je zyeute mon bras, qui ne montre plus aucune trace des runes, hormis la marque de la Mort.

— La rune de la mort s'assombrit, déclaré-je en déroulant ma manche.

*Oui, la Mort a la capacité de te repérer plus facilement à présent que tu es une faucheuse à part entière. Félicitations, mon enfant.*

Mes mains se crispent sur la boîte à pharmacie contenant le grimoire de runes, et je me retourne vers lui.

— Une faucheuse à part entière ? Je croyais que je n'avais pas achevé ma transition. Qu'est-ce qui a changé ?

*Oh non. Qu'est-ce que j'ai fait ?* Je ne vais certainement pas courir partout en criant cette fois. Non. Je dépose la boîte au fond du baluchon.

Le beithíoch renâcle.

*Tu as enfin exploité la profondeur de tes pouvoirs. Ce qui n'est pas une mince affaire : il fallait embrasser la magie tissée dans ton essence. Une tâche qui n'est pas sans rappeler les exploits des héros anciens des légendes, où l'impossible devient possible. Ta rencontre avec les adversaires elfiques a été le catalyseur qui t'a permis de sortir du carcan que tu t'étais imposé. J'ai eu le sentiment qu'un coup de pouce dans la bonne direction était ce qu'il te fallait.*

Si l'on se fie à son sourire narquois, j'ai suivi son plan diabolique à la lettre.

*J'ai dit à la Mort que tu avais seulement besoin d'encouragement et que son intervention n'était pas utile. Il voulait se présenter pour expliquer certaines choses, mais je lui ai dit de laisser les événements suivre leur cours naturel. Et tout s'est passé comme prévu. Je suis venu garder un œil sur toi pendant ton voyage. Mon but était de m'assurer que rien ne prenne des proportions incontrôlables. Toi, mon enfant, non seulement tu as affronté les épreuves que le destin a semées sur ton chemin, mais tu t'es également épanouie au cours du processus. Tu es devenue un exemple de résilience, digne du titre honorifique de faucheuse. Je suis navré que ton compagnon n'ait pas partagé ta gloire. Hélas, il a laissé un devoir erroné éclipser la voie qui t'attendait. Un choix regrettable.*

J'ignore comment recevoir cette montagne d'informations. Je crois que mon cerveau a simplement fondu. Eurus travaille main dans la main avec la Mort, et tout ça était une sorte de test que j'ai réussi.

Je ne vais même pas m'aventurer sur le terrain du « compagnon ». Je n'en ai pas. Sinon, ce serait un troll, pas un tigre. Et les métamorphes n'ont pas d'âmes sœurs. Et quand bien même cela serait un secret d'État, leurs âmes sœurs ne sont assurément pas des hybrides.

J'en ai ma claque. Je prépare ma trousse de toilette.

— Que veut la Mort ?

*Te rencontrer, naturellement. Prends tes affaires, jeune fille, et partons. Il est temps de quitter cet horrible lieu.*

Je ricane. Il veut que je parte avec lui, et je suis sérieusement en train de considérer sa proposition. Est-ce que j'ai perdu tout bon sens quand l'elfe a cherché à me broyer la tête dans ces galeries ?

Dans le baluchon, je balance d'autres affaires dont j'ai besoin, et dont je n'arrive pas à me séparer. Je n'ai pas grand-chose. Je ne suis pas une accumulatrice.

— Et le ver ?

*Le ver ? Ah, Dora.*

Dora, le ver. Je me frotte le visage.

— Oui, elle va s'en sortir ?

*Sois assurée qu'elle se portera bien. Maintenant, en avant.*

J'attrape mon sac et mon nouveau manteau, dont je remplis les poches avec quelques conserves d'ananas. Je n'ai pas le cœur à les laisser toutes ici.

*Tu es prête ?*

J'acquiesce.

Eurus place une patte sur ma jambe, et nous disparaissons.

# Chapitre Trente-Deux

La MAGIE d'Eurus se dissipe et le monde se recompose morceau par morceau, jusqu'à ce que nous nous trouvions dans une pièce oblongue. Ma propre magie pulse, absorbant le maximum d'informations. Ce bâtiment est fait de granit de Cornouailles et de pierre de Portland. Les murs témoignent d'un lourd labeur : celui de l'eau, des humains, des véhicules, des bateaux. J'écoute plus attentivement ; c'est difficile, ce n'est pas *ma* pierre.

J'enfouis cette pensée au fond de moi, car elle ne mène qu'à la tristesse. J'ai déjà dû repartir de zéro, et je recommencerai. Pas question de m'apitoyer sur mon sort.

*Nous sommes à Londres*, m'indique Eurus. Son pelage

frôle ma jambe, me poussant doucement vers la gauche. *La Mort t'attend.*

Je déglutis. Sans poser de question, je largue mon gros sac, qui me scie l'épaule et me casse le dos. Je dépose mon manteau par-dessus pour libérer mes mains que je tords nerveusement. J'ai la trouille, mais au moins je suis là. Je préfère venir à la Mort que d'attendre qu'il vienne me chercher.

Je me force à avancer dans la direction que m'indique le beithíoch. Inutile de repousser l'inévitable. Nous franchissons une porte, montons un escalier en colimaçon, longeons un couloir étroit et débouchons dans une somptueuse bibliothèque.

L'odeur des vieux livres et du bois ciré m'accueille. Des rangées d'étagères en acajou baignent dans la lumière naturelle des grandes fenêtres cintrées qui bordent toute la pièce.

Le loup disparaît, me laissant seule.

J'ignore les beaux livres. Ma vision se trouble, la panique me serre la gorge, me chauffe la peau. J'ai du mal à respirer et je suis incapable de lire les mots sur la tranche des ouvrages. Je traverse la pièce d'un pas chancelant et appuie mes mains moites sur le rebord sombre d'une grande fenêtre pour admirer la vue panoramique sur Londres.

En contrebas, la Tamise déroule ses eaux brunes, reflétant les couleurs changeantes du ciel. Le bâtiment se situe carrément *dans* le fleuve. Je distingue la Tour de Londres, la cathédrale Saint-Paul, le Shard plus à l'ouest, et, plus loin à l'est, Canary Wharf. Et là, je comprends enfin ce que voulait me dire la pierre. Tout s'éclaire.

On est sur un pont.

Un pont qui grince.

La chair de poule me gagne en pensant aux tonnes d'acier qui m'entourent. La pierre n'est qu'une façade ; l'acier est la véritable ossature du lieu. Cet endroit n'est pas bon pour moi. Je me gratte nerveusement la nuque en contemplant la ville.

— Tiens, Pepper, j'ai fait fabriquer cela pour toi. Il te protégera contre le métal.

Un charme tombe du ciel. Je tends la main sans réfléchir et l'attrape. Le petit marteau oscille dans ma paume, et dès qu'il se stabilise, tout va mieux. Pas besoin d'incantation, l'horrible démangeaison disparaît, et je peux enfin respirer normalement.

— Merci, soufflé-je, mes mots tièdes embuant la vitre toute proche.

Franchement, je n'ai pas envie de tourner la tête pour faire un coucou à l'homme qui personnifie la Mort.

Je baisse les yeux et approche le charme de mon bracelet. Le petit marteau se clipse aussitôt dans l'espace laissé par le talisman du chat. Je rassemble tout mon courage pour lever les yeux. Un vieillard se tient devant moi.

C'est rare de voir quelqu'un qui a l'air si vieux ; les humains vieillissent, mais pas autant. Cet homme, cet être, semble pouvoir se briser au moindre coup de vent.

La Mort.

C'est une créature séculaire. Il est chauve, ou presque, et les quelques fins cheveux blancs qui lui restent flottent autour de son crâne comme un nuage. Mon regard glisse jusqu'à ses mains. Pas de faux en vue. Je m'attendais à ce qu'il porte une grande cape noire, pas à un pantalon marron en velours et un pull à losanges vert pâle.

— Ravi de te rencontrer, Pepper.

Je m'attendais à ce qu'il ait un accent à couper au couteau comme Eurus, mais pas du tout. Il parle de façon moderne, ce qui rend son physique de vieux croûton encore plus inquiétant. Ses yeux n'ont pas d'âge. Ce sont deux puits de sagesse qui percent un visage marqué par le temps. Il ressemble à un prof d'université grabataire, un humain. Et c'est peut-être ça, le plus terrifiant.

— Moi aussi, je suis contente de vous rencontrer, bredouillé-je en mentant effrontément.

La Mort me sourit, un sourire gentil, et me serre la main. Ses jointures sont gonflées, sa peau est rêche et fine comme du papier.

— Je te dois quelques explications, il me semble.

Je manque de sursauter quand deux gros fauteuils confortables se matérialisent sans prévenir.

— Assieds-toi, je t'en prie.

— Merci.

Je m'installe.

— Nous sommes ici dans ma résidence, qui occupe la tour nord du Tower Bridge.

Je ne connais pas trop Londres, mais si je me souviens bien, c'est un pont basculant — les deux parties se lèvent pour laisser passer les bateaux sur la Tamise — et aussi un pont suspendu.

— C'est un monument magnifique.

— Merci. Il a été conçu pour s'harmoniser avec la Tour de Londres.

La Mort se laisse tomber dans l'autre fauteuil avec la souplesse d'un ado. Tiens donc. Son look de vieux mage n'est qu'un déguisement.

— Je suis la Mort. Et toi, sais-tu qui tu es ?

— On m'a expliqué que je suis la faucheuse.

Il hoche la tête.

— Exactement.

J'ai besoin de savoir. Ce n'est peut-être pas très poli d'y aller bille en tête avec la Mort, mais si je ne lui pose pas la question maintenant, je vais disjoncter. J'ai besoin de savoir ce qu'il me veut.

— Qu'est-ce que vous voulez que je fasse ?

*Pitié, ne me demande pas de zigouiller des créatures ou des humains.*

— Que tu fasses ?

Une ride profonde se creuse entre ses sourcils blancs broussailleux.

— Oui. C'est quoi le boulot d'une faucheuse ? Pourquoi vous m'avez fait venir ?

Mon cœur bat tellement vite que j'ai l'impression qu'il va bondir de ma poitrine et repeindre le sol en rouge.

— Tu as remarqué les âmes, ces petites boules de lumière ?

— Oui.

— Parfait.

Il me sourit de toutes ses rides.

— Et tu as vu qu'elles disparaissent dès qu'elles te touchent ou s'enfoncent dans ta peau ?

— Oui.

Il pointe un doigt crochu vers moi.

— Eh bien, Pepper, pour l'instant, ton boulot, c'est ça. Tu es l'un des deux portails. Un portail qui permet aux âmes de tous les royaumes de passer dans leur prochaine vie.

Il se cale au fond du fauteuil.

— Le recyclage n'est pas un concept nouveau. J'en suis partisan depuis la création des royaumes. Tu fais ton boulot simplement en existant. Je sais que ce n'est pas très glamour, aventureux ou excitant, mais ton rôle est essentiel.

— Donc tout ce que j'ai à faire, c'est rester là et attendre que les âmes... *pouf* ?

J'ouvre et ferme la main levée vers ma poitrine.

— En gros, oui. Jusqu'à ce que tu meures de mort naturelle. Et alors, je pourrai enfin prendre ma retraite.

Il pose ses jambes sur la table basse.

— À ce moment-là, tu prendras ma place. Tu deviendras la Mort à ton tour, et ce sera à toi de chercher la nouvelle faucheuse qui te succédera dans quelques centaines de milliers d'années.

— Quoi ? Je vais vivre pendant des millénaires ?

Il hausse les épaules.

— Probablement plus. Tu es véritablement immortelle.

*Ah*. Je vais ranger cette info dans un coin de mon cerveau pour plus tard. Pas question de flipper ma race devant la Mort, d'autant plus que je gère plutôt bien. Je déglutis, la gorge sèche comme un désert.

— Et l'autre faucheuse avant moi ? Que lui est-il arrivé ?

— Eh bien, l'autre, c'était moi. Il n'y a jamais eu que deux portails de naissance : toi et moi. Faut pas se mentir, quand la Mort débarque, tout le monde s'enfuit à toutes jambes, déclare-t-il en agitant les mains. La faucheuse provoque moins de crises cardiaques, c'est un sbire de la Mort. J'ai inventé ce personnage pour garder les elfes guerriers sous contrôle. Mais la magie et le destin ont un sens de l'humour très particulier ; ils ont transformé l'imaginaire en réalité. Et voilà comment tu es née.

OK. On est tous les deux des portails pour recycler les âmes. Mais il fait sûrement plus que ça, non ?

— Et vous, du coup, vous faites quoi d'autre ?

— Oh, j'ai un travail passionnant. Je m'occupe des âmes maléfiques. Je les envoie là où elles doivent aller. On ne détruit pas le mal, Pepper. Le bien et le mal doivent rester en équilibre, dit-il en mimant les plateaux d'une balance. L'un n'existe pas sans l'autre. Quand ton tour viendra, tu feras les choses à ta façon. Ta magie s'adaptera à tes besoins et à ceux des royaumes. Certains pouvoirs que j'avais autrefois se sont perdus dans les méandres du temps. Tu verras des guerres, des tragédies, des âges d'or.

Tu verras les royaumes tomber et renaître. Je suis navré de ce que tu as vécu avec ton clan, Pepper. La magie qui fait oublier notre existence s'est déchaînée sur tes proches. Les paramètres du sort ne tenaient pas compte de ta jeunesse.

Il grimace et caresse les filaments blancs à l'arrière de son crâne.

— Le destin est cruel, il exige des créatures qu'elles apprennent par la souffrance. Peut-être qu'un jour tu penseras que c'était nécessaire. Ou pas. Voir tout changer autour de soi, c'est épuisant pour n'importe quel être. Cela explique peut-être pourquoi ton début de vie a été si difficile : il fallait que tu sois forte pour survivre à ce qui t'attend. Et personne, pas même moi, ne pouvait intervenir. D'ailleurs, j'ignorais ce qui se passait.

Il fronce ses sourcils épais, qui se mettent à danser.

— Et l'amour, la famille, les amis ?

La Mort balaie ma question de la main.

— Tu pourras aimer ; si tu choisis un compagnon, il restera avec toi éternellement si vous le souhaitez tous le deux. Mais les amis... même les plus fidèles... finiront par t'oublier s'ils ne te voient pas pendant quelques semaines ou quelques mois.

Comme Jessica au pressing, ou d'autres connaissances. Ils m'oubliaient sans le vouloir. Enfin une explication.

*Merde, c'est nul.*

— Pepper, ajoute-t-il, tu disparaîtras de la mémoire de tous. On se souviendra peut-être de tes actes, mais pas de toi. À moins que tu leur donnes le pouvoir de voir à travers la coule.

— Un pouvoir que Madán et sa lignée de guerriers aes sídhe possèdent.

— Oui. C'est moi qui le leur ai donné. Ce que nous sommes, Pepper, c'est à la fois un cadeau incroyable et un fardeau terrible. Et ça peut mettre en danger ceux qu'on aime. La façon dont tu vas vivre ta vie ne regarde que toi. Tu peux continuer à jouer les messagères. Tu peux ouvrir des portails vers n'importe quel royaume. Tu peux travailler dans une boutique, voyager entre les mondes, ou t'installer quelque part et passer ton temps à lire des ouvrages passionnants. Mais quoi que tu fasses, le destin te mettra à l'épreuve, c'est malheureusement inévitable. Ce que tu vis aujourd'hui n'est que le début de ton histoire.

J'essaie d'absorber tout ce qu'il me dit. C'est énorme. J'ai beaucoup de réponses et encore plus de questions. Et puis, il y a son apparence que je trouve cheloue. Autant lui demander tant que je l'ai sous la main.

— Vous n'avez pas vraiment cette tête-là ? Vous n'êtes pas un vieux croûton ?

— Bien sûr que non. Nous vivons dans un monde où la vieillesse est méprisée, où l'expérience et les rides sont vues comme des faiblesses. Tant de créatures sont immortelles et conservent leur beauté. Elles restent vibrantes, et avec cette vitalité juvénile, les puissants deviennent dangereux et sont rapidement éliminés. Ce que tu vois n'est qu'un déguisement pour rassurer les esprits fragiles.

Quand les gens me voient comme un vieillard, la plupart ne peuvent s'empêcher d'y associer l'image d'un gâteux. Autrefois, quand l'expérience et la sagesse avaient encore de la valeur, je me montrais sous l'apparence d'un enfant. La tendance des arrogants à me prendre pour un faible joue toujours en ma faveur.

— Donc, vous essayez de m'entourlouper ?

— Non, Pepper, je ne cherche pas à te tromper. Le destin guide ces changements et cela fait si longtemps que je n'ai pas modifié mon apparence que j'ai oublié à quoi je ressemblais. Et puis, je suis paresseux. C'est plus simple de rester ainsi, et cela ne me dérange pas, car je ne suis pas vaniteux. Je ne me regarde pas dans un miroir avec horreur. Ma santé et ma force sont celles de ma jeunesse. Je n'en ai peut-être pas l'air, mais je suis dans la fleur de l'âge. Allez, viens. Je vais te montrer ta chambre, et nous pourrons ensuite prendre un breakfast anglais.

— Je vais devoir vivre ici ?

— Quoi ? Non. Tu n'es pas ma prisonnière, Pepper. Ni une enfant. Tu peux vivre où tu veux. Ton rôle de faucheuse est instinctif. Tout ce dont tu as besoin est déjà là, dit-il en posant une main sur son cœur. En toi.

# Chapitre Trente-Trois

Cela fait quelques jours, et tout me paraît étrange. Qui aurait cru que la Mort était sympa ? Certainement pas moi. Je suis sur le qui-vive en sa présence, pourtant il n'a encore rien fait qui justifie mon appréhension.

La culpabilité de ne pas revoir Tilly me ronge de l'intérieur. J'ai envoyé un mail d'excuse avant de désactiver mon compte. Bientôt, cela n'aura plus d'importance. J'ai parcouru Londres avec des yeux de merlan frit, comme tout bon touriste qui se respecte. C'est tellement bizarre de voir de ses propres yeux un endroit qu'on n'a vu qu'à la télé. Les monuments historiques et la beauté de la capitale anglaise me renversent.

Mes tunnels me manquent, et lui aussi.

Je ne sais pas si m'évanouir dans la nature comme je l'ai fait était trop dur, sans compter Eurus qui met sur la table la possibilité que Corbin et moi soyons des compagnons. Les mots terrifiants du beithíoch et ceux de la Mort tournent en boucle dans ma tête : « Tu disparaîtras de l'esprit de tout le monde. »

Dans peu de temps, le tigre m'oubliera, si ce n'est pas déjà fait. Merde, c'est vraiment tordu, et sacrément traumatisant.

Corbin va me marquer comme le mec qui s'est défilé, et il n'en saura jamais rien.

Puis une colère dirigée contre moi-même m'assaille. Qu'est-ce que j'en ai à carrer ? Le tigre n'est motivé que par l'honneur et le devoir. Il se battrait pour son Conseil et son Seigneur de l'Hiver, mais pas pour moi. Ai-je vraiment envie de quelqu'un qui n'est pas prêt à se battre pour moi ? Qui n'est ni de mon côté ni mon plus grand allié ?

*Comme moi, quoi...*

Ouais, je suis une hypocrite. Je suis aussi bidon que lui, voire pire. Je ne lui ai jamais laissé l'occasion de se racheter. J'ai fui, sans explication. Je ne lui ai pas fait assez confiance, à raison. Cependant, je ne peux pas pleurnicher parce qu'il ne se retourne pas contre la grande Cour d'Hiver en beuglant mon nom. Corbin est puissant, mais il n'est pas bête.

Quel bazar... Et je suis ridicule ; on ne s'est toujours

pas embrassés. Un baiser sur le front, le nez, la joue… et oulala, je suis tout chose. Une vraie bourreau des cœurs.

Je dépasse un groupe de bureaucrates et chasse Corbin de ma tête. Je n'ai pas envie de vivre à Londres. C'est trop chaotique ; ici, je n'ai pas besoin de me rendre invisible pour passer inaperçue. Cette ville magnifique n'est pas pour moi. Je dois aller de l'avant. La Mort possède un nombre considérable de propriétés ; il m'a proposé d'utiliser l'une de ses nombreuses résidences et d'accéder à des fonds astronomiques. Je peux aller n'importe où, y compris dans des royaumes dont je n'ai jamais entendu parler.

Pourtant, il y a un truc important que je dois faire qui me trotte dans la tête. Je sais que je risque de me faire mal, mais cela me hante. Je dois savoir si les esclaves de Vivanti ont été libérés, ou s'ils ont été transférés à un autre esclavagiste. Ce n'est pas mon genre de fermer les yeux. Maintenant que je dispose de temps pour dormir et réfléchir, je suis prête. Je vais en Faërie pour les retrouver, et s'il faut les libérer, je le ferai.

J'ai une responsabilité. J'étais l'une d'entre eux — même si ce n'était que pendant quelques heures.

Je n'ai pas encore décidé quoi faire si je mets la main sur les méchants ou leurs victimes. Néanmoins, je sais devoir gérer la situation comme je l'ai fait avec les elfes. Je fronce les sourcils. Enfin, je dois gérer, sans reproduire la partie où Dora les gobe tout cru. Je dois faire appel à ma puissante magie au lieu de finir à nouveau comme le punching-ball de service à cause d'un besoin bizarre et dangereux de faire la causette au méchant.

D'ailleurs, qui fait ça ? *Moi. Moi, je fais ça.*

Je me suis fait savater et éclater la tronche, puis j'ai failli partir avec l'elfe une seconde fois. Je secoue la tête d'un air navré. Désormais, je me suis mis dans le crâne qu'il était crucial d'être furtive en partant à la chasse, et le rappel de ce qu'il ne faut pas faire est douloureux.

J'ai encore tant à apprendre. Mais je n'apprendrai rien en restant dans les jupons de la Mort. Je me fiche que les créatures sachent que je suis la faucheuse ou ce que je fais. En fait, il vaut mieux qu'elles l'ignorent.

J'étais la messagère pendant longtemps, et je n'ai jamais ressenti le besoin de m'en vanter ni de le faire savoir aux royaumes. Mêmes règles : profil bas, rester invisible, faire appel à la magie, sauver les créatures et apprendre davantage sur moi-même au fil de mon évolution. Vivre. Vivre ma vie. C'est le meilleur moyen de rester loin des griffes du Seigneur de l'Hiver.

Madán. Je plisse le nez. D'entre tous, c'est lui qui se souviendra de moi. Super. Niveau injustice, on est comment ?

La Mort est persuadée que Madán me fichera la paix puisque je suis devenue une véritable faucheuse. Mais je n'en suis pas si sûre. J'ai vu son regard. Cet elfe est régi par la peur, et Corbin avait raison ; je l'ai vu de mes propres yeux. Les puissantes créatures flippantes et ankylosées dans un ego surdimensionné sont dangereuses pour la santé. Je doute qu'il s'arrête.

La Tamise s'écoule en contrebas tandis que je tourne à gauche et me dirige vers le côté piéton du pont menant à la North Tower. Des kayaks aux couleurs vives profitent du courant calme par ce jour froid et ensoleillé. *Splash !* Je souris en apercevant une nageoire verte battre l'eau brunâtre. La queue d'une sirène. Le mélange d'eau douce et salée semble être au goût de ces créatures mythiques.

Une petite douleur se manifeste dans ma main, et je jette un coup d'œil à mon sac de course lourd au point de noircir la pointe de mes doigts verts. Je le passe dans l'autre main et frotte mes doigts endoloris contre ma jambe. Je l'ai peut-être trop rempli. J'ai trouvé la merveilleuse conserve d'ananas avec l'étiquette noire que Corbin m'avait achetée. Naturellement, leur achat m'a donné le blues de lui.

Quelle abrutie. Au moins, je suis consciente de mes faiblesses.

Je reporte mon attention sur la passerelle et aperçois le sourire en coin méprisant de Madán. Ses grands yeux bleu pâle brillent, et ses cheveux noirs sont noués en une tresse plaquée. Ses runes de guerriers courent le long de son cou et s'éclipsent sous le col de sa chemise. Il est paré au combat, avec quelques lames attachées à ses jambes et une épée dans le dos.

Je secoue la tête en pestant. *Foutu destin !* Il faut vraiment que je fasse attention à mes pensées qui semblent attirer les créatures maléfiques comme un aimant.

Mon cœur s'arrête, et des papillons affolés dansent dans mon ventre alors que je remarque Corbin derrière lui. Le tigre s'appuie contre la rambarde bleu et blanc en fer forgé, dos à la rivière. Une pose faussement décontractée, à en juger par ses poings le long de son corps.

Il n'a pas l'air d'avoir fermé l'œil ces derniers jours. Son regard me traverse puisqu'il ne peut pas me voir sous ma coule, mais il a observé Madán et son expression tendue m'indique qu'il sait que je suis là.

Une ennemie invisible.

Se souvient-il de moi ? Ses beaux yeux bleu foncé seront-ils aussi durs que ceux de ma mère ? Ou vitreux ? *Putain, ça fait mal.* Je n'ai pas la force de revivre une telle souffrance.

*Allez, Pepper. Tu y penseras à un autre moment, quand tu ne seras pas occupée par un guerrier elfique. Tu t'écrouleras plus tard.*

Un guerrier elfique qui a une épée en argent.

Sont-ils venus pour me tuer ?

Fantastique. On peut dire qu'ils ont choisi le lieu idéal pour une confrontation. Je ne peux pas utiliser ma magie de la pierre, car je n'ai aucune affinité magique avec ce pont en fer qui flotte au-dessus de l'eau... Mes chances sont minces. Sauf si je décide de me servir du béton du Tower Bridge, tuant des centaines de personnes et détruisant une œuvre architecturale du dix-neuvième siècle...

Je pourrais étaler Madán en lui lançant mon sac rempli de conserves d'ananas en pleine poire.

*Misère...* Je passe une main sur mon visage. J'ai trop de choses sur le feu pour m'adonner à cette altercation.

— Te voilà, Pepper. Tu as effacé mes runes à ce que je vois, remarque-t-il d'une voix mielleuse.

J'incline la tête, envisageant de mentir et de lui dire que la Mort les a enlevées. Mais c'est mon œuvre. Et il doit me considérer comme une créature qui agit dans son bon droit. Pas comme la gamine effrayée d'il y a quelques jours. Je peux me sauver grâce à la magie qui pulse au bout de mes doigts. Même sur le pont, je ne suis pas sans défense. Je suis une faucheuse et une troll.

Je ne suis pas son ennemie, mais cela peut changer s'il me cherche. J'en ai assez de marcher sur des œufs avec des créatures écervelées. Par contre, il vaut mieux zapper l'étape de la réplique héroïque.

— Je les ai retirées le jour même où ton toutou de l'enfer me les a collées sur la peau.

La culpabilité me ronge dès que les mots franchissent ma bouche. J'y suis allée un peu fort en appelant Corbin ainsi. En plus, j'ai menti ; ce n'était pas le même jour. Mais presque.

Un muscle dans la mâchoire de l'elfe tressaute.

— Qu'est-ce que tu veux, Madán ? demandé-je franchement.

Je suis fatiguée de ce manège. Il bombe le torse, et la colère vrille ses pupilles.

— Je suis le Seigneur de l'Hiver. Et tu t'adresseras à moi en tant que tel.

Mes lèvres se retroussent légèrement, et j'incline la tête avec un respect ironique.

— Si tu veux jouer à ça, tu t'adresseras à moi par mon titre : la Faucheuse.

Corbin se raidit lorsqu'en plein milieu de ma réplique, je laisse tomber ma coule, surgissant de nulle part. Même s'il sait que je suis ici, cela doit être choquant.

— Je suis un seigneur faë, rétorque-t-il, hautain. Je dispose d'un peuple, de centaines de créatures à mes ordres, et je suis adoré de ma cour. J'ai mérité mon titre.

Est-ce qu'il sous-entend que ce n'est pas mon cas ? Je hausse les épaules, et le sac plastique dans ma main bruisse. C'est lui qui l'a voulu...

— Je transporte les âmes de ce royaume jusqu'à l'au-delà. Je suis éternelle et je suis l'un des deux portails vers une autre dimension de l'existence qui échappe à ton entendement. Des milliards d'âmes effectueront leur dernier voyage avec moi. Toi aussi, Seigneur de l'Hiver.

— Est-ce une menace ? réplique-t-il.

Je lève les yeux au ciel.

— Non, c'est un fait. Tout le monde meurt.

Bon, place au boulot.

— On m'a donné la permission, commencé-je avant de prendre un ton indulgent. On t'a accordé un don précieux, dont tu as abusé en te servant du pouvoir de la vue contre une créature que tu avais juré de protéger et en bloquant sa magie à des fins personnelles. Madán, Seigneur de la Cour d'Hiver, tu as rompu tes vœux, et j'ai reçu l'autorisation de te reprendre ce don.

Voilà, c'est dit. Et maintenant, la partie délirante. Je

dois le toucher d'une certaine manière. Ça va être marrant.

— Qu'est-ce que tu racontes ? Tu ne m'as transmis aucun don.

Je hausse les épaules. C'est comme parler à un mur.

— Tue-la, ordonne-t-il à Corbin.

— Ah bon ? Tu ne vas pas t'en charger toi-même ? Tu as pourtant une épée pointue très jolie, me moqué-je en indiquant son arme.

Le chien de l'enfer et moi observons l'elfe.

Corbin croise ses bras massifs sur sa poitrine et arque un sourcil. Un grondement d'avertissement monte dans sa poitrine, et dès que nos regards se croisent, une flamme s'illumine dans son regard.

*Oh-oh. Ça sent le roussi.*

Je prépare ma magie au combat avant d'être interrompue par l'espoir. J'étais justement en train de chouiner parce que je n'avais pas donné une deuxième chance à Corbin. Contrairement à ce que me conseille mon cerveau, je ne remets pas ma cape d'invisibilité avant de partir en courant. Ce qui serait la chose la plus sensée à faire quand on est face à un tigre métamorphe sur le point de nous brûler vif.

J'attends.

# Chapitre Trente-Quatre

*FÉLICITATIONS, Pepper, le mec pour qui tu craques va t'étriper.* Mon menton tremblote. *Faites que j'aie raison, par pitié...*

Corbin se met en action.

Il bondit vers moi et saisit Madán par le col en le tirant d'un coup à lui. Je pousse un cri face à son attaque-surprise, qui déstabilise Madán. Le Seigneur de l'Hiver s'étouffe pendant que le tigre le traîne à trois mètres de la voie piétonne, vers la plateforme en béton qui s'avance au-dessus de la Tamise, au pied de la tour.

Je m'empresse de les suivre. Les rares passants se dispersent. Les créatures magiques et les humains savent qu'il est préférable de rester à l'écart des combats. Et le véhément « Dégagez ! » de Corbin y est pour beaucoup.

D'une main, le tigre retire son imper et le jette sur le côté. Lorsque les dernières personnes sont parties voir ailleurs, il érige une barrière temporaire. Le sortilège éclot et englobe tout l'espace pour que personne n'intervienne ou n'écoute.

Puis il relâche Madán.

Je me presse contre la façade en pierre de la North Tower, dépose mon sac de course par terre, puis j'observe d'un air effaré le Seigneur de l'Hiver s'enflammer.

La tension crépite dans l'air alors que l'elfe s'élance, envoyant habilement un coup d'épée vers le cou de Corbin qui esquive sans mal. Deux longs poignards luisants — de quarante centimètres environ — se matérialisent dans les mains du tigre.

L'épée s'entrechoque contre les lames de Corbin avec une précision mortelle.

— Tu oses te retourner contre moi ? Je suis ton seigneur !

— Tu n'es pas mon seigneur.

Corbin incline son bras, flanquant un coup de coude dans le visage de Madán.

— Je te l'ai dit : je ne bosse pas pour toi, mon pote.

Ses lames amortissent un nouveau coup d'épée.

Corbin est rapide.

Sans son imper pour cacher sa carrure, j'étudie la confiance avec laquelle il bouge. Ses larges épaules et sa taille étroite lui donnent une silhouette en triangle inversé, et ses jambes puissantes soutiennent un homme qui ne connaît pas l'hésitation. Il n'esquisse aucun mouvement inutile. Il se déplace comme un prédateur agressif face à un elfe agile, mais moins baraqué. Je grimace chaque fois que l'épée entre en collision avec ses lames plus courtes.

— Je travaille pour le Général et la Guilde des chasseurs. Il m'a ordonné de te garder en vie, car il t'en doit une. Mais cette dette n'équivaut pas à ça.

Corbin grogne quand Madán lui file un coup de pied dans l'estomac.

— Le Général sera ravi d'apprendre que tu m'as demandé de tuer une fille innocente et sans défense. Tu es allé trop loin cette fois. Pepper ne t'a rien fait, et je ne te laisserai pas lui faire du mal.

— Tu as commis une erreur, chien de l'enfer. La Mort aussi en choisissant une espèce inférieure aux faës comme faucheuse.

Il ricane lorsque son épée heurte les lames.

— Il vaut encore mieux que la faucheuse soit une humaine ou une sang-mêlé que cette vermine de troll. Sais-tu à quel point c'est humiliant ?

Oh, le salopard.

— Tu *sens* sa peur autant que moi, n'est-ce pas ? C'est la même qui brille dans ses yeux. Les trolls sont incapables de pratiquer la magie. Sur le champ de bataille, ils ne sont que de la chair à canon. Ta précieuse Pepper est encore plus faible que ses incapables de frères. Elle est pitoyable. Te dresser contre moi en son nom est une erreur monumentale.

L'épée se soude aux lames. Puis Corbin exécute un mouvement rapide et précis en les croisant. Ses mains tournoient si vite que mes pupilles ne suivent pas alors qu'il envoie habilement l'épée se fracasser contre le sol, désarmant l'elfe.

Madán émet un rire insolent contre Corbin et demeure étrangement calme face à la perte de son arme. Sa main glisse vers son couteau, il plisse les yeux et une expression étrange traverse son visage tandis que les runes dans son cou pulsent.

*Oh merde, j'ai oublié sa magie !*

L'air se charge de la montée d'énergie faë et d'une odeur d'herbe grasse et de fleurs. Je sais que Madán psalmodie mentalement. Je sens le pouvoir tourbillonner en lui, un prélude à un sort mortel imminent.

D'un geste assuré, l'elfe lève la main, l'index prêt à dessiner une rune dans l'air invisible.

*Oh-oh.*

Il sourit alors qu'une boule tournoyante de feu magique se détache de sa rune et fonce droit vers moi.

Corbin se déplace pour faire barrage au sort.

Ma peur se transforme en une colère bouillonnante. *De quel droit ?!* Il n'est pas question qu'il blesse mon tigre. Une froideur étrange irradie dans ma poitrine, s'insinue dans mes bras jusque dans mes mains. Ma vision se dédouble, et la magie qui s'accumule dans mes paumes n'est plus verte, mais noire.

J'esquisse un pas de côté et tends les mains, invoquant les pouvoirs d'une autre dimension de l'existence, et la magie jaillit de moi dans un *boum* assourdissant. Un torrent magique noir comme la nuit se déverse de moi comme une vague interminable.

Le guerrier elfique s'immobilise.

Corbin aussi.

Le monde entier s'arrête, figé.

Pendant un moment, ma respiration haletante est la seule chose que j'entends. *Pepper, tu flipperas plus tard.* Mes godillots frappent le sol alors que je me dirige vers le tigre. La rune mortelle est à quelques centimètres de Corbin, et le beau visage de mon tigre est pétrifié dans un rictus rageur, déterminé à me protéger.

Je tends la main pour repousser soigneusement le sortilège en l'éloignant de lui. Guidée par le destin, je dissèque le sort de manière à ce qu'il soit inoffensif une fois relâché dans l'air.

Je me tourne vers Madán dont l'âme vacille alors que je me rapproche. Je peux démembrer son âme également, comme pour le sort, si je veux. Et le tuer. Son destin danse au creux de ma frêle main verte.

On en revient toujours au destin.

Madán avait raison quand il a dit que la Mort pouvait voir les ficelles du destin, de la vie. *Il* peut les voir, et moi aussi.

Je les vois se connecter les unes aux autres et aux royaumes. Je suis étonnée de voir que c'était un homme bien qui s'est égaré au fil des dernières années. Être le Seigneur de l'Hiver est un fardeau qui pèse lourdement sur ses épaules.

Je retrace sa haine pour moi qui remonte à son enfance ; des trolls lui ont fait du mal, et ce souvenir le fait encore souffrir. Il s'est raccroché à un affreux moment qui lui a souillé l'âme.

Je n'efface pas la mémoire, mais laisse plutôt le destin me guider, m'incitant à guérir ses blessures émotionnelles. J'observe ensuite la conséquence de ces changements sur les fils de sa vie qui se tissent différemment. Une autre modification, et je le laisse en meilleur état que je l'ai trouvé.

À présent, je dois rectifier l'autre erreur.

La voix qui sort de ma bouche ne m'appartient pas. Chaque mot résonne de centaines d'autres voix. *Flippant.*

— Tu as rompu ta promesse, Madán des terres d'Hiver. Le cadeau que tu as reçu de la Mort t'est maintenant repris.

Je lui donne un coup de pouce sur le nez.

— Pfuitt, chuchoté-je d'un ton sinistre.

Après l'avoir touché, les marques noires dans son cou vacillent. Les runes aes sídhe s'illuminent, et la magie de la Mort s'en échappe pour s'insinuer en moi. Ses marques sont encore puissantes, mais Madán et ses guerriers ne nous verront plus sous notre coule, et comme tout le monde, ils oublieront notre existence. Le destin et leur esprit combleront les vides dans leur mémoire.

La Mort et la Faucheuse apparaîtront pour eux comme un conte plutôt que la réalité.

Le destin m'invite à vérifier, et tous les fils paraissent tissés correctement. Enfin, sauf un. Par instinct, je restitue la magie de la Mort à un magnifique fil doré, permettant à Forrest de conserver son don.

Je souris. C'est parfait.

Je reporte mon attention sur Madán.

— Comment m'as-tu trouvée ? marmonné-je.

La réponse arrive, et je débusque sans peine la boule luminescente verte dans la poche gauche de sa veste. Le sort vibre et me chatouille les doigts, la sensation parcourant presque tout mon poignet. C'est une magie puissante qui réagit à moi. Un sort de localisation qui contient mon essence. Sans réfléchir, je la dissous.

En bougonnant, je me frotte la paume et mon poignet contre ma cuisse pour faire disparaître la démangeaison. La boule magique a été créée à partir de quelque chose d'unique, qui n'appartient qu'à moi ; il serait compliqué d'obtenir mon sang, mais mes cheveux... Je n'ai laissé aucune mèche sur mon sillage à moins que... j'étais inconsciente en présence de Corbin, et il ne faudrait pas plus d'une seconde pour me prélever un échantillon capillaire.

Est-il aussi sournois ? Non, je ne crois pas.

Je fouille davantage dans le passé de Madán et trouve à nouveau la réponse que je cherche. L'hôtel en Irlande. Corbin a quitté l'hôtel en vitesse pour partir à ma recherche et la mèche de cheveux a été trouvée après son départ ; il l'ignorait.

Lorsqu'il a retiré sa veste pour me la passer, je me souviens avoir perdu quelques mèches que je n'ai jamais retirées. C'est ma faute. En plus, mes cheveux sont longs et tombent comme ceux d'un fenodyree, à savoir la plus touffue des fées.

Je capte un mouvement sur ma gauche, et la Mort glisse vers moi. Il porte une coule noire épaisse dont le bord orné brosse le sol sur son passage. La coule est d'une noirceur à dérober la lumière du lieu.

Je suis enveloppée dans le même tissu. La mienne est une dichotomie entre lourdeur et lumière.

La Mort m'observe en inclinant la tête vers les ficelles du destin de Madán entrecroisées dans ma main comme de la laine.

— Tu as laissé le destin te traverser. Je t'avais dit que tu en avais la force. Tu accomplis un travail fantastique. Excellent, Faucheuse. Madán sera un homme bien plus heureux en ignorant notre existence.

Je relâche les ficelles.

Le charme sur mon poignet chauffe, me protégeant tandis que je récupère l'épée d'acier du Seigneur de l'Hiver et la glisse maladroitement dans son fourreau. Voilà, je n'ai rien oublié. *J'espère.*

— Pourquoi Forrest ?

— Ça me semblait juste.

Il pose une main paternelle sur mon épaule, puis ses yeux bifurquent vers un Corbin immobile.

— Un bon choix. Tu peux l'inviter à dîner, si tu veux, sourit-il.

Puis son ton change avant de me donner un ordre qui me paralyse complètement :

— À présent, abandonne ce royaume, Faucheuse.

# Chapitre Trente-Cinq

J'acquiesce, ferme les yeux, et, avec ce qui reste de la magie aes sídhe, je ramène la puissance noire tourbillonnante en moi. Elle est si froide que ça me brûle. C'est comme remonter un filet de pêche des grands fonds à mains nues : une tâche presque impossible. Je relâche toute la magie, la renvoyant à sa source, sauf une infime parcelle que je garde pour maintenir Madán pétrifié le temps d'expliquer la situation à Corbin.

La Mort et ma coule disparaissent, et le temps reprend son cours.

Pour contrer le sort qui, quelques secondes plus tôt, fonçait droit sur lui, le tigre s'est embrasé. Les flammes passent de l'orange au bleu, de plus en plus chaudes. Je me décale rapidement et me poste devant lui pour l'empêcher de gâcher tout mon travail en réduisant l'elfe en cendres.

— C'est bon, tout va bien, murmuré-je en levant les mains.

*Tout va bien ?* Mon nez et mes lèvres bourdonnent encore sous l'effet résiduel de ma magie. C'était quoi ce truc ? Comment je peux avoir un pouvoir aussi balèze ?

Nos regards se croisent, et, après un instant d'évaluation silencieuse de la scène, les flammes impressionnantes s'éteignent d'un coup. Il inspire lentement. Je lui attrape le poignet, pousse doucement sa main pour abaisser l'une des lames qu'il tient toujours. La magie de feu n'a rien brûlé : ni ses cheveux, ni ses vêtements, ni ses armes.

— C'est bon, répété-je.

Le tigre baisse le menton pour me regarder.

J'agite la main devant ses yeux. Il plisse le front.

— Tout va bien, Corbin.

Je souris, mal à l'aise, et me gratte l'arrière du crâne.

— Le sort que Madán a jeté est annulé. Je l'ai pétrifié.

J'ai pétrifié le monde en réalité et tiré les ficelles du destin, mais qui va croire ça ? C'est du délire.

— Et j'ai effacé le don que le destin leur avait donné, poursuis-je. Les aes sídhe ne pourront plus jamais voir la Mort, ni me voir sous ma coule. Madán et ses guerriers ne se souviendront plus de nous. Personne ne se souviendra.

Ma lèvre inférieure tremblote.

*Personne.*

Je ramasse l'imper de Corbin, le secoue vigoureusement avant de le plier sur mon bras et de le serrer contre moi.

— Je peux le libérer ? demandé-je, sans me retourner.

Corbin grogne.

Super, retour aux grognements.

— Je vais faire mon truc, me rendre invisible, et vous pourrez tous les deux partir.

Ma voix se brise sur le dernier mot. Je défige l'elfe, me dissimule sous ma capuche et vais me placer à côté du tigre. Je tiens son imper dans mes bras. Je suis en état de choc. Je tremble et j'ai froid, mais Corbin est sain et sauf. Il s'est interposé entre un sort mortel et moi.

Il s'est battu pour moi. Et maintenant, il va partir.

Madán met quelques secondes à revenir à lui. Il chancèle, se frotte le visage, cligne longuement des yeux pour reprendre ses esprits.

— Désolé, Corbin. De quoi parlions-nous ?

Il frissonne et fixe le sol.

— Quelle drôle de sensation... Comme si quelqu'un avait marché sur ma tombe.

D'un geste habile, Corbin fait disparaître ses couteaux. L'elfe, encore dans les vapes, ne remarque rien, alors je tends discrètement l'imper au tigre. Il le récupère et l'enfile.

— On parlait de mon congé. Je l'ai validé avec le Général, et je voulais le confirmer avec toi. J'ai une affaire importante à régler.

Il ne peut pas me voir, mais il cherche ma main et la serre dans la sienne.

*Oh.* Mon cœur fait une drôle de petite pirouette.

— C'est une urgence.

— Aucun problème. Si tu vois le Général avant moi, transmets-lui toute ma gratitude pour son aide. Mais je n'aurai pas besoin de remplaçant, et toi, tu n'auras pas à revenir à mon service à la fin de ton congé. J'espère que ça ne te mettra pas dans le pétrin, Corbin. Ton aide m'a été précieuse, mais je n'ai plus besoin d'un garde de ta trempe. La Cour d'Hiver peut se charger de ma protection à présent.

Détendu, presque amical, Madán n'a plus rien à voir avec l'elfe froid et cruel d'avant. Même ses traits durs, taillés pour la violence, sont adoucis. Il a l'air gentil.

Sans quitter l'elfe des yeux, Corbin incline légèrement la tête.

— Entendu.

— J'espère que tout va bien pour toi. Tu as l'air d'un homme qui porte le poids des royaumes sur ses épaules, ajoute Madán avec un sourire compatissant.

Corbin se crispe.

— C'est à cause de ma nana, *Pepper.*

Il prononce mon prénom comme s'il manipulait un sort explosif, et surveille la réaction de Madán, prêt à bondir au moindre signe.

Le sourire de l'elfe ne s'efface pas. Il ne tique pas. Rien.

— J'espère que ça va s'arranger.

— Je l'espère aussi.

— Il faut que je lui prouve mes bonnes intentions.

Pepper est persuadée que je vais l'oublier, mais dès la première fois où je l'ai vue, je suis tombé amoureux.

*T'es tombé dans le métro, plutôt.*

— Elle sera ma *Mort*, continue Corbin en me pressant la main.

Je ne prends pas ses propos au premier degré. C'est un test pour vérifier que Madán a bien oublié.

— Tu arriveras à la convaincre, j'en suis sûr. D'ailleurs, ma réunion vient d'être annulée. Je vais demander à Mac de venir me chercher. Tu peux partir plus tôt si tu veux.

— Merci, Madán. C'est très aimable.

L'elfe sort son téléphone et tapote amicalement l'épaule de Corbin, qui abaisse la barrière magique.

Madán s'éloigne.

— Mac, changement de programme, amène la voiture. J'ai fini pour aujourd'hui...

Sa voix s'évanouit alors qu'il s'éloigne.

Aussitôt, j'enlève ma capuche. Corbin grogne sourdement, sans lâcher ma main. Il me pousse contre le mur, me dissimulant derrière sa masse corporelle.

— Explique-moi comment tu as réussi à transformer cet elfe psychopathe en une charmante créature, murmure-t-il à mon oreille.

Je ne sais pas comment expliquer ce qui s'est passé, alors je fais diversion.

— Et toi, qu'est-ce qui t'a pris de te jeter devant ce sort ?

— J'ai réagi instinctivement. Ma magie de feu peut

brûler la plupart des sorts, et protéger, c'est dans ma nature. Or rien ne compte plus pour moi que de te protéger.

— Oh.

— On ne se connaît pas depuis longtemps, à peine une semaine, mais je devine tes pensées. Tu crois que je vais partir, t'oublier. Que la magie m'effacera la mémoire. Mais si tu es capable de faire ça avec ta magie, dit-il en désignant le couloir où Madán a disparu, capable de stopper un sort, de figer les créatures autour de toi, de fouiller dans l'esprit d'un elfe pour lui retourner la cervelle et effacer toute trace de ton existence...

Il arque un sourcil.

— Alors j'espère que tu utiliseras ta magie pour que je ne t'oublie jamais.

Il se penche si près que nos nez se touchent.

— Laisse-moi une chance de te prouver que je peux être un homme bien. Un bon compagnon. Je ne peux pas t'oublier, Pepper. Je ne veux pas. Je remuerai ciel et terre pour apprendre à te connaître. On pourra vivre dans tes tunnels, et je t'achèterai un nouveau plot.

Je ris en voyant son air si sérieux, et pose une main sur sa joue.

— Donne-nous une chance. Donne-moi une chance. Je ne peux pas t'oublier, Pepper. Il y a une petite voix casse-pieds dans ma tête qui me l'interdit. Et s'il faut que je me menotte à toi pour ne rien oublier, je le ferai. J'ai commis des erreurs, je t'ai blessée, mais je suis prêt à tout pour mériter ton pardon. Dis-moi s'il y a une chance.

— Bon, j'ai vu les ficelles du destin. Je peux faire en sorte que tu ne m'oublies pas... sauf si tu le veux. On peut essayer. Voir où ça nous mène.

— Et puis, t'aimes bien ma gueule, non ? Ce serait dommage de ne plus la voir. Et comme tu l'as dit au café, tes sentiments pour moi finiront sûrement par s'éteindre parce qu'ils vont à l'encontre du bon sens.

Il sourit, et son regard s'éclaire, puis sa bouche vient frôler la mienne, me laissant largement le temps de m'écarter.

— Tu sais, entre le bracelet inhibiteur, l'enlèvement, les runes et le harcèlement...

Mes lèvres touchent les siennes alors que je souris niaisement en caressant la barbe râpeuse de son beau visage.

— Je vais aller en Faërie vérifier comment vont les esclaves de l'elfe mort. Ça te dit de m'accompagner ?

— Si c'est un rencard, avec plaisir. Maintenant, laisse-moi t'embrasser, ma belle chapardeuse.

Chers lecteurs, chères lectrices,

Tout d'abord, je tiens à vous remercier d'avoir donné une chance à mon roman. J'espère qu'il vous a plu. Si c'est le cas et que vous avez deux minutes, je vous serais très reconnaissante de laisser un avis.

Chaque avis compte énormément pour un auteur — surtout pour moi, qui débute encore — et le vôtre pourrait inciter d'autres lecteurs à découvrir mon livre. Cela me toucherait énormément et m'encouragerait à continuer d'écrire.

Merci mille fois !

Ah, et il est possible que je choisisse votre avis pour ma campagne de promotion. Vous imaginez ? Trop classe !

Avec toute mon affection,

Brogan x